AF139466

Bogdan Jonik

„Morgen hör' ich auf zu trinken" –
aber wer ist denn hier krank?

Autobiografie eines hoffnungslosen Optimisten

novum pro

www.novumverlag.com

© 2020 novum Verlag

ISBN 978-3-95840-900-2
Lektorat: Alexandra Eryigit-Klos
Umschlagfotos: Bogdan Jonik,
Liligraphie | Dreamstime.com
Umschlaggestaltung, Layout & Satz:
novum Verlag
Innenabbildungen: siehe
Bildquellennachweis S. 220

Die vom Autor zur Verfügung ge-
stellten Abbildungen wurden in der
bestmöglichen Qualität gedruckt.

Gedruckt in der Europäischen Union
auf umweltfreundlichem, chlor- und
säurefrei gebleichtem Papier.

www.novumverlag.com

Bibliografische Information
der Deutschen Nationalbibliothek:

Die Deutsche Nationalbibliothek
verzeichnet diese Publikation in
der Deutschen Nationalbibliografie.
Detaillierte bibliografische Daten
sind im Internet über
http://www.d-nb.de abrufbar.

Wroclaw, im Sommer 2018

Jeder, der sich entschlossen hat, aus welchen Gründen auch immer, ein Buch zu schreiben, stellt sich einer gewaltigen Herausforderung und sieht sich mit einer Vielzahl von Vorgaben konfrontiert, die akribisch aufzuarbeiten sind. Beispiele:

- Ist das Buch für eine ausreichend große Leserschaft überhaupt interessant?
- Ist das Thema, angesichts der Vielzahl an jährlich erscheinenden Büchern, nicht schon hinreichend ausdiskutiert?
- Ist der Autor in der Lage, das, was er sagen will, auch stilistisch, literarisch und allgemein verständlich auf einem gewissen Niveau zu präsentieren?
- Ist die Vielzahl der einzelnen Gedanken überhaupt so zu ordnen und zu gliedern, dass der Eindruck einer „Kraut-und-Rüben-Sammlung" erst gar nicht entsteht?

Etc., etc., etc.

Schon die Suche nach dem passenden Buchtitel beschäftigt den Schreiber einige Wochen! Dank der „Mithilfe" meiner Frau, mit ihren gleichlautenden, wiederkehrenden Fragen, war das Leitthema doch schnell gefunden:

„Morgen" ...!

Um nicht irrtümlich den Eindruck zu erwecken, einen „typischen" Ratgeber für Süchtige schreiben zu wollen – mir geht es um die **Ursache,** nicht um die **Wirkung** bzw. **Auswirkung** des **Alkoholmissbrauchs** –, bedarf es einer Ergänzung des Titels „Morgen hör ich auf zu trinken"!

Spontan fiel mir ein:

• Warum manche Zeitgenossen öfter eine Auszeit brauchen

oder

• Lebensweisheiten für die Verlierer der sog. Leistungsgesellschaft aus der Sicht eines „Gestrandeten"

oder

• Intellektuelle Halluzinationen eines disziplinierten Alkoholikers

Doch auch diese Gedanken treffen das Grundproblem nicht wirklich, weshalb ich mich für die auf dem Buchdeckel gedruckte Variante, die gleichzeitig eine symbolische Verbeugung vor meinen Idolen Hermann Hesse und Heinrich Heine ausdrücken soll, entschieden habe.[1]

Pharisäer, Karrieristen, Philister[2] und Obrigkeitshörige in exponierter Stellung; sie haben mich physisch und psychisch kaputt gemacht. Dabei sind sie, objektiv betrachtet, schlimmer dran als ich!

Somit hat der geneigte Leser bzw. die geneigte Leserin schon einen ersten Eindruck bekommen von dem, was auf ihn bzw. sie zukommt.[3]

---

1 Vgl. das Gedicht „ZU JOHANNES DEM TÄUFER SPRACH HERMANN DER SÄUFER"
2 Grundlage ist das Ullstein Fremdwörterlexikon aus 1972
3 Ausgehend vom Buchtitel schätze ich die Mehrzahl der Leser, d. h. viele Alkoholiker, auf den männlichen Part ein – sollte dies falsch sein, entschuldige ich mich hier explizit und verweise auf die Errungenschaften der Frauen nicht nur in Kapitel 17, speziell bezogen auf Island.

Die Dramaturgie muss aber noch etwas warten; bevor wir uns in das eigentliche Thema meines Buches einarbeiten, wobei die Spannung naturgemäß durch die einzelnen Kapitel (Lebenslauf, Erfolge, Niederlagen, die Quintessenz hieraus) ständig zunimmt, gebietet es mir meine Bildung, den Buchtitel, so wie es Gymnasiasten allenthalben im Deutschunterricht tun, zu analysieren, zu interpretieren, symbolisch zu entschlüsseln, d. h. essayistisch aufzuarbeiten!

Jeder Alkoholiker weiß es – die These, „morgen" mit dem Trinken aufhören zu wollen, ist provokativ, unrealistisch und selbstverleugnend!

Um nicht als Lügner dazustehen, weiß ich, diese wichtige These zu relativieren:

Zum einen bin ich – noch – kein typischer Alki. Mit *typisch* meine ich diejenigen meiner Leidensgenossen, die morgens nach dem Aufstehen gleich einen „Jägermeister" an der Tankstelle konsumieren müssen, um überhaupt „in die Gänge zu kommen" und um das verräterische Zittern der Hände zu kaschieren!

Wenn ich sage, ich bin ein disziplinierter Alki, so grenze ich mich – noch – aus der Gruppe der millionenfach anzutreffenden Leidensgenossen aus – denn vor 12.00 Uhr schmeckt mir mein geliebtes Bier gar nicht.

Ein Schnäpschen, oder auch zwei, am Vormittag machen mich zwar auch lockerer, es ist aber selten notwendig und geschieht – noch – äußert selten!

Weil ich – noch – kein typischer Alki bin, beherrsche ich das „Ungeheuer", diesen „Dämon", zeitweise ganz gut, vornehmlich dann, wenn die Lebensumstände sich verschieben – dann bin ich schon mal bis zu fünf Tage trocken, giere aber dann nach meiner Tagesdosis – und freue mich darauf!

Schon der „Morgenblues", nach einer über das tägliche Quantum hinausgehenden Menge konsumierten Alkohols – wenn mich einer der altbekannten Pharisäer schon wieder beleidigt hat – sorgt dafür, am darauffolgenden Tag (fast) trocken ins Bett zu gehen. Zur weiteren Rechtfertigung darf ich – welch eine Gnade – auf meine literarische Freiheit verweisen. Der Begriff „morgen" ist nicht unbedingt wörtlich zu nehmen – bei dieser Sucht kann es sich schon um Wochen oder Monate handeln, wenn man denn aufhören will, je nachdem, welches Ziel man sich gesetzt hat.

Jeder Alki weiß es: Ohne Zielsetzung, ohne Fristsetzung wird man das „Ungeheuer", diesen „Dämon", nicht los!

Mein Ziel steht seit Kurzem fest!

Insoweit bin ich, im wahrsten Sinne des Wortes, im Bilde geblieben, und löse meine These, kurz- oder mittelfristig, ein!

Wie bereits angedeutet, haben mich diverse Zeitgenossen mit wenig ausgeprägter humanistischer Bildung – kraft ihres Amtes, ihrer Stellung oder nur aufgrund ihrer finanziellen Ressourcen – kaputt gemacht. Weshalb ich diese, nach meinem lebenslangen Kampf gegen dieses unmenschliche System, als „willenlose Kapitalistenknechte" bezeichne. Wer diese Pharisäer und Mitläufer sind, warum ich diese als krank **und** sogar als gefährlich einstufe, wie meine Sucht begann und wie ich sie beenden werde – dies ist der Inhalt meines Buches, womit ich sogleich beginne!

KAPITEL 1

Entscheidende Impulse

Der Tagesablauf ist fast immer der gleiche.

Wenn ich nicht gerade einen Nebenjob ausübe, stehe ich gegen 7.00 Uhr auf, frühstücke eine Kleinigkeit und nach drei Tassen Kaffee und vier Zigaretten fällt die Entscheidung – entweder ich gehe erst spazieren bzw. Rad fahren, um durch die Frischluftzufuhr endlich richtig wach zu werden und um meine Gedanken ordnen zu können – was ist heute wichtig, was kann verschoben werden? –, oder ich setze mich gleich an den PC zum Schreiben. Obschon Rentner im Vorruhestand gibt es für mich immer etwas an Post zu erledigen. Weil erst die Altersrentner ab 65 Jahren unbegrenzt hinzuverdienen dürfen, ergibt sich schon durch die gelegentlichen Nebenjobs oder befristeten Vollzeit-Arbeitsverträge ein reger Schriftverkehr mit der Krankenkasse, Rentenversicherung oder mit dem Finanzamt. Weil auch die Lohnabrechnungen, zumindest in meinem Fall, wie wir später sehen werden, oft fehlerhaft sind und ich natürlich ständig auf der Suche nach einem geeigneten Nebenjob bin, kann man sich lebhaft vorstellen, dass ich vormittags fast täglich mit unproduktivem, rechtfertigendem Schriftverkehr mental belastet bin. Hinzu kommen mindestens ein oder zwei Inanspruchnahmen des Rechtsweges pro Jahr, was in ständigen, langwierigen Prozessen ausartet.

Dies alles hat sich, nach über 30 Jahren Außendienst und über sechs Jahren Selbstständigkeit mit einem erhöhten, sich auf das Wochenende verdichtenden Schriftverkehr zu einer Psychose entwickelt. Manchmal kriegen mich tagelang „keine zehn Pferde" an den Schreibtisch oder PC. Anders liegt der Fall bei meinen „Sorgenkindern": Gelegentliche Schreibereien oder Ämterbesuche für Bekannte aus Schlesien, die – wen wundert's? – der deutschen Amtssprache nicht mächtig sind und meine kompetente Hilfe brauchen, erledige ich gern und gleich.

So sieht der Vormittag aus!

Gegen Mittag mache ich mir Gedanken, was ich kochen will und einkaufen muss, und freue mich auf den Teil des Tages, der mir Entspannung bringt!

Um die „Gretchenfrage" vorwegzunehmen: Ich konsumiere im Schnitt drei Flaschen Bier. Dazu 200 ml Hochprozentiges. Täglich. Zwischen 13.00 und 18.00 Uhr. Je nach gebotener „Fahrbereitschaft".

Seit ca. drei Jahren!

Wenn man den Druck des regulären, täglichen Arbeitskampfes, endlich hinter sich gelassen hat, gerät man naturgemäß in einen eher lässigen Lebensstil. Alles macht man langsamer und teilt sich den Tagesablauf großzügiger ein. Im Urlaub oder über die Feiertage, wenn man eher mal abschalten kann, lese ich gern und viel. Der ständige, finanzielle Druck wegen vorzeitiger Berentung führt jedoch zu einem unterschwelligen Dauerstress, sodass fürs Lesen oft nicht viel „Raum" bleibt.

Um geistig nicht zu verkümmern, habe ich es mir zur Angewohnheit gemacht, die Fernsehzeitung wie auch die beiden Wochenblätter ausführlich zu studieren. Dies geschieht, man ahnt es schon, in Begleitung der „Seelentröster"!

Natürlich ist diese „Rentnerlektüre" kein vollwertiger Ersatz für Hermann Hesse, Umberto Eco oder James Joyce – weil ich jedoch noch nicht gänzlich im Ruhestand bin und tagespolitisch auf dem Laufenden sein muss, schon wegen meiner „Sorgenkinder", bin ich auf diese „einfache Lektüre" angewiesen und weiß sie zu schätzen:

In meiner Fernsehzeitung „TV direkt" genieße ich die Kurzrezensionen meiner Lieblingsfilme wie auch die Empfehlung neuerer, vielleicht auch für mich wichtiger Filme. Die verantwortlichen Rezensenten haben die Gabe, schwierige, psychologisch diffizile Inhalte dieser Filme kurz, prägnant und in einer Vielzahl typischer, passender Ausdrücke und Wörter „auf den Punkt zu bringen"!

Hier findet man „linguistische Schätze", aber auch, bei den DOKU-Sendungen stichwortartige Hinweise auf neueste, naturwissenschaftliche Erkenntnisse sowie wertvolle Thesen für die gesellschaftspolitische Diskussion, die bislang leider noch nicht den von mir erwünschten, alle Gesellschaftsschichten übergreifenden Grad erreicht hat!

Insofern ist Sahra Wagenknecht für mich nicht nur eine Gleichgesinnte im Geiste – sie kämpft auch gegen die selben „Windmühlen" wie ich:

aufstehen – DIE SAMMLUNGSBEWEGUNG

Häufig gestellte Fragen:

Ich möchte gern mitmachen, wohin kann ich mich wenden?
Warum aufstehen?
Was ist aufstehen?
Was sind die Ziele von aufstehen?
Warum lohnt es sich aufzustehen?
etc.
(Quellenverzeichnis 1)

„Um 45 % stiegen unter der letzten GroKo deutsche Waffenexporte in Drittländer, darunter kriegsbeteiligte Länder wie Ägypten."
(Q 2)

„In England befassen sich Forscher mit dem Gebirgs-Hellerkraut, das im Umfeld von stillgelegten Minen im Peak District auf verseuchten Böden Blei, Zink und Kadmium anreichern kann. In Albanien bauen Landwir-

te auf Brachen Mauersteinkraut an, um Nickel zu gewinnen. *K. Uhrig und T. Krause erklären, wie mit Pflanzen Böden gereinigt und Schwermetalle erwirtschaftet werden können – ein verblüffendes Phänomen."*
(Q 3)

„Forscher haben die Wirkung von Mandeln, Pistazien und Co auf die Hirnwellenfunktion untersucht. Sie kamen zu dem Ergebnis, daß der regelmäßige Verzehr von Nüssen Frequenzbereiche stärken kann, die mit unseren geistigen Fähigkeiten, Heilung, Lernen und Gedächtnis in Verbindung stehen. Nuss ist dabei jedoch nicht gleich Nuss. Manche Nüsse stimulieren einige Hirnfrequenzen den Ergebnissen zufolge mehr als andere, wie die Wissenschaftler der Loma Linda University in der Fachzeitschrift FASEB Journal berichten."
(Q 4)

Diese Infos lasse ich zunächst einmal ohne Kommentar so stehen!

Die Bandbreite dieser Hinweise zeigt jedoch die Vielfalt und Komplexität unseres Lebens. Wer mag angesichts dieser erstaunlichen Fakten noch nörgeln, das Lesen einer Fernsehzeitschrift sei wenig informativ, kaum nutzbringend oder gar überflüssig?

Im November 2017 veröffentlichte die „TV direkt" ein Grundsatzurteil zum Thema „Gewährleistung beim Gebrauchtwagenkauf – privat an privat".
(OLG Oldenburg, Az. 9 U 29/17)

Im Dezember 2017 (welch ein Zufall!) kaufte ich einen älteren Volvo mit über 300 Tausend km, der nach genau zehn Tagen Fahrt in die Arbeit wegen eines Kurbelwellenschadens stillgelegt werden musste. Aktuell habe ich bereits, trotz Prozesskostenhilfe, einen Termin für die mündliche „Güteverhandlung", bin also dabei, diesen Prozess zu gewinnen. Zufall?

Warum es keine Zufälle im Leben gibt – auch das ist Thema meines Buches und wird ausreichend beschrieben!

Eines Tages sitze ich, wie üblich, nachmittags im Esszimmer, habe die Kartoffeln auf dem Herd und widme mich der Fernsehzeitung – und dem „Stoff, aus dem die Träume sind". Nach ca. eineinhalb Flaschen Bier und fünf Gläschen Hochprozentigem bin ich mit der „TV direkt" durch und suche die restlichen, noch nicht überflogenen Wochenblätter, um mir auch dort nichts Wesentliches entgehen zu lassen.

Wir bekommen die Wochenblätter vom „Schwarzwälder Boten" (WOM) sowie die von der Südwestpresse (MARKT) des Zollern-Alb-Kuriers.

Darin finden sich aktuelle Infos zu Themen wie Lohnsteuer, Sozialhilfe, Tipps zum vernünftigen Abschluss von Versicherungen oder Erneuerung der Energieausweise für Hausbesitzer, aber auch statische Angaben über das Wohlstandsgefälle oder ähnliche, gesellschaftspolitisch interessante Beiträge!

Der „WOM" stellte innerhalb des Stichwortes „Thema der Woche" immer eine Leserbefragung vor – zufällig auf der Straße befragte Mitbürger äußern sich zu diversen Themen:

- Wie stehen Sie zu vegetarischer Ernährung?
- Welches Buch haben Sie zuletzt gelesen?
- Wie entspannen Sie sich nach einem harten und aufregenden Arbeitstag?

Oder Ähnliches.

Am 28.02.2018, welch ein Zufall, genau einen Monat nach meinem 64. Geburtstag, lautet das Thema:

„Worauf sind Sie stolz in Ihrem Leben?"

Diese Frage trifft mich wie ein imaginärer Pfeil mitten ins Herz – oder wissenschaftlich ausgedrückt: Ein mächtiger Gedanke, von einem starken Impuls aktiviert, schießt über die Sehnerven durch das Großhirn in das Kleinhirn, streift den Hypothalamus und landet direkt im limbischen System!

„Was soll das, Baby?", frage ich den Allmächtigen – nach besagtem Quantum Alkohols fange ich nämlich an, Selbstgespräche zu führen, die, laut neuesten Erkenntnissen, eher positive Auswirkungen auf das Stress- und Sozialverhalten haben sollen, in meinem Fall aber weniger Selbstgespräche sind, sondern die versuchte Kommunikation mit dem obersten Hirten, den ich, versteckt, etwas arrogant und leicht vorwurfsvoll, aber der einfacheren Handhabung wegen „Baby" nenne!

„Warum saufe ich mir täglich die Hucke voll? Ich habe alles, was ich mir erarbeitet habe, verloren. Und nichts, worauf ich mich freuen kann!"

Diese letzten beiden Aussagen habe ich schon nicht mehr in Lautsprache, sondern in „lauten Gedanken" geäußert. Denn fast so schnell, wie der gedankliche Impuls die Nervenbahnen durchquert hat, wurde mir klar, dass mit Stolz auf bestimmte Dinge weniger materielle Errungenschaften gemeint sind denn außergewöhnliche, persönliche Leistungen:

So sagt Uta, Lehrerin, 43 Jahre, im Interview, ihre beiden Kinder machen sie stolz, sie lernt jeden Tag etwas Neues von ihnen!

Sybille, Unternehmerin, 63 Jahre, meint auch, ihre fünf Töchter und neun Enkel machen sie stolz. Zudem ist sie stolz auf das, was sie in den Hilfsprojekten für die Lions oder Kinder aus Tschernobyl gemacht hat. – Oha! Wir kommen der Sache schon näher!

Janine, 19 Jahre, FSJ-Absolventin, wäre stolz, wenn sie anderen Menschen helfen könnte … (Hier fehlt mir leider der weitere Text.)

Trotz Benebelung durch Hochprozentiges ist bei mir mittlerweile wieder die Objektivität zurückgekehrt, im schnellen Resümee muss ich zugeben, dass ich überwiegend ein schönes, abwechslungsreiches, auf Wohlstand basierendes, in jeder Form reiches Leben genießen konnte!

Diese Wochenumfrage hat mich aber derart aufgewühlt, dass ich spontan beschlossen habe, die vielen Gedanken, die ich mir seit zwei Jahren gemacht und teilweise stichwortartig (prophylaktisch?) auf Zetteln notiert hatte, in Worte zu fassen. Einerseits habe ich noch, wie die Psychologen sagen, ungelöste Probleme aufzuarbeiten, um meiner Seele endlich die notwendige Ruhe zu geben.

Andererseits stoße ich im Bekanntenkreis wie auch innerhalb der Familie laufend auf Skepsis und Ablehnung, wenn ich meine Erfahrungen oder Theorien zum Besten gebe.

Um wenigstens von einem kleinen Teil der Mitbürger bzw. Gleichgesinnten in ausreichendem Maße anerkannt oder gewürdigt zu werden – darum schreibe ich dieses Buch, damit ich endlich wieder Harmonie und Kontinuität von Körper und Geist finde und den Dämon „Alkohol" besiegen kann!

KAPITEL 2

Die Wurzeln liegen in der Kindheit

Im Zuge der Vertreibungen und Flüchtlingswellen aus den osteuropäischen Gebieten mit muttersprachlich deutsch orientierten Landschaften, nach Ende des Zweiten Weltkrieges, kamen auch wir in das Gelobte Land – Westdeutschland.

Einerseits durften die Deutschstämmigen, die in der früheren Heimat teilweise Repressalien ausgesetzt, auf jeden Fall aber nicht mehr richtig integriert waren, in mehreren „Wellen" offiziell ausreisen. Andererseits stellten Familienangehörige Antrag auf Besuchsreise in den Westen, von denen viele natürlich nicht mehr zurückkehrten. Dies führte dazu, dass Familien getrennt wurden, sich Einzelne im Westen eine neue, auf Wohlstand fixierte Existenz aufgebaut haben – die Zurückgebliebenen ergaben sich aber ihrem Schicksal und darbten (natürlich nicht zwingend, wie wir später sehen werden) vor sich hin.

Einerlei ob im Osten oder im Westen lebend, diese Menschen lassen sich, vereinfacht ausgedrückt, durch wesentliche Eigenschaften charakterisieren:

Sie sind arbeitsam, reinlich, strebsam und konservativ.

Und sie sind innerlich, kulturell und soziologisch gesehen, gespalten!

Wer über Jahrzehnte in einem seiner Herkunft nach nicht angestammten Land leben muss, hält zwar Sprache, Kultur und Tradition weitestgehend ein – die Einflüsse der neuen Heimat aber, vor allem auf die Kinder, sind sehr stark (vgl. Diaspora der Juden über Jahrhunderte hinweg)!

Hart ausgedrückt leiden wir alle, mich eingeschlossen, unter einer evidenten Identitätskrise!

Dies führt im Alltag dazu, dass meine Landsleute zu Hause in Schlesien überwiegend Deutsch gesprochen haben, außer Haus aber nur polnisch, was sie zwangsläufig erlernen mussten oder bereits konnten. Nach der Übersiedlung in den Westen sprachen viele, wie auch meine Eltern, zu Hause überwiegend aber Polnisch, d. h. den schlesischen Dialekt, und draußen Deutsch, was über Jahrzehnte hinweg mit einem ulkigen, typischen Akzent geschah, den nur hier aufgewachsene Kinder meiner Generation ablegen konnten!

Ein weiteres, äußeres Merkmal dieser Psychose ist der Drang, ein deutsches Auto, vornehmlich einen Mercedes, fahren zu müssen.
Es gilt, gerade wegen dieses auffallenden Akzentes, nach außen hin, den „typischen Deutschen" zu zeigen. Gleichzeitig treffen sich diese „Mercedesfahrer" oft einmal im Monat beim Verkaufswagen eines polnischen Metzgers (in Deutschland), um sich, in Polnisch natürlich, über persönliche oder tagespolitische Neuigkeiten auszutauschen und die polnische Wurst zu kaufen.
Die polnische Küche ist zwar fett und reich an Ballaststoffen, kann aber vielleicht nur noch durch die französische Küche geschmacklich übertroffen werden, die Ähnlichkeiten bietet (Pasteten, Pilzgerichte etc.). So wird eben, trotz lautstarkem, politischen Statement zur deutschen Staatsangehörigkeit, das polnische Brauchtum, speziell auch die **Weihnachtstradition,** gepflegt und über Generationen hinweg auch in Deutschland bewahrt!

Vermutlich im Jahre 1957 haben wir also Schlesien verlassen. Offiziell war dies eine Besuchsreise zu einem meiner Onkel nach Eisenach, in der Nähe der Wartburg (welch ein Zufall). Dazu muss man wissen, dass sowohl meine Mutter wie auch mein Vater zwischen fünf bis sieben Geschwister hatten, die verstreut über die damaligen politischen Problemgebiete ansässig waren.

Natürlich war es nicht die Absicht, Kontakte zwischen Verwandten aufzufrischen oder zu verbessern – man wollte in den Westen! So stellte meine Mutter nach wenigen Wochen einen Ausreise- und Besuchsantrag bei den DDR-Behörden. Wir waren damals eine sechsköpfige Familie. Mein Vater blieb in Eisenach zurück, und mit drei Kleinkindern „im Schlepptau", die Schwester war knapp zwei Jahre alt, ich selbst ungefähr drei, mein älterer Bruder war fünf und der ältere Halbbruder war ein Teenager von ca. 14 Jahren, ging es zum Amt.

Ziel der Besuchsreise war Gräfenberg, eine kleine Stadt in der Nähe von Nürnberg, wo ein Onkel mütterlicherseits wohnte!

Wie unsere Mutter uns oft erzählte, war der Antrag auf Besuchsreise problematisch:

„Sie dürfen mit den drei kleinen Kindern ausreisen, der Ältere bleibt aber hier! Wir haben die Erfahrung gemacht, dass viele nach so einer Besuchsreise nicht mehr zurückkehren!"

„Das weiß ich natürlich, aber mein Mann bleibt ja hier, und alleine, mit drei kleinen Kindern, schaffe ich das nicht, der **Große** muss mir helfen!"

So lief die Unterredung sinngemäß ab. Die DDR-Behörden hatten wohl ein Einsehen und gaben grünes Licht für **alle** Kinder. So kamen wir, ca. 1958 in Westdeutschland bei unserem Onkel, an. Besucher dieser Art wurden sofort als Flüchtlinge behandelt. Nach einem kurzen Aufenthalt im legendären Friedland, dem Sammellager, wo zunächst alle Papiere, und speziell die deutsche Herkunft, geprüft wurden, ging es nach einem uns nicht bekannten Verteilerschlüssel nach knapp zwei Wochen in ein Lager nach Hechingen und kurze Zeit später nach Bietenhausen!

Zeitgleich machte sich mein Vater auf nach Ostberlin, Richtung U-Bahnhof Friedrichstraße, dem einzigen damals halbwegs offenen Grenzpunkt als Drehscheibe zwischen Ost und West. Wohl mit gefälschten Papieren konnte er Westberlin erreichen und dann mit dem Flieger vermutlich Nürnberg.

Aus der Erzählung meines Vaters konnte ich mir nur ein Detail merken, das unvergessen bleiben wird: Der DDR-Grenzposten fragte meinen Vater nach seinem Namen und seinen Papieren.

„Ich heiße „Zelenzoscz."

Nun muss man wissen, dass die polnische Sprache neben der vom Lateinischen bekannten ausufernden Grammatik noch besondere phonetische Schikanen aufweist, die Nichtschlesiern unheimliche Schwierigkeiten bereiten:

Das polnische „Z" wird weich gesprochen, ähnlich wie im Französischen „General" oder die Zigarettenmarke „Gitanes".

Das polnische „L" mit mittigem Querstrich ist kein „L", sondern wird gesprochen wie „o-u" oder „u-en".

Und das „scz" mit seinen vielen „tschüss" ist bekanntermaßen für einen Mitteleuropäer unaussprechlich.

Mit diesem Trick – ich stelle mir immer vor, wie dieser steife, preußisch erzogene Grenzbeamte, der die Polen trotz Bruderschaft mit dem sozialistischen Nachbarland nicht mochte, überfordert war – gelang meinem Vater die Flucht, sodass wir uns im Lager in Friedland wiedervereinen konnten.

KAPITEL 3

„Die Kinder von Bullerbü" und „Die Heiden von Kumerow"

Bietenhausen, unsere neue Heimat, war damals ein Dorf mit wenigen Hundert Einwohnern, wo jeder jeden kannte. Einigen der Leser ist dieser Ort nicht fremd, die evangelische Kirche (welch ein Zufall) unterhielt dort damals ein Diasporahaus für Waisenkinder!

Das menschliche Gehirn ist ein Wunderwerk der Natur, ein Mysterium, und steckt voller Überraschungen. Mit unserem Sohn haben wir in den 90-er-Jahren per Flieger als Pauschaltouristen Teile von Nordafrika besucht und teilweise kennengelernt: Ägypten, Tunesien, Djerba, Marokko.

Sebastian war damals zwischen vier und acht Jahre alt und kann sich fast an nichts mehr erinnern!

Nun sollte man meinen, dass sich solche Reisen zumindest in das Unterbewusstsein eingeprägt haben und die Reiselust beflügeln. Dem ist leider nicht so.

In Deutschland geboren, pflegt er ein eher distanziertes Verhältnis zu unseren verbliebenen polnischen Verwandten aus der Familie meiner Frau und fühlt sich in der Albstädter Provinz sichtlich wohl.

Anders bei mir. Ich habe noch ein Bild gespeichert, wie ich in Chorzow (Königshütte) in meinem Geburtshaus in Schlesien mit einem kleinen Dreirad im Flur umherfahre, als knapp Dreijähriger!

Und ich habe das Bild gespeichert, wie wir als Großfamilie und Flüchtlinge in Bietenhausen angekommen, aus dem klapprigen VW-Bus steigen, eine Zinkwanne voll mit allen Habseligkeiten, die wir hatten, also quasi mit nichts, und von einigen Kindern und älteren Einheimischen wie Aliens bestaunt wurden – mit einer Mischung aus Neugier und Ablehnung.

Obschon deutschstämmig, mussten wir uns jahrelang, auch woanders, das Schimpfwort „Polacken" gefallen lassen!

Nun war nach dem Krieg vieles zerstört, die Bundeskasse war leer, und die Verbesserungen der Infrastruktur sind schon **vor** dem Krieg nicht in allen Ortschaften angekommen – will heißen: Außer der geteerten Hauptstraße gab es nur Schotterwege und lehmige Feldwege, die Straßenbeleuchtung war nicht mal ausreichend für die Hauptstraße und die Bauernhäuser, mit dem obligatorischen Misthaufen vor dem Haus, bedurften fast alle einer optischen und bautechnischen Verbesserung.

Angesichts dieser für Menschen aus der Großstadt bzw. einem Ballungsgebiet wie für das Ruhrgebiet wie auch für das oberschlesische Zentrum des Kohleabbaus typischen, schockierenden Bilder eines schwäbischen Dorfes, ließ mein älterer Halbbruder, wie er uns öfter erzählte, spontan verlauten: „Mama, wir fahren nach Hause, das ist ja hier schlimmer als in Polen!"

Gott sei Dank sind wir geblieben. Und haben es sogar zu etwas gebracht (um auch dieses Klischee zu gebrauchen).

Der Mensch ist ein Gewohnheitstier, die Zeit eilt und heilt viele Wunden.

Ich weiß wenig darüber, wie meine Eltern diese schwierige Zeit der Umgewöhnung mental verkraftet haben. Kinder, allemal, sind neugierig, offen für alles Neue und Unbekannte und aufgrund ihres Spieltriebes leicht in eine Parallelwelt zu entführen, weil sie ja auch keine Pflichten im Sinne von Existenzaufbau oder Ängste wie Geldnot oder Zukunftsplanung kennen.

Was soll ich sagen?

Meine Kindheit in dieser dörflichen Idylle war unbeschwert und aufregend. Kinder lernen schnell eine fremde Sprache, d. h.

Hochdeutsch und Schwäbisch gleichzeitig, und finden immer Gleichgesinnte, die man weniger als Freunde, aber doch als sympathische Spielkameraden bezeichnen kann.

Kühe, Schweine, Ziegen, Schafe, Gänse, Enten, Hühner, Hunde, Hasen, Katzen …

Nein, das war kein Streichelzoo. Wir alle haben mit diesen Tieren **zusammen** gelebt. In den heißen Sommern waren wir oft bei Feldarbeiten „behilflich", in den kalten Wintern, wenn schon mal bei dem einen oder anderen die Wasserleitung zufror, gingen wir über den Hof zum Nachbarn in den Kuhstall, wo diese herrlichen Tiere, in diesem Fall mit ihrer natürlichen Wärme, einen wohligen Aufenthaltsort schafften und damit natürlich auch für Leitungswasser sorgten!

Wenn ich mir das Paradies vorstelle – dann so (auch die Zeugen Jehovas „spielen" mit diesem Klischee)!

Das zweite Bild vom Paradies, für mich, ist natürlich Dubai. Was der Mensch an Luxus, Fortschritt, Ästhetik, Wohlstand etc. auf unserem Planeten überhaupt schaffen kann – dort wurde es Realität.

Irgendwann werde ich die meiner Frau versprochene Hochzeitsreise zum 35. Ehejubiläum nach Dubai realisieren!

Die Idylle in Bietenhausen wäre perfekt gewesen, wenn dieser Ort am Meer, zumindest aber an einem größeren See gelegen wäre. So mussten wir uns mit dem Bach „Starzel" begnügen, der auch allerhand Interessantes zu bieten hatte, z.B. Flusskrebse. Das Wasser war damals, vor Beginn der „Wohlstandsoffensive", natürlich sauber, sodass meine älteren Spielkameraden, allen voran mein Bruder, sich am Fang der Krebse ergötzten. Ich gebe zu, tiefe Gewässer mit wenig Sicht zum Grund sind mir bis heute suspekt, sodass ich nie von irgendeinem Steg in irgendeinen mir nicht bekannten See springen würde!

Westdeutschland war damals von den Siegermächten besetzt. Einmal hielten die Franzosen in unserer Nähe ein Manöver ab. Da es sommerlich heiß war, erlaubten es sich die Soldaten, den Bach kurzerhand mit vorhandenen Steinen aufzustauen, sodass sie dann einigermaßen vor dem Wehr baden konnten. Als das Manöver vorbei und die Soldaten weg waren, nutzten natürlich alle Kinder, aber auch Erwachsene, diesen neuen Abenteuerspielplatz, sodass der Drang nach Wasser, nicht nur bei mir, einigermaßen befriedigt war.

Durch solcherlei Geschehnisse waren wir alsbald in die dörfliche Gemeinschaft eingegliedert und akzeptiert. Wie ich mich erinnern kann, waren wir wohl damals die einzigen Flüchtlinge, und – wir waren katholisch! Deshalb wohnten wir im Gemeindehaus. Mutter achtete darauf, dass wir regelmäßig am Sonntag in die Kirche gingen. Später kamen noch einige Fremde in das Dorf: eine ältere, rundliche Dame mit ihrem jugendlichen Sohn, die wohl ein Geschäft für Bilder und Bilderrahmen in Tübingen betrieb (welch ein Zufall) und dieses, vermutlich aus wirtschaftlichen Gründen, aufgeben musste. Sie stellte unsere Bühne voll mit Bildern und Rahmen.

Das andere Paar Fremde war eine kränkliche, ältere, hagere Dame mit ihrer ca. zwölfjährigen Tochter, die sich aber nicht zu schade war, mit uns Grünschnäbeln zu spielen.

Auch diese „Fremden" waren eine Bereicherung für das Dorf, hatten aber alle dieselben Handicaps – sie sprachen Hochdeutsch und waren evangelisch!

Das Wort *Protestanten* kannten wir damals noch nicht, deswegen gab es auch keinerlei „Berührungen" zwischen den Kindern aus dem Diasporahaus und den Einheimischen. Schließlich „gingen diese nicht in die Kirche", das nächste, evangelische Gotteshaus war wohl kilometerweit weg; ob im Diasporahaus, in einer kleinen Kapelle, mit einem Pfarrer Messen abgehalten wurden, wussten wir nicht, das hat auch niemanden interessiert. Deshalb bestand von Anfang an eine unbegründete Abneigung gegen diese „Heiden", die sich in gelegentlichen, spontanen Hassszenen offenbarte, wenn wir z. B. Äpfel gegen die umzäunte Anstalt in Richtung einiger Provokanten warfen („Was wollt ihr Bauern?"), selten auch mal Steine.

Im Nachhinein habe ich mich, gerade wegen solch dummer, provinzieller, verkrusteter, nicht nachvollziehbarer Ablehnung gegenüber Andersdenkenden, die oft auch unverschuldet benachteiligt worden waren (vgl. Dresden, Chemnitz etc.), zum fanatischen „Spät-68er" entwickelt und halte das Bild von Che Guevara noch heute in Ehren!

Die Akzeptanz für uns Flüchtlinge wurde bestärkt durch unsere späteren, guten schulischen Leistungen in der dörflichen Gemeinschaftsschule. Knapp 30 Kinder waren in einer Klasse vereint, von Abc-Schützen bis zu Schulabgängern wurden alle Kinder von nur einem Lehrer „erzogen". Die gemäßigte Prügelstrafe war dabei obligatorisch, speziell der Pfarrer war dafür bekannt, mit dem Bambusstock auf Schulter und Hände zu schlagen, wenn die Aufmerksamkeit nachließ.

Unter Blinden ist der Einäugige König – die pädagogischen Ergebnisse dieser Gesamtschule waren eher mäßig. Wir Geschwister dagegen halfen uns gegenseitig bei den Hausaufgaben, und aufgrund des Altersunterschiedes waren wir natürlich den anderen, schulisch gesehen, immer etwas voraus.

Diese Einheitsschule war natürlich auch perfekt für Praktikanten des Lehramtes.

So geschah es, dass eines Tages, unverhofft, eine junge, gut aussehende Kandidatin in die Schule kam und den Unterricht leitete. Der hiesige Lehrer wie auch der Pfarrer waren beide schon um die 50 Jahre alt, für uns Kinder damals also „alte Knacker", mit Wohlstandsbauch und konservativen Ansichten.

Die junge Praktikantin, schon weil sie aus der Stadt kam, Hochdeutsch sprach und studiert hatte, war ein Wesen von einem fremden Stern!

Deshalb war der Unterricht auch interessanter, moderner, und – die Prügelstrafe überflüssig.

Vielleicht war es eine Art Massenpsychose – einige Jungs, darunter zähle ich auch **mich,** hatten sich sofort in diese Lehrerin verliebt. So schlichen wir ihr hinterher, wenn sie spazieren oder einkaufen ging, trauten uns aber nicht direkt in ihre Nähe, weil der kulturelle und altersmäßige Unterschied eine unsichtbare Barriere schaffte.

Vielleicht ist das auch der Grund, dass ich später eine ähnlich aufregende, zweieinhalb Jahre ältere „Fee" zum Traualtar führte.

Auf jeden Fall muss ich immer an diese „traumhafte" Praktikantin denken, wenn ich zufällig irgendwo irgendwas zu Shakespeares „Sommernachtstraum" vernehme!

KAPITEL 4

Seelenschau

Wie in der Südsee mit ihren jahreszeitlich bedingten Stürmen und Orkanen gab es natürlich auch in meinem „Paradies" Schatten. Diese hatten ihren Ursprung in der familiären Konstellation. Unser älterer Halbbruder (damals ca. 14 Jahre jung) kam relativ schnell nach Oberrimsingen an den Kaiserstuhl zu einem Sprachkurs, integriert mit dem Abschluss für die Grundschule, für gut ein Jahr. Deshalb musste mein ca. zwei Jahre älterer Bruder auf mich und meine jüngere Schwester aufpassen.

Denn unsere Eltern erhielten schnell einen Arbeitsplatz – Vater als Mitarbeiter beim Bau der Bodenseewasserleitung, Mutter als Akkordarbeiterin in einem Textilunternehmen. So waren die Kinder auf sich allein gestellt, mit allen Vor- und Nachteilen.

Zum einen hatten wir freie Bahn bei der Wahl unserer „Spielorte", konnten uns zu dritt eher mal gelegentlichen Anfeindungen der Ortsansässigen erwehren („was wollt ihr Flüchtlinge hier"?) und lernten früh eine Art von Selbstständigkeit, die in heutiger Zeit (Helikoptereltern) weniger typisch ist.

Andererseits erkundeten wir, unter Missachtung von Grenzen und Zäunen, alle Örtlichkeiten der bäuerlichen Gegebenheiten, was natürlich manche Einheimische nicht tolerierten!

Parallel war mein älterer Bruder, der schon von den Erbanlagen her eher das „Alphatier" repräsentierte, immer mehr in die Rolle des Anführers und Wortführers hineingewachsen, sodass ich, auch geistig nicht so weit entwickelt, immer der hilflosere, unsichere, oft ein notwendiges Übel, das sog. fünfte Rad am Wagen war, wenn die naturgemäß älteren Spielkameraden Messer, Speere oder Revolver schnitzten oder einfach Flugdrachen bastelten und ich dabei intellektuell sichtlich überfordert war. Das hat aber auch seine guten Seiten – später stellte ich fest, dass ich, im Vergleich zu Jahrgangskumpels, „technisch" etwas besser drauf war, weil ich mir derartige Erfahrungen mühsam angeeignet hatte bzw. habe aneignen müssen!

Typisch für dieses Problemfeld ist auch die weitere Entwicklung unseres älteren Halbbruders. Er ist ein Naturtalent, wenn man denn eine besondere genetische Gabe so nennen darf: Mit Bravour absolvierte er nicht nur den Sprachkurs am Kaiserstuhl, sondern auch den Volksschulabschluss in Oberrimsingen. Sodann sprach er akzentfrei und perfekt Hochdeutsch, Schulpolnisch, das schulisch früher in Schlesien vorgegebene Russisch und natürlich den schlesischen Dialekt. Er war damals gut aussehend, offen und von freundlichem Wesen, so wie man sich einen Schlagerstar wie Peter Kraus vorstellt. Deshalb war es kein Zufall, dass er mit 15 Jahren eine Lehrstelle bei einem Uhrmacher in Tübingen fand (welch ein Zufall).

Ich bin technisch wenig begabt. Wenn ich mir vorstelle, wie Ingenieure ein Automatikgetriebe fürs Auto entwickeln, überfällt mich Ungläubigkeit und Depression. So was können sich doch nur „Wahnsinnige" ausdenken!

Der geneigte Leser bzw. die geneigte Leserin kann sich vorstellen, wie es mir damals als Kind vorkommen musste, wenn ich das Lehrmaterial meines älteren Halbbruders betrachtete!

Nun war es von Bietenhausen nach Tübingen (ca. 20 km), wie es mir damals vorkam, eine Weltreise. Irgendwie schaffte es mein Bruder verkehrstechnisch immer wieder zum Lehrmeister, bis er relativ schnell ein Moped bekam. Dies war damals, wie man weiß, ein Luxus, aber dieses Moped verdiente eher das Attribut „Schrotthaufen" denn Luxusgefährt. Aus Erzählungen weiß ich, dass er öfter liegen blieb und sein Moped ständig reparieren musste.

Als „Naturtalent" war dies für ihn keine besondere Herausforderung.

Eher schon sein erstes Auto, ein alter, klappriger VW Käfer natürlich.

Um die Vorstellungskraft des Lesers weiter herauszufordern, muss ich betonen, dass – meine Erinnerung mag mich täuschen – mein Bruder der vierte Einwohner im Dorf war, der ein Auto fuhr (mein Vater hatte nie den Führerschein gemacht):

Es besaß der Bürgermeister (und Steinbruchbetreiber) einen dunklen Mercedes.

Der Schneider hatte eine rote BMW Isetta und der Bauer von schräg gegenüber eine blaue. Ansonsten fuhr man allenthalben mit dem Moped, Motorrad oder Traktor in die nächste Ortschaft oder Stadt.

Insofern war der Besitz eines VW Käfers damals sehr wohl ein Luxus, der bei den Einheimischen Neid erweckte („Die Flüchtlinge bekommen so viel Geld als Entschädigung, dass sie sich das leisten können?!"), meinen Bruder aber bis an seine physischen und psychischen Grenzen hin herausforderte. In meiner Erinnerung bastelte er in seiner Freizeit ständig am Käfer herum, bis hin zum Austauschen des Motors. Dabei mussten ihm aber sein Stiefvater sowie auch mein älterer Bruder helfen.

Wie dumm und überflüssig kam ich mir damals vor, als ich voller Staunen zusah, und eigentlich immer nur im Weg stand, wenn solch existenzwichtige Transaktionen durchgeführt wurden!

Das Staunen, aber noch mehr diese Unsicherheit angesichts solch technischer Probleme begleiten mich bis heute (unser Sohn bringt meinen störanfälligen PC immer wieder in Schwung), weshalb ich zugeben muss, dass die damaligen Erlebnisse bei mir eine deutliche Psychose hinterlassen haben – die Technik ist nicht mein Ding!

Aber wie oben bereits ausgeführt, hat alles seine zwei Seiten.

Es gilt immer noch das Sprichwort: „Was Hänschen nicht lernt, lernt Hans nimmermehr!"

So kann ich, auch aufgrund der späteren Geschehnisse, als meine älteren Brüder ein Faible für Alfa Romeo hatten und diese, da reparaturbedürftig, günstig kauften und selbst flottmachten, mit Recht sagen, dass ich von ihnen einen Grundstock im technischen Bereich „Fahrzeuge" erlernt habe, den ich bis heute nutze (vgl. spätere Ausführungen). Ich würde nicht übertreiben, wenn ich behauptete, ich könnte notfalls im Dschungel, wenn denn das Bordwerkzeug so viel hergeben würde, die Zylinderkopfdichtung eines Jeeps wechseln, d. h. notfalls eine Dichtung aus Leder oder Kunststoff basteln, um die nächste Zivilisation zu erreichen.

Bin ich deshalb ein „toller Hecht"?

Nein. Kenntnisse solcher Art habe ich, der Not gehorchend, mir mühsam erarbeitet.

Liebend gern würde ich darauf verzichten, wenn ich dadurch eine Psychose weniger hätte!

Der VW Käfer war also die Wurzel meines Übels.

Weil mein Halbbruder als Halbkriegswaise galt, durfte er bereits mit 17,5 Jahren den Führerschein erwerben und dadurch natürlich die ganze sechsköpfige Familie zu Freunden und Verwandten kutschieren. Nach Gräfenberg zu unserem Onkel und unserer ersten Station in Westdeutschland war es damals wirklich eine Weltreise (ca. 260 km), die für uns Kinder natürlich sehr aufregend war.

Im Rückblick muss ich zugeben, dass ich, trotz aller Ungereimtheiten, meinen Brüdern bis heute dafür dankbar bin, dass sie mich, den technisch Unbegabten, in eine völlig andere, für sie nicht nachvollziehbare Richtung tendierenden, geschult hatten!

Leise, unspektakulär und unbemerkt von meiner Umgebung, vollzog sich damals, nachdem mein älterer Bruder mir das Lesen beigebracht hatte (früher als Gleichaltrigen), der Start in einen neuen Lebensabschnitt, der in diesem Buch seine Kulmination findet.

Das Ganze begann, so banal oder geschmacklos es auch klingen mag, auf dem Klo!

So arm wie damals die Kommunen waren, um wie viel ärmer waren wir damals als sechsköpfige Flüchtlingsfamilie?

Die Bauern zahlten keine Miete, wohnten, mehrere Generationen gleichzeitig, in den ererbten Höfen und waren überwiegend Selbstversorger:

Gemüse, Fleisch, Milch, Brot – fast alles wurde selbst erzeugt und kostete fast nichts. Unsere Eltern waren so klug, sich diesem Vorteil anzuschließen, so gut es ging, und hielten zeitweise einige Kaninchen und drei Gänse! Wie abgemacht „gehörte" eine Gans der Schwester, eine dem Bruder und eine mir!

Dabei mussten auch unsere Eltern die überraschende Erfahrung machen, dass Tiere einen Charakter haben, und, soweit damals von uns Kinder gefühlt, auch eine Seele!

Wie bei Hundehaltern oft bestätigt, spiegelten auch unsere Gänse weitgehend den Charakter des „Besitzers" wider:

So war die Gans meines Bruders der Typ Anführer, dem die anderen Tiere folgten.

Meine Gans war eher der neugierige Typ, der schon mal aus der Reihe tanzte.

Und die meiner Schwester zugeordnete „Dame" war eher egoistisch, hinterhältig und bissig!

Wie ich mich erinnern kann, haben wir Kinder später wohl kaum etwas von den Gänsebraten verzehrt …

Zur Entlastung des Budgets und einfach, um hin und wieder mal „richtig" satt zu werden, beteiligten sich die Eltern einmal jährlich beim Schweineschlachten.

Woher unsere Eltern, aus einer Großstadt kommend, sich die Gabe aneigneten, selbst Wurst zu machen, weiß ich nicht.

Auf jeden Fall reichte die Schweinehälfte als Nahrung für ein ganzes Jahr, wenn auch hie und da durch Einkäufe im Laden, schon wegen der Abwechslung, der Vorrat „gestreckt" wurde.

Sparen in allen Bereichen, das war damals oberstes Prinzip. So musste ich die noch brauchbaren Sachen meines älteren Bruders tragen. Auch Gebrauchsgegenstände, wie Roller oder Fahrrad, übernahm ich vom Bruder, auch ein Moped, das er neu bekommen hatte, bei meiner Übernahme aber bereits über 50 Tausend Km ausgehalten hatte – das erste, viertaktige Moped auf dem Markt, die Honda SS 50!

Die Schwester hingegen war als Mädchen privilegiert, bekam alles neu, weshalb ich in dieser Zeit eine weitere Psychose entwickelte: den Hang zu Markenartikeln und zu Luxusgütern, die ich nicht mieten, leasen oder ausborgen muss, sondern mein Eigen nennen darf!

Mein Vater hatte damals die Angewohnheit, alte Zeitungen in handliche Teile zu schneiden und als Klopapier vorzulegen, teils um das teure Fertigpapier zu strecken oder einfach wenn das Klopapier ausgegangen war.

Diese Zeitungsausschnitte waren für mich so etwas wie der Zugang zur großen, weiten und komplizierten Welt, wobei ich auch die Tagespolitik wie mit einem Schwamm aufsaugte. Fremdwörter faszinierten mich, auch wenn ich sie nicht richtig verstand. Teile davon schlug ich nach im Lexikon unseres Uhrmacherlehrlings, andere erschlossen sich mir durch häufige Wiederholung sinngemäß und ausreichend.

Mit meinen Geschwistern hatte ich, wie ich später noch begründen werde, Jahre später keinen Kontakt mehr. Während einiger weniger, amtlich veranlasster Treffen mit meinem Bruder, der gelernter Elektromechaniker ist, hatte ich den Eindruck, dass er sich, sprachlich gesehen, wenig weiterentwickelt hatte und Fremdwörter nicht fehlerfrei aussprechen konnte, z. B. K-o-o-r-d-i-n-a-t-i-o-n-s-s-c-h-w-i-e-r-i-g-k-e-i-t-e-n!

Ich hingegen war fasziniert von diesen fremden Wörtern mit bedeutungsschwangerem Inhalt. Deshalb habe ich auch viel im Lexikon nachgeschaut, Kinderbücher gelesen, später auch Abenteuerromane meines Halbbruders, der diese wohl vom Kaiserstuhl mitgebracht hatte, und im Gymnasium Latein als zweite Fremdsprache gewählt.

KAPITEL 5

Integration

Unsere Eltern, nach typischem Sprachgebrauch als Hilfsarbeiter zu bezeichnen, waren damals klug und weitsichtig genug, um möglichst rasch den Wohnort wechseln zu wollen. Schwerpunkt dieses Gedankens waren nicht die besseren Jobangebote in größeren Städten oder Gemeinden – es ging ganz einfach um die besseren Verkehrsbedingungen für die Kinder, die, gottlob, „es einmal besser haben sollen als wir"!

Im Vordergrund stand der Zugang zu höheren Schulen, den man damals, von Bietenhausen aus, wirklich nicht hatte. Den Eltern war schwerlich entgangen, dass ihre Sprösslinge, zumal im „Dreierpack" oder gar zu viert, allen anderen Ortsansässigen überlegen waren. Dies soll keinesfalls eine Herabwürdigung der einheimischen Bevölkerung bedeuten – sie waren es gewohnt, von der Landwirtschaft zu leben, und hatten eben diese Priorität, die wir Flüchtlingskinder aus einer größeren schlesischen Stadt letztlich eher wie Feriengäste beschnupperten!

So geschah es, als ich acht oder neun Jahre alt war, dass wir nach Boll, fast am Fuß der Burg Hohenzollern (welch ein Zufall), umziehen durften. Meine Mutter hatte damals, wie jetzt meine Frau, die Gabe, ältere, konservative, schlecht gelaunte, oft kriegsversehrte Beamte bei den Landratsämtern oder anderen Behörden mit ihren Argumenten und ihrem Charme „um den Finger zu wickeln".

Ob dieser Ort damals als Gemeinde oder als Stadtteil bezeichnet wurde, war uns allen vollkommen egal. Tatsache war, dass Boll, im Vergleich zu Bietenhausen, im Einzugsgebiet mehr als 20-mal so viele Einwohner besaß und davon natürlich, arithmetisch korrekt, auch mehr „Flüchtlinge" oder Hochdeutsch sprechende Zeitgenossen. Aufgrund dieser Konstellation verschwammen nach und nach Reizwörter wie „Vertriebene", „Flüchtlinge" oder einfach „Angeschwemmte" bzw. „Reingeschmeckte"!

Im Gegenteil – die Übersiedler wurden bereits damals, obwohl das noch nicht Allgemeingut sein konnte, für ihre Verdienste um den Aufbau der Bundesrepublik geehrt – z. B. durch Straßennamen wie „Danziger Straße", „Breslauer Straße" etc.

Zunächst hieß es für mich, die Grundschule zu beenden. Anlagebedingt, oder aufgrund göttlicher Fügung, zeigte sich sehr bald, dass ich auch in Boll grammatikalisch und sprachlich ziemlich weit vorn lag. Deshalb war es kein Wunder, dass ich flugs in der Grundschule zum Klassensprecher gewählt wurde. Diese Ehrung dauerte aber nur knapp ein Jahr.

Dann begann der „Ernst des Lebens".

Meine Schulnoten waren damals überdurchschnittlich gut. Das entging meinen Eltern natürlich nicht, beeindruckte aber meinen Klassenlehrer in keiner Weise!

In den 60er-Jahren waren die Ansichten, Lebensphilosophien und Entscheidungskriterien für Menschen in disponierter Stellung eher wilhelminisch geprägt – aufs Gymnasium oder in die Realschule dürfen nur Kinder, die aus wohlhabenden Familien stammten, aus Akademikerfamilien oder aus Familien, die, aus welchen Gründen auch immer, gute Kontakte zu den Behörden oder Schulen hatten!

Dieses Problem bekam ich aufgrund einer persönlichen Aussprache mit dem Klassenlehrer hautnah zu spüren. Gott sei Dank ließ mich meine Mutter in diesem Fall nicht im Stich. Ich bekam die Empfehlung auf das Gymnasium in Hechingen und fühlte mich erst einmal geehrt. **War ich doch der Erste in unserer Großfamilie, der eine höhere Schulbildung genießen durfte!**

Der Schock ließ aber nicht lange auf sich warten.

Wie gesagt war ich, wenn es um technische Dinge ging, keine „Leuchte". Wie breit man den Begriff „Technik" auslegen kann, erfuhr ich dann am Gymnasium Hechingen: Mathematik, Physik, Chemie und Biologie waren für mich damals wie Szenarien von einem fremden Stern. Wer braucht denn so was?

In schwierigen Zeiten kann man sich nur auf seine Erfahrungen verlassen und auf seine Gene. Weil die genannten Fächer für mich neu waren und ich damit selten intensiv Berührung gehabt hatte, waren die Schulnoten entsprechend schlecht. Belastet, im Unterbewusstsein, mit den Ratschlägen meines Klassenlehrers aus der Grundschule, habe ich die folgenden sechs Jahre auf den Gymnasien immer gezweifelt, ob der Schritt in diese Schule richtig war.

Heute ist mir diese Entscheidung als existenziell wichtig bewusst, aber ab der ersten Klasse Gymnasium kämpfte ich immer nur um die Versetzung – in Mathe zwischen Vier und Fünf, in Physik und Chemie war es etwas besser. Auch Latein lag mir mit einer Zensur zwischen Vier und Fünf schwer im Magen, wobei ich einen „Fünfer" mit meiner „Zwei" in Deutsch immer ausgleichen konnte.

Später erfuhr ich aber, dass „Latein" ein didaktisches Problem war!

Erst auf dem Abendgymnasium Reutlingen, im Jahr 1979, klärte uns ein engagierter, typischer 68er-Lehrer auf, dass man nur die wichtigsten Ausnahmeregeln der Grammatik auswendig lernen müsse, dann habe man einen akzeptablen Zugang zu dieser „toten Sprache"!

Im folgenden Abitur schaffte ich im Fach Latein dann tatsächlich eine Zwei, worauf ich bis heute stolz bin und auch sein darf!

Aber meinen Eltern war es nicht entgangen, dass ich sechs Jahre lang um die Versetzung kämpfte. Deshalb verschafften sie mir, als ich 16 war, eine Lehrstelle bei Bizerba in Balingen (dank meiner dort bereits beschäftigten Brüder).

Der lange Kampf auf den Schulen war allerdings nicht verzweifelt oder sinnlos gewesen – dank meiner Gene war ich immer, wie der Zufall es so will, eine Art Liebling der Deutschlehrer gewesen. In Hechingen wie auch in Balingen und später als Fernlehrgangsteilnehmer zum Abitur und danach am Abendgymnasium Reutlingen – immer traf ich auf Deutschlehrer/-innen, die, man spürt es sofort, „Brüder oder Schwestern im Geiste" waren.

Dank dieser „Blutsbrüderschaft" konnte ich die schwierige Zeit auf den Gymnasien überhaupt schadlos überstehen!

Und auch dank meines Freundes Winni!

KAPITEL 6

Winni, Martini und Bier

Wenn ich Freundschaft definieren sollte, so denke ich zunächst an eine gemeinsame, geistige Grundhaltung, an gegenseitigen Austausch von Wissen und Taten, aber auch an lange Jahre Treue, „in guten wie in schlechten Zeiten".

Dieser Spruch passt ganz gut.

Die ideale **Ehe** sehe ich dort, wo man, neben der gemeinsamen Existenzführung, gleichzeitig einen guten Freund an seiner Seite weiß!

Meine Schwägerin, die meinen Bruder bereits mit 18 Jahren – er war damals knapp 18, also nicht volljährig – heiratete, lästerte später öfter, ich wäre mit meinem Freund verheiratet!

Winni und ich lernten uns auf dem Schulhof in Hechingen kennen. Er besuchte die Realschule, ich das Gymnasium, womit ich bei ihm, schon wegen des Lateinunterrichts, punkten konnte. Er wohnte, Luftlinie gesehen, knapp 100 Meter von unserer Sozialwohnung weg in einem Eigenheim, sodass wir uns, nach der Schule, öfter trafen.

An dieser Stelle muss ich mit einem Vorurteil aufräumen, das sich bis heute hartnäckig hält. Unbedarfte Eltern sagen immer: „Wenn mein Kind nicht besonders gute Noten aufweist, schicke ich es in die Realschule, weil es fürs Gymnasium nicht reicht." Das ist falsch: Das Gymnasium ist humanistisch geprägt, sprich, der Schwerpunkt liegt auf Deutsch (Buchinterpretationen), zwei Fremdsprachen und (damals) alle anderen übrigen Fächer. Soweit mir bekannt, kümmern sich die Lehrer auf der Realschule mehr um Mathematik, Physik, Chemie und Biologie, sodass ein Schüler, der die Grundschule mit mäßigen Noten in den „technischen" Fächern abschließt, auf dem Gymnasium besser aufgehoben wäre als in der Realschule, um die damals sog. „mittlere Reife" zu erwerben.

Mein Freund Winni ist das beste Beispiel hierfür. Intuitiv richtig, oder aufgrund fehlender Einsicht in die Problematik, schickten ihn seine Eltern auf die Realschule, wo er, wie sich später zeigte, in Mathe und Physik als Naturtalent galt. Folgerichtig konnte er später nicht Jura oder Medizin studieren, aber seine Lieblingsfächer, wie Mathematik oder Physik, über das Wirtschaftsgymnasium zum Einstieg in das Studium als Karriereleiter nutzen.

Als unsere Freundschaft begann, waren wir etwa 14 Jahre jung. Heute hat dies immer noch einen Anklang von „Grünschnabel".

Wenn man aber bedenkt, dass fast alle Eltern damals, schon wegen der Kriegswirren, kaum eine akademische Bildung besaßen (vgl. Ex-Bundeskanzler Kohl oder Papst Paul VI. mit Notabitur), waren wir unseren betagten Erzeugern schon aufgrund der Vielfalt der Schulfächer geistig oft überlegen!

Ende der 60er-Jahre war der Existenzkampf immer noch geprägt von Sparen in allen Bereichen. Diese Reduzierung der menschlichen Existenz auf solch banale Dinge wie Broterwerb, Häuslebauen oder Autokaufen vermochte einem Realschüler, der, ausgehend von der Urknalltheorie, die Entwicklung des Universums in allen Teilbereichen weiterverfolgte, oder einem Gymnasiasten, der Cicero auf Lateinisch las, nur ein müdes Lächeln abverlangen.

Ohne Übertreibung kann ich heute sagen, dass wir damals, als 14 und 15-Jährige, in einer Parallelwelt lebten, die den Eltern verschlossen war, weil das nötige Grundwissen fehlte oder, aufgrund der politischen Wirrungen, verloren gegangen war. Folgerichtig kam es zu entsprechenden Entgleisungen der Kinder.

Winni hatte eine kurze Phase, in der er, fast täglich, eine halbe oder ganze Flasche Martini trank. In seinem Zimmer im dritten Stock, unterm Dach, zeigte er mir die Anhäufung von leeren Flaschen, die er irgendwie entsorgen musste. Ich dagegen war mehr der Typ Biertrinker. Das ist in der Zeit meiner Hausaufgabenerledigung auf dem Gymnasium begründet. Wie bekannt, hatte ich keine Probleme mit Deutsch, Biologie oder sogar Physik.

Wenn es aber um Mathe ging, war ich immer kurz vor dem Verzweifeln.

In diesem Punkt kam mir die Erfahrung aus der polnischen Naturheilkunde zugute. Wer merkt, dass eine Erkältung droht, trinkt abends vor dem Zubettgehen ein warmes Bier mit möglichst selbst gemachtem Himbeersaft.

Auf diese Rezeptur ist Verlass. Als Gymnasiast ist man natürlich flexibel und man sagt sich, Vorbeugen ist besser als Heilen, zumal diese Mischung, Bier und Himbeersaft, echt lecker schmeckt!

Mit spätestens 15 Jahren verlor ich also, so wie Winni (welch ein Zufall), meine „Unschuld", will sagen, bei den Schularbeiten, speziell wenn es um Mathe oder Latein ging, genehmigte ich mir zum Stressabbau fast täglich einen halben Liter Bier, vermischt mit Himbeersaft. Seit dieser Zeit weiß ich Bier zu schätzen!

Winni war mir geistig voraus!

Wesentlich früher als ich las er viele Bücher, was mir, aufgrund des Kampfes mit bzw. gegen die Hausaufgaben, schon zeitlich nicht möglich war. Schließlich musste ich „die Fahne hochhalten" und irgendwie die sog. mittlere Reife schaffen, um meine Familie wie auch mich nicht zu blamieren!

Wenn ich von Geben und Nehmen spreche, so habe ich von Winni mehr erhalten, als ich ihm je zurückgeben könnte:

Allein die Buchtipps waren existenziell wichtig – Aldous Huxley – „Schöne neue Welt"; George Orwell – „1984"; Heisenberg mit seiner Unschärfetheorie oder Handke mit seinen „Publikumsbeschimpfungen"!

Wer Bücher dieser Art nicht gelesen hat, kann kaum gesellschaftspolitisch relevant mitdiskutieren, geschweige denn an der Gestaltung unserer Zukunft mitarbeiten.

Auch im musikalischen Bereich erteilte er mir eine Erziehung, die man im Musikunterricht, auch an Gymnasien, in dieser „Tiefe" nie erhält.

„Über Geschmack lässt sich nicht streiten" – dieses Sprichwort lasse ich in diesem Fall nicht gelten. Erst wenn jemand die ganze Bandbreite der Musik erfahren hat, kann er sich später auf seine individuelle „Stilrichtung" festlegen. Der deutsche Schlager hätte nie diese irren Umsätze, wenn die Hörer auch nur ansatzweise meine „Erziehung" (durch Winni) genossen hätten!

Unsere gemeinsame Startplattform war die damalige Rockmusik: Rolling Stones, The Who, TEN YEARS AFTER, Woodstock etc.

Winni hatte daneben noch ein Faible für klassische Musik und für Jazz – Miles Davis –, mit dem ich zunächst nichts anfangen konnte. Über die bekannten „Ohrwürmer" wie „Die Vier Jahreszeiten" von Vivaldi, „Bilder einer Ausstellung" von Mussorgski oder Bachs bekanntestes Orgelstück „Toccata in d-Moll" führte er mich ein in die Feinheiten, die Symbolik und den Aufbau von Opern- oder Orchesterstücken. Beim Jazz, speziell dem Free Jazz, baute ich aber bald eine Mauer auf, weil sich diese Musik, außer bei Klassikern wie „Take Five" von Dave Brubeck oder die Jazzadaption von „Concierto de Aranjuez", genetisch gesehen in keiner Kammer meines Arbeiterklassehirns hatte einnisten wollen!

An dieser Stelle muss ich eine Beschreibung für den letztgenannten Klassiker bringen: Zu Beginn spielt die E-Gitarre und die Trompete das Leitmotiv, dramaturgisch verbessert durch den leisen, aber deutlich hörbaren Bass des Kontrabasses, der sofort eine Spannung aufbaut. Nach Ende des Leitmotivs spielen viele Instrumente, darunter Klavier, Trompete, Gitarre die Weiterführung in ziemlich freier Interpretation, aber noch so, dass man der Grundmelodie folgen kann, bis auch diese Phase beendet ist, und jetzt die für den Jazz typische Abänderung erhält, nämlich Soli fast aller beteiligten Instrumente in Manier des Free Jazz, wo man, außer vielleicht am Takt, die Grundkomposition des spanischen Komponisten kaum mehr erkennen kann.

Nachdem sich fast alle Instrumente mit ihren Soli exponiert haben, kommt es durch den Arrangeur zu einer Wiedervereinigung mit der uns allen bekannten Urmelodie, was leise und elegant zu Ende geführt wird.

Das ganze Stück dauert doch schon gute 15 Minuten, ist aber für mich ein gutes Beispiel für die Vielfalt und Qualität der global existierenden Musik, die man in Teilbereichen ständig noch verbessern kann (vgl. „Every Breath You Take" von Sting und dann von Puff Daddy).

Dieser, vielen als Orchesterstück bekannte spanische Klassiker, gehört seit Jahren zu meinen Favoriten.

Ähnlich strukturiert finden sich (ich spreche immer noch von meinen persönlichen Top Ten der Musikgeschichte) Beispiele in der Rockszene, z. B. Pink Floyd.

Vermutlich ist es ein Stück aus dem Album „The Dark Side of the Moon", bis heute konnte ich es nicht verifizieren. Auf jeden Fall findet sich darin ein lautes Zuggeräusch, eine Tunneldurchfahrt und das Wiehern eines Pferdes in Todesangst, das an Picassos Gemälde „Guernica" erinnert.

In der Aula des Hechinger Gymnasiums gab es ein überproportionales Wandgemälde, das wohl die Entwicklung der Menschheit, angefangen bei Adam und Eva, über die Weltkriege bis in die Neuzeit ausdrücken sollte. Dies sehe und höre ich eher naturwissenschaftlich symbolisiert (Vulkanausbruch) bei Pink Floyd auch. Daneben interpretiere ich einige Passagen als eine „missglückte Ufo-Landung". Das Beste aber, und das hat mir natürlich Winni erklärt, ist der Chor in der Mitte des Stückes – aus den Weiten des Weltalls, also quasi aus dem Nichts, entwickelt sich langsam, aber deutlich die vielstimmige, markdurchdringende Akustik eines Chores, die in der Musikgeschichte ziemlich einzigartig ist!

Ähnliches geschieht mir beim Hören von Jethro Tull – „Thick as a Brick" („Dumm wie Bohnenstroh"). Diese LP hatte ich mir aus meinem Englandaufenthalt mitgebracht – wir reisten gemeinsam mit dem Zug nach England, Winni nach London zum zwei-wöchigen Intensivkurs und ich für vier Wochen nach Brighton zu einem Sprachkurs mit Ferienprogramm!

Das Erlernen einer Fremdsprache bereitet mir normalerweise keine Probleme, aber nach sechs Jahren Schulenglisch und vier Wochen Brighton in einer Gastfamilie muss ich zugeben, dass ich englische Musiktexte, damals wie heute, nicht einmal zur Hälfte verstehe. Vielleicht liegt es daran, dass ich aufgrund jahrelangen Hörens von zu lauter Musik einen Teil der Hörfrequenzen vernichtet habe. Auch beim Schauen banaler Filme kann ich einige Aussagen überhaupt nicht wahrnehmen!

Anders unser Sohn. Er hat, leichter als ich, der zwei Sprachbücher durcharbeiten musste, um sich seine Muttersprache (Polnisch) anzueignen, die Sprache der Eltern einfach durch die ständigen Besuche in Polen nebenbei erlernt. Diesen Fachmann fragte ich nach dem Inhalt der Texte von „Thick as a Brick". Leider konnte auch er mir keine befriedigende Antwort geben, sodass ich davon ausgehen muss, dass diese Texte voller Symbolik sind (so wie ich das mag) und entsprechend frei interpretierbar, so wie die Texte von Bob Dylan.

Kurzum – wenn ich die letzten 30 Jahre bei entsprechender Stimmungslage „Thick as a Brick" höre, wo der Arrangeur mit reichlich Ausflügen in andere Stilrichtungen immer wieder zur Grundmelodie zurückkehrt, breche ich, weil ich diese Musik naturgemäß nur bei einem „Blues" höre, sprich bei einem fatalen Stimmungstief, regelmäßig in Tränen aus, was mich dann für die nächsten paar Monate wieder aufbaut!

Warum erzähle ich diese einzelnen Aspekte so detailliert?

Egal ob Musik, Mathe, Bücher oder Computer: Es kommt immer auf den Erzieher an!

Wenn man, wie Winni und ich, das Abitur, eventuell noch einige Semester Studium und die „kulturellen Altlasten" hinter sich hat, weiß man mit 19, 20 oder 21 Jahren **alles!**

Unser Sohn hat sich noch während seines Studiums der Verfahrenstechnik spontan genauso geäußert!

Goethe lässt in seinem Werk „Faust" (sinngemäß) provokativ fragen:

„Habe nun, ach! Philosophie, Juristerei und Medizin, und leider auch Theologie studiert […] da steh ich nun, ich armer Tor, und bin so klug als wie zuvor!
Was ist es, was die Welt im Innersten zusammenhält?"

Wir können ohne Ausflüge in die Magie, wie ehedem Faust, diese Frage mühelos beantworten, wobei meine Interpretation mehr in Richtung Ethik, Moral und Religion, bei Winni und Sebastian mehr in Richtung Naturwissenschaften tendiert!

Ohne die Dramaturgie stören zu wollen (die besten „Klopse" kommen noch!), ist es jetzt an der Zeit, „den Sack etwas zu öffnen, aus dem die berühmte Katze rausgelassen wird":

Natürlich kann ich nur für mich sprechen – aufgrund der Erziehung, die ich genossen habe, der Bildung, die ich mir mühsam angeeignet habe, und der daraus folgenden Lebenserfahrung, die zum großen Teil eine Reflexion über alle übrigen Mitbürgern einschließt, egal ob gebildet oder nicht, habe ich mit ca. 20 Jahren den Zenit meiner geistigen Fähigkeiten überschritten. Fast alles, was später kam, glich eher einer Wiederholung oder einer Ergänzung, brachte mich aber „zerebral", d. h. intellektuell, nicht mehr entscheidend weiter!
    Wie sieht nun „die Katze" aus, die da so neugierig aus dem imaginären Sack lugt?

Prinz Charles hat einmal gesagt, sein ganzes Studium in Cambridge habe ihm kein Wissen vermittelt, das er nutzen könnte. Was er „mitnahm", sei Humanismus und Toleranz!

Das kann ich nur bestätigen.

Wenig gebildete Zeitgenossen neigen zu Vorurteilen, vorschnellen Entscheidungen und charakterlichen Entgleisungen wie Hass oder Aggression.

Akademiker, die nur ihre Karriere im Sinn haben und eine humanistische Erziehung meiner Art nicht genossen haben bzw. später zugunsten des Fachwissens verdrängt haben, neigen zu Opportunismus, der die traditionelle, konservative, aus den vorigen Jahrhunderten übernommene Mentalität stützt und damit **kollidiert** mit der ständigen Fortentwicklung nicht nur in Technik und Wissenschaft, sondern auch innerhalb der Gesellschaft (vgl. 68er-Revolution weltweit). Das geht quer durch alle Berufsgruppen – Ärzte, Juristen, Unternehmer oder Staatsbedienstete!

Im Ergebnis führt diese engstirnige Geisteshaltung zu Fehlentwicklungen, die auf Kosten des sog. kleinen Mannes ausgetragen werden, den Fortschritt wie auch den Umweltschutz bremsen, die Reichen immer reicher machen und die traditionellen Machtstrukturen stärken!

Ich bin kein Akademiker. Dennoch habe ich „meine Lektion" gelernt und mich lebenslang für die Armen und Schwachen eingesetzt und die Kapitalisten bekämpft.

Dies werde ich bis ins Grab fortführen, unabhängig von dem zu erwartenden Ergebnis!

Unsere Freundschaft mit Winni dauerte fast acht Jahre lang. Was konnte ich, als Gegenleistung, bieten?

Winni war der typische Bus- und Zugfahrer, der lieber, auch auf Kurzstrecken, ein Buch las als sich, abgelenkt vom Verkehr, mit eigenem Fahrzeug zum Ziel zu bewegen. Dies hatte natürlich dort Nachteile, wo man, individuell, außerhalb der lukrativen Fahrpläne wichtige Zielorte erreichen musste, z.B. Theatervorstellungen in Reutlingen/Tübingen, abends, oder Jazzkonzerte am Samstagnachmittag (Urbaniak und Dudziak im Schlosshof Tübingen).

Hier war ich der dankbare Chauffeur, mit Moped, Motorrad oder VW Käfer.

Einen kurzen Ausflug in die Welt „Autofahrer" konnte ich ihm allerdings „versüßen".

Winni kaufte mit 18 Jahren günstig einen Fiat 500, der neben den üblichen Schwierigkeiten beim Anspringen noch einen defekten Anlasser hatte. Mit dem Reinigen der Zündkerzen und des Verteilerfingers, einschließlich der Zündkabel, konnte Winni „autonom" fahren – es reichte eine kurze Strecke für eine Person, um dieses leichte Vehikel anzuschieben. Er bestätigte mir, dass man sich trotz des Handicaps mit dem Anlasser schnell an diese Freiheit der Fortbewegung gewöhnen könne.

Leider hatten wir beide keine Möglichkeit (und kein Geld), den eigentlichen Mangel zu beheben, wozu eine Hebebühne und das Runterklappen des Motors notwendig gewesen wäre. Deshalb verkaufte Winni diese „Kartoffel" bald wieder und wir reisten später mit meinem Käfer für ein paar Tage nach Paris.

Übernachtet wurde natürlich im Auto, um Kosten zu sparen. Der Käfer war, entgegen der vorherrschenden Meinung, weit entfernt vom langlebigen, preiswerten Auto für jedermann. Die Heizung funktionierte bei älteren Modellen fast nie, weil die Ansaugkanäle hierfür verrostet waren. Dies war wohl, unter anderem, auch der Grund, warum sich bei Regen, während der Fahrt, eine Menge an Wasser im Unterboden sammelte, das beim Bremsen wie ein Wasserfall nach vorn zu den Füßen rauschte, beim Beschleunigen wieder hinten irgendwo verschwand. Auf jeden Fall durfte man keine Sachen unterhalb des Sitzes deponieren, weil diese sofort durchnässt wurden. Auch hier konnte ich mit meinem praktischen Wissen bei Winni punkten – in der Nähe von Paris, nach der Übernachtung in einem Waldstück, nahm ich einfach einen Schraubenzieher und schlug mehrere Löcher in den „Fußboden". Fortan konnten die Schlafsäcke trocknen, ebenso wie unsere Socken und die Unterwäsche.

Solche Episoden stärkten unseren Zusammenhalt, sind aber heute leider, weil die Jugend zu wohlhabend ist oder zu wenig

Abenteuergeist besitzt, selten real. Dabei möchte ich betonen, dass wir beide Studenten bzw. Abiturkandidaten waren, also ohne festes Einkommen, was damals durch Bafög oder Nebenjobs ausgeglichen wurde!

Das frühere System nannte sich soziale Marktwirtschaft. Außer Schweden ist mir kein Land bekannt, in dem damals auch das arme Volk, aufgrund des optimalen Lohn/Preis-Verhältnisses zzgl. eventueller Unterstützung, sich solche Exkursionen leisten konnte.

Viele Nächte verbrachten wir bei Bowle, Bier oder Südtiroler Gewürztraminer mit mehr oder weniger hochgeistigen, philosophischen Diskussionen, eingeschlossen der von ihm vorgeschlagenen, mir unbekannten Wasserpfeife, die sehr gut schmeckte und manchmal mit etwas Haschisch verfeinert wurde. Wenn ich, als Humanist, sein Interesse traf, dann doch wohl deshalb, weil meine Argumente, die eher aus der Metaphysik stammten, für einen Naturwissenschaftler irgendwie beeindruckend, d. h. diskussionswürdig waren:

Zu Beginn der 70er-Jahre las ich eine Zeitungsmeldung, wonach ein Fallschirmspringer, dessen Hauptschirm sich erst nicht öffnete und dann auch sein Notschirm nicht, mit ca. 200 km/h auf einer sumpfigen Wiese aufschlug und überlebte. Für Winni war dies natürlich eine Provokation und letztlich auch eine Ausnahme. Auf Phänomene dieser Art werde ich später noch zurückkommen!

Ähnliches galt für die Ufo-Debatte. Nach seiner Ansicht war dies alles Humbug, weil der nächste, für uns bewohnbare Stern mindestens 1.000 Lichtjahre entfernt war – erst vor ca. acht Jahren entdeckte man einen Stern, der ca. 20 Lichtjahre von unserem Sternbild entfernt ist und eine lebensfähige Atmosphäre aufweist!

Mit einer gehörigen Portion Schadenfreude gebe ich zu, dass ich, im Nachhinein, einige Diskussionen „gewonnen", hatte, wobei hinzukommt, dass das Genie **Hawking,** leider zu früh verstorben, mir, leider verspätet, Zündstoff gab für meine weiteren, intuitiven Argumente – „Wir leben in einer dreidimensionalen Welt gleichzeitig, weshalb Ufo-Sichtungen als Projektion aus einer anderen Dimension nicht ausgeschlossen sind!"

An dieser Stelle käme Winni mit seinen „Wurmlöchern", mit deren Hilfe man eine Reise von der Gegenwart in die Zukunft – und wieder zurück – ermöglichen kann.

Ich dagegen halte diese Wurmlochtheorie eher für eine Art Schnittstelle zwischen Naturwissenschaften und Metaphysik, wodurch im Nachhinein ein harmonischer Abschluss unserer langen Diskussionen erfolgen könnte!

Wenn ich dieses Buch beendet habe, werde ich, so Gott will, mit Winni, der jetzt wohl Physikprofessor irgendwo in Norddeutschland ist, Kontakt aufnehmen, um die damalige Diskussion, bereichert durch solch geniale Philosophen wie Prof. Popp, weiterzuführen bzw. abzuschließen!

Sie kennen Prof. Popp nicht?

Vielleicht kennen Sie das Cartoon, in welchem ein Skifahrer den Hang hinunterrast.

Als diese Fahrt sich einem Baum nähert, teilen sich die zunächst parallel verlaufenden zwei Skispuren in zwei einzelne – eine Spur führt links am Baum vorbei, die andere rechts!

Hangabwärts treffen sich beide Spuren wieder und verlaufen parallel, so wie bisher, weiter. Was will ich damit sagen?

Materie vermag sich, wie es Prof. Popp und andere bewiesen haben, zu teilen und sich später wieder zu vereinigen! Näheres hierzu folgt später!

Auf jeden Fall halte ich dieses Beispiel für geeignet, die Brücke zwischen Esoterik und Naturwissenschaft zu schlagen. Ich bin gespannt, was Winni darüber denkt!

KAPITEL 7

„Schaffe, schaffe, Häusle baue"
(„und trotzdem nach de Mädle schaue")

Auch mein wesentlich älterer Halbbruder – zwölf Jahre Unterschied – war Biertrinker, aber eher moderat. Täglich eine Flasche nach der Arbeit (er war Elektromechaniker bei Bizerba) reichten ihm meistens vollkommen aus. Dasselbe galt für meinen älteren Bruder, der damals ebenso eine Lehre bei Bizerba als Elektromechaniker absolvierte. Auch mein Vater war damals, allerdings als Hilfsarbeiter, dort kurz beschäftigt.

In dieser Zeit hatte ich „eine sturmfreie Bude" und nutzte dies auch aus. Denn der Älteste hatte die Gewohnheit, anders als ich heute, einmal wöchentlich, oder nach zwei Wochen, einen Kasten Bier zu kaufen, aus dem sich, außer mir, geduldet, auch der zweite Bruder bediente.

So geschah es, mein Freund Winni und ich waren damals gerade mal 15 Jahre jung, dass an einem heißen Sommertag uns der Drang auf Bierkonsum überkam.

Ohne auf die Folgen zu achten, schnappte ich mir den fast vollen Bierkasten unseres Ältesten und trug ihn 100 Meter weiter zu Winni in seine Dachklause.

Mit Genuss haben wir ihn fast leer gemacht!

Natürlich ging es uns danach nicht gut. Aber dieser Vorfall war für mich der endgültige Einstieg zum Biertrinken – und meine „Brüder" folgten mir, knapp ein Jahr später, nach!

Der Grund war ein Naturgesetz, welchem sich jeder in dieser Lage fügen muss.

Wir, als Flüchtlingsfamilie, erlaubten uns die Provokation, ein Eigenheim zu bauen!

Hierzu muss man wissen, dass damals die Grundstückspreise noch „angemessen" waren und die Finanzierung, dank Bausparvertrag und vier potenziellen Abzahlern, für die dortigen Banken kein Problem darstellte.

Auch darf man die Schlesier nicht unterschätzen!

Ein frei stehendes Haus, neu gebaut, kostete damals etwas über 200.000 DM.

Wir als sechsköpfige Familie, die wir alle mehr oder weniger körperlich und geistig, d. h. technisch, fit waren, erlaubten uns die Frechheit, das Haus in Eigenleistung zu erstellen!

Weil ich damals die Buchhaltung unserer Eltern übernahm, weiß ich bis heute, dass uns dieses Haus mit drei ausgebauten Stockwerken etwas mehr als 100.000 DM gekostet hat.

Keiner von uns hatte viel Ahnung vom Hausbau, auch die „technisch Begabten" nicht.

Diese Fähigkeiten konnten wir uns aber leicht aneignen, weil wir einen sog. Fachmann einstellten, der mithalf, die Grundplatte zu bauen wie auch die Kanalisation zu koordinieren.

Weil der sog. Fachmann auch nur „mit Wasser kochte", sprich den einen oder anderen Fehler beging, ergab sich automatisch die Entscheidung: Wozu sollen wir jemanden bezahlen, der auch Fehler macht, wenn wir dasselbe, mit ähnlichen Fehlern, auch schaffen und aus den Fehlern auch noch lernen können?

Ergo haben wir das **Fundament** mit Grundplatte, zunächst mit kompetenter Hilfe, fast perfekt hinbekommen; dank des großzügigen Einsatzes von Zement – die allgemein gültige Regel damals war: Auf fünf Schaufeln Sand im Betonmischer kommt eine Schaufel Zement und eine Schaufel Kalk. Wir, das heißt i. d. R. **ich,** der ich die Betonmaschine bediente, mochten lieber das Verhältnis 1:4. Auf diese Weise besaß unser ganzes Haus, einschließlich unseres Fundamentes wie auch der Grundplatte, die ein Pumpen-Beton-Lkw ausfüllte, die „Fähigkeit", ein Erdbeben der Stärke 5 oder 6 auf der Richterskala auszuhalten – was sich im Jahre 1976 tatsächlich bewahrheitete:

Die Altbauten im Zollernalbkreis verloren, speziell im Zentrum des Bebens bei Onstmettingen, fast alle ihre Kamine, viele Dachziegeln und die Stabilität der Außenmauern (sichtbare, große Risse überall und, dadurch bedingt, notwendige Befestigungen der Außenmauern). Unser Haus aber hatte nur einen deutlich erkennbaren Riss an der Vorderfront, der die Stabilität des Hauses (amtlich bestätigt) aber nicht beeinträchtigte.

Durch dieses Jahrhundertbeben konnten sich viele Albstädter, dank der noch optimalen Gebäudebrandversicherung, gesundstoßen, wir aber erhielten, ohne Gram, aber mit viel Stolz, keine Entschädigung!

Doch der Reihe nach:

Die staatlich geförderte Sozialwohnung in Boll verlor, offensichtlich nach fünf Jahren, ihre Zuschüsse, sodass der Vermieter sich erlaubte, die Miete massiv anzuheben.

Das konnten die Schlesier so nicht auf sich sitzen lassen.

Weil wir ohnehin die Absicht hatten, ein Haus zu bauen, kaufte man zunächst mit dem zuteilungsreifen Bausparvertrag einen Bauplatz in Boll und vom Rest bzw. von Erspartem noch ein altes Waldhaus im Bubenhofer Tal in Binsdorf.

Denn die Kinder sollten im Erbfall alle versorgt sein! So zahlte meine Mutter 11.000 DM und der Halbbruder 13.000 DM für das Anwesen, damals ein schönes Schnäppchen.

Folglich war dieses Landhaus mit großem Grundstück das alleinige, vorzeitige Erbe des Halbbruders, die übrigen drei Geschwister sollten den geplanten Neubau dann später unter sich aufteilen, wenn er denn abgezahlt war. **Dies war der Deal!**

Warum diese Vereinbarung nicht verwirklicht wurde und uns allen, speziell mir, große Probleme bereitete, schildere ich später.

Jedenfalls musste dieses Waldhaus, erbaut wohl um die Jahrhundertwende (1900), zunächst renoviert werden. Der Älteste verdiente damals als Kundendienstmonteur bei Bizerba gutes Geld; von seinen Kunden, den Metzgern, erhielt er fast täglich das damals obligatorische Vesper in Form einer Fleisch- oder Wursttüte, sodass er auch noch Geld für Lebensmittel einsparen konnte!

Wie man uns sagte, hatte jemand zuletzt im Erdgeschoss Pferde (?) gehalten, die mit ihrem Urin natürlich die alten Mauern mit einem üblen Geruch aus Verfall und Abfall kontaminierten, schlimmer noch, die eh sparsam mit Zement oder Kalk gemauerten bzw. verputzten Steine waren sichtbar „angefressen".

Der erste Stock war vor nicht allzu langer Zeit recht gut modernisiert worden.

Das Erdgeschoss aber war mit Natursteinen erbaut, die die Konsistenz mehr von Sandstein hatten denn von Granit, zusammengehalten von einer schlechten Mörtelmasse, was im Laufe der Jahre, beschleunigt durch die „Chemie" der Pferde, sichtbar zerbröselte! Diese Steine mussten also raus!

Nun waren wir damals nicht die Einzigen, die ein Häusle bauen wollten bzw. zunächst eines renovieren mussten. Ende der 60er-, Anfang der 70er-Jahre brach in Deutschland der Bauboom aus. Die Schwaben halfen sich gegenseitig, um durch Eigenleistung die Kosten zu drücken. Auch war schon damals absehbar, dass die Grundstückspreise wie auch die Immobilienwerte ständig in die Höhe gingen, weshalb das Bauen, besonders damals, eine lukrative Investition in die Zukunft war.

Dieses Anwesen in Binsdorf ist heute gut und gerne mal über 200.000 Euro wert – fast das Zehnfache des ursprünglichen Kaufpreises!!!

So konnte unser Ältester bei seinen Arbeitskollegen die notwendigen Tipps einholen und wir, im Sechserpack, die Renovierung in weniger als einem Jahr erledigen – nicht perfekt, aber für „Laien" überdurchschnittlich gut und ausreichend. Während der Umbauten wohnten wir schon dort.

In dem obligatorischen Schuppen, der als Beigabe beim Hauskauf zunächst einen verfallenen Eindruck hinterließ, fand sich, heute würde man sagen als Garagenfund, ein früher nicht entsorgter Schrott, ein altes Motorrad. Für meine Brüder war es selbstverständlich, diese 250er-Maico zum Laufen zu bringen. Da wir alle, bis dato, mit weniger PS auf Zweirädern auskommen mussten, war also dieses Motorrad, als es lief, der absolute Spaß. Es war nicht notwendig, es anzumelden, die Grundstücke am und um dieses Waldhaus waren großzügig, sodass wir es uns sogar erlauben konnten, auf der Wiese an der Hauptstraße „Schanzen" einzubauen, sodass wir alle fast täglich „Motocross" fuhren. Ich war damals gerade mal 15 Jahre alt und hatte noch nicht mal den Mopedführerschein.

Der geneigte Leser ahnt es schon – so werden die Grundlagen geschaffen für eine Sucht – Motorradfahren, Beschleunigung und Geschwindigkeit!

Als die Zeit reif war, fingen wir an, das Haus in Boll zu bauen!

Mit den zuvor erlangten Kenntnissen sollte dies kein Problem sein, nur war dieser Neubau viel größer und durch die modernen Errungenschaften, z. B. Zentralheizung und Bad, viel komplizierter anzugehen.

Ich kann mich noch sehr gut an die „ersten Schritte" erinnern:

An einem kühlen Samstagmorgen im Oktober 1971 reiste die ganze Familie, im Gepäck alles, was Handwerker brauchten, zur Baustelle nach Boll an und fing an zu mauern (die Grundplatte war lange schon fertig). Wir waren nicht die Einzigen, um unsere Baustelle herum entstand gerade eine neue Siedlung. So marschierten auch einige Schwaben, die anderen Bauherren zur Hand gehen mussten, an uns vorbei, nicht ohne entsprechende hämische Bemerkungen von sich zu geben.

Ich weiß nicht, ob solche Sprüche damals die üblichen derben, schwäbischen Späße waren, die auch alle anderen Bauleute zu hören bekamen oder nur wir als „Flüchtlingsfamilie": „Vergesst die Wasserwaage nicht", so oder so ähnlich trafen mich diese Worte in der Art einer groben Beleidigung.

Jedenfalls war dies auch ein Ansporn, sein Bestes zu geben. Das taten wir auch!

Mit Lot und Wasserwaage, gezogener Schnur und mit viel Idealismus machten wir uns an das Mauern des Kellers. Die 30 Zentimeter breiten Steine für die Grundmauer waren schwer und scharfkantig, irgendwann zog ich meine Handschuhe aus, weil der Schwung der Kelle einfach besser aus dem Handgelenk raus klappte, die Fingerkuppen aber verwundbar wurden. Und mit meinem Vater zusammen, der erst den Mörtel in der brandneuen Betonmaschine anrührte, mauerten wir eine Ecke vier oder fünf Steine hoch und dann rechts und links, wie eine Pyramide abfallend, weitere Steine.

Weil der Mörtel nicht so schnell trocknete und deshalb die Stabilität sicht- und fühlbar abnahm, beendeten wir das Mauern am Nachmittag und fuhren emotional aufgeladen, aber schmutzig und geschwächt nach Binsdorf zurück. Weil auch meine Brüder, jeder mit Handreichungen vonseiten der Schwester oder der Mutter, sich eine Ecke der Grundplatte für das Kellergemäuer vorgenommen hatte, sah man am Nachmittag die Silhouette eines schnell wachsenden Kellers.

Am folgenden Sonntag besuchten wir den „Tatort" und waren überrascht: Die Baustelle sah nicht nur professionell aus, das Ergebnis war beeindruckend, nicht zu kritisieren, und jeder Fremde hätte denken müssen, hier war wohl eine Baufirma zugange. Wir konnten stolz sein auf unser Werk, und wir waren es!!!

Seitdem hörten wir nie wieder spöttische Bemerkungen, derbe Sprüche oder dumme Ratschläge seitens der Ortsansässigen!

Der Durchbruch war geschafft. Trotz einiger Rückschläge aufgrund naiver Fehler, die auch einer Baufirma nicht erspart bleiben, ging der Hausbau flott voran. Voller Stolz, und hier muss ich meinen Brüdern, die, im Gegensatz zu mir, auch Baupläne lesen konnten, meine Hochachtung aussprechen, brauchten wir fast keine Hilfe mehr von Fachleuten. Einschränkungen, schon aus juristischen Gründen, gab es allerdings schon:

Die Zentralheizung, d. h. das Installieren, Biegen und Schweißen der Rohre, übernahm ein Jugoslawe, heute würde man sagen ein Schwarzarbeiter: Beeindruckend, wie dieser Facharbeiter allein, in seiner Freizeit, mithilfe der Werkzeuge seiner Firma dieses Problem in weniger als drei Wochen löste. Auch das Elektrische übernahm ein Fachmann wie auch die Installationen der sanitären Einrichtungen, weil auch hier das Bauamt die Erledigung durch einen Meister verlangte.

Der Aufbau des Dachstuhles aus Holz war natürlich einer Schreinerei vorbehalten.

Die anschließende Isolierung des Dachgeschosses mit Glaswolle und das Dachdecken mit Ziegeln haben wiederum wir „Laien" erledigt.

Kurzum – außer diesen geschilderten Ausnahmen haben wir **alles** in Eigenleistung geschafft, weshalb allen Beteiligten Hochachtung ausgesprochen werden darf. Dieser Respekt ist hart erarbeitet und wohlverdient!

Während dieser Baumaßnahmen, die sowohl im Winter wie auch im Sommer durchgezogen werden mussten, versorgte uns die Mutter mit belegten Brötchen oder Brotschnitten, aber auch mit ausreichend Flüssigkeit.

Wer jemals auf dem Bau gearbeitet hat, weiß um die Problematik des Trinkens – Kaffee, Tee, Kakao, süßer Sprudel, saurer Sprudel, Apfelsaft, Himbeersaft, andere Fruchtsäfte: Wir haben alles ausprobiert. Um diese ständige Kontamination mit Kalk, Zement und Staub (manches Gebilde aus Beton oder Mauersteinen musste mühsam per Axt oder Hammer und Meißel angepasst werden) zu kompensieren, gab es nur ein Getränk – **Bier!**

Schon aufgrund des Ortswechsels von Boll nach Binsdorf erfuhr unsere Freundschaft mit Winni eine Unterbrechung. Es wäre gelogen, wenn ich die Distanz als alleinigen Grund für diese Pause anführen wollte. Vielmehr muss ich nochmals wiederholen, dass ich das Gymnasium nach sechs Jahren verlassen musste, weil ich geistig nicht in der Lage war, auf diesem Wege das Abitur zu schaffen.

Ich kam mir, nicht nur Winni gegenüber, minderwertig vor und bekam eine weitere Psychose!

Der Not gehorchend, begann ich die Lehre zum Industriekaufmann bei Bizerba!

Anders lief es bei Winni. Er besuchte das Wirtschaftsgymnasium in Balingen und Reutlingen und bereitete sich auf sein Physikstudium vor. Ich hingegen musste mich „büromäßig" kleiden und die zäh sich hinziehenden Arbeitsstunden irgendwie hinter mich bringen. Als „Einäugiger", d. h. als abgebrochener Gymnasiast, war ich auch hier wieder „König", sodass ich sogar Vorstandsmitglied einer Brauerei wurde, **welch ein Zufall**, natürlich in einer fiktiven Trainingsfirma. Ansonsten brachte die Lehre keine besonderen Herausforderungen, durch den Hausbau aber eine zusätzliche Belastung, die man einmal im Leben verkraften kann!

Leider hatten wir alle fast keine Freizeit mehr. Irgendwie ist dies auch meinem Winni nicht entgangen.

Eines Tages kreuzte er an einem heißen Sommertag auf unserer Baustelle auf. Als Theoretiker sah er, wie ich, als Praktiker, schuften musste, und erkannte das Ausmaß dieses Projektes, womit ich wieder bei ihm punkten konnte. Fortan lebte unsere Freundschaft wieder auf. Dabei kam mir natürlich zugute, dass ich motorisiert war, die Honda SS 50 meines Bruders mit über 50.000 Kilometern auf dem Buckel lief noch ganz gut, sodass wir uns, meist übers Wochenende, an den Sehenswürdigkeiten der schwäbischen Alb oder des Donautales erfreuen konnten. Aber nicht nur daran!

Der zitierte schwäbische Spruch, Teil 2, entspringt eher dem für Schwaben typischen Pragmatismus und Geiz denn einer sinnvollen Lebensgestaltung.

Denn was gibt es Wichtigeres im Leben als die Liebe?

Angefangen hat mein Bruder, der mit seiner nagelneuen Honda und einer Clique zufällig motorisierter Mopedfahrer die umliegenden Dörfer bereiste und dort i. d. R. keinen guten Eindruck hinterließ. Die Älteren fühlten sich durch den Lärm und Gestank der überwiegenden Zweitakter gestört, die Jüngeren durch Eindringlinge provoziert – konnten diese „Rocker" doch den statistischen Anteil weiblicher junger Menschen an der Bevölkerungspyramide, bezogen auf ihr Dorf, um die „Sahnestücke" reduzieren! So geschah es mehrmals, dass diese fremden Rabauken mit Mistgabeln oder anderen Drohgebärden der Dörfler verjagt wurden.

Auf irgendeiner Veranstaltung lernte mein Bruder seine Traumfrau kennen und lieben. Bevor wir den Neubau vollendet hatten, war er schon unter der Haube, was bis heute wohl anhält.

Dann war ich an der Reihe. Vermutlich während eines Tanzkurses, dann auch noch auf dem Schulhof des Gymnasiums Balingen (welch ein Zufall) traf ich **meine** Traumfrau. Sie hieß Inge, war Unternehmerstochter und in der Parallelklasse. Und sie war engagiert, z. B. bei Demos gegen die (schon damals) mangelhafte Schulpolitik. Wir trafen uns fast nur auf dem Schulhof. Diese Phase des Glücks – ich kann nur von mir sprechen, was sie empfunden hat, weiß ich nicht genau – dauerte kaum ein halbes Jahr. Schuld daran hatte **ich** mit meiner damals der Zeit entsprechenden Mentalität, wonach Menschen aus verschiedenen Gesellschaftsschichten per se nicht zusammenpassten – dank der Revolution innerhalb der 68er-Bewegung ist auch dieses Grundproblem heute vielleicht bereinigt. Anlass war eine Geburtstagsparty, die Inge zu Hause in Balingen in ihrem Keller veranstaltete. Als ich die Großzügigkeit und den für damalige Verhältnisse imposanten Stil dieses Hauses sah, bekam ich einen Schock und akzeptierte, resultierend daraus, die Tatsache, dass ich diesem Mädchen, das einen Keller nutzte, der fast so groß war wie die Hälfte des von uns bewohnten Waldhauses, welches nicht einmal ein richtiges

Bad hatte, nichts bieten konnte, außer der Mobilität eines alten, vom Bruder ausrangierten Mopeds.

So beendete ich, nicht ganz fair, unsere Beziehung, die wohl auch bei Inge tiefe Spuren hinterlassen hatte.

Meine „erste Liebe" umgab sich ständig, wie es mir damals schien, wie bei den Cäsaren im alten Rom, mit zwei „Konsuln" – engen Freundinnen, die unsere Entwicklung mit Interesse verfolgten. Offensichtlich akzeptierten diese mein Verhalten nicht unbedingt. Deshalb fand ich an meiner Honda manchmal ein Herz an der Batterieverkleidung, mit Lippenstift gemalt, oder eine Schleife an der Lenkstange!

Daraus kann ich nur schließen, dass die beiden „Sekretäre" mit meinem Verhalten nicht einverstanden waren, weil solches Gebaren meinerseits die Gefühle ihrer Chefin verletzte! Offensichtlich hatte auch Inge Gefühle mir gegenüber, die weiter gingen als nur jugendliche Schwärmereien, so ähnlich wie meine damaligen ersten Halluzinationen in Richtung unserer Lehrerin an der Grundschule in Bietenhausen!

Wie ich heute weiß, hat unser „Oberhirte" seinerzeit die richtige Entscheidung getroffen. Als ich Jahre später erfuhr, dass Inge sich im Ortsverband der FDP für eine Partei engagierte, die Kleinunternehmer wie auch selbstständige Kapitalisten wie Zahnärzte bevorzugte, verblasste allmählich meine Illusion von einer verpassten Gelegenheit!

Dann war Winni an der Reihe.

Mein Bruder lernte seinen Schwarm mit 16 oder 17 Jahren kennen, ich mit 16, und Winni mit ca. 18!

Seine „Holde" war ein hübsches Mädchen aus gutem Hause, entsprechend verwöhnt, deshalb wohl prädestiniert, und, wie ich damals zu sagen pflegte, nicht „hungrig", d.h., sie wollte und musste nicht unbedingt „die Welt verbessern".

An dieser Stelle verneige ich mich nochmals vor den „68ern"!

Sie war augenfällig nicht der Typ, der die „Publikumsbeschimp-fungen" in die gesellschaftspolitische Diskussion mit einbrachte, sondern sie war eher dessen „Zielscheibe".

Auch las sie die von Winni empfohlenen Bücher wohl nicht aus Überzeugung, sondern eher aus Gefälligkeit. So war, wie bei mir (welch ein Zufall), nach einem guten halben Jahr Schluss!

Aber unsere „Ehe" mit Winni ging weiter!

KAPITEL 8

Glasperlenspiele im Elfenbeinturm

Das Leben ist, früher wie heute, für die meisten ein Kampf ums **Überleben!**

Aufgrund göttlicher Fügung, oder weil es damals in den Aufschwungjahren der 70er dank Gewerkschaften und der SPD-Regierung realistisch war, ging es vielen in Deutschland wesentlich besser als im Jahrzehnt zuvor (soziale Marktwirtschaft!) oder sogar heute!

Als wir damals – ich war mittlerweile über 18 Jahre alt, hatte zwischenzeitlich ein altes DKW-Motorrad mit 15 PS durch den TÜV gebracht, worauf ich noch heute stolz bin, weil sogar meine Brüder ohne Lob, aber mit Ungläubigkeit reagierten – unsere Freundschaft weiter pflegten, konnte ich bei Winni nicht nur mit der DKW punkten, sondern auch mit weiteren Aktivitäten.

Knapp ein Jahr vor Beendigung meiner Lehre zum Industriekaufmann bei Bizerba, die mich geistig nicht besonders forderte, begann ich einen Fernlehrgang zur Erreichung des Abiturs über eine Hamburger Firma. Dieser war relativ teuer, was mir meine Eltern dankbarer weise damals bezahlten. Aber inhaltlich, sprich von den Anforderungen her gesehen, auf Baden Württemberg bezogen (Kulturhoheit der Länder), didaktisch und juristisch ausreichend, erkannte ich sofort – sollte ich das Abitur auf diesem Wege nicht schaffen, dann wäre es nicht die Schuld dieser Firma, sondern mein „Eigenleben" mit Ausflügen in „Nebenkriegsschauplätze", d.h. Literatur und lange Diskussionen in großem Stil – mit Winni!

Wir waren damals nicht nur in Paris, sondern, vorher schon, gemeinsam in Prag! Dank seiner schwäbischen Mentalität, welche Vorteile, sprich „Sonderangebote" überall sofort erkannte, war eines unserer ersten Ziele in Prag nicht der Hradschin, sondern ein Buchladen in der Altstadt, welcher Bücher aus der DDR verkaufte.

Was Winni damals erwarb, kann ich nicht mehr nachvollziehen, ich jedenfalls kaufte mir für wenig Geld unter anderem ein zweibändiges Werk über die Entwicklungsgeschichte der Erde, welches inhaltlich wirklich nicht mehr zu toppen war und das seither, trotz Hunderter anderer Bücher, bei mir immer in Erinnerung bleibt und einen besonderen Stellenwert genießt!

Daneben war ich, ohne Winni, über die Jugendorganisation der SPD in Kamenz und in Chemnitz (welch ein Zufall) auf Kontaktreise, wo man uns nicht nur die Vorteile des Sozialismus aufzeigen wollte, sondern auch die Überlegenheit des DDR Schul- und Ausbildungssystems: Es ist kein Geheimnis, dass, zumindest Polen und Ostdeutschland, uns damals darin überlegen waren.

Winni und ich lebten, trotz Einsiedelei im Elysium, weltoffen, kosmopolitisch, hungrig nach und interessiert an allem Neuen, was das Leben, die Welt, zu bieten hatte!

So verbrachten wir gut zwei Jahre mit „Glasperlenspielen" genüsslich, meinerseits noch diszipliniert mit dem Abarbeiten der Abiturvorbereitung durch diesen Fernlehrgang. Winni, der dazwischen seinen Wehrdienst in der Nähe ableistete, als „Radar-Soldat" aber recht locker, hielt diesen Kurs nicht für effektiv. Aber durch die ständigen „Hausaufgaben", die ich spätestens alle zwei Wochen abliefern musste, um neues Lehrmaterial bekommen zu können, schulte ich meine „literarischen" Grundkenntnisse, sprich die Formulierungskunst in allen Fächern dieses Kurses.

Nicht viel später sah ich mich, der kein Buch schrieb, sondern einen Fernlehrgang bediente, als verkappten Schriftsteller – auf einem normalen Gymnasium hätte ich niemals so viele Aufsätze, Zusammenfassungen oder Essays zu verschiedenen Themen schreiben müssen!

Auch wenn das Endergebnis, sprich die Erlangung des Abiturs auf diesem Wege nicht gelungen war – es fehlten die sog. Anmelde-

noten, ich musste in allen Fächern in die „mündlichen Prüfung" –
die Befriedigung durch meine Schreibereien, die didaktisch geforderte Pflicht zur Lektüre verschiedener Autoren, die Erweiterung
dieser Lektüre durch die Tipps von Winni, die ich im laschen
Zeitplan einbauen konnte, verschaffte mir ein Wonnegefühl, so
wie es wohl nur ein erfolgreicher Schriftsteller ermessen kann.

Aufgrund gelegentlicher Wachdienste übers Wochenende, die,
auf heute bezogen, sehr lukrativ waren, oder durch das Austragen der Zeitungen, unterstützt durch Bafög, hatte, zumindest
ich, aber auch Winni, der z. B. die Buchhaltung eines Kleinunternehmers im Elektrobereich übernahm, keinerlei finanzielle
Schwierigkeiten.

Möglicherweise kann ich hier die typischen Schlagwörter wie
Glasperlenspiel oder Elfenbeinturm nicht so treffend beschreiben – man kann diese bei Hermann Hesse oder Peter Handke
ausführlicher nachlesen.

Auf jeden Fall lebten wir wieder in einer Parallelwelt, die den
meisten Berufstätigen, die sich um die Existenz ihrer Familie sorgen mussten (wie meine Brüder), verschlossen blieb!

Im Nachhinein kann ich nur davon schwärmen, wie wir beide im jugendlichen Alter diese für bodenständige Literaten typischen Privilegien praktisch nebenbei erfahren durften!

Weil die Beweise nicht wegzudiskutieren sind, muss ich nochmals meinen Winni loben, der mir, passend zum jeweiligen
Thema, Hörspiele, heute würde man sagen, Hörbücher, empfohlen hat.

Damals war Gerd Westphahl die beste, d. h. ausdrucksstärkste, facettenreichste „Stimme", um Literatur hörbar zu machen!
Bis heute sind einige Stücke, die mir Winni empfohlen und auf
Kassette aufgenommen hat, meine Favoriten in diesem Genre, vermutlich wird es die nächsten Jahrzehnte nichts Besseres
geben.

Heinrich Heine, Winnis Favorit, und Hermann Hesse (Winni, dieser raffinierte „Hund" wusste, was ich bevorzuge), gesprochen von Westphal, auf einer Kassette aufgenommen, musikalisch untermalt – für mich gibt es nichts Wichtigeres und Intensiveres, wenn ich mich geistig total am Boden zerstört wieder mal „aufbauen" muss!

Wer literarische Grundkenntnisse hat und üblicherweise ähnliche Probleme wie ich, dem empfehle ich mein „Lieblingsstück":
Westphal liest aus Hermann Hesses „Klein und Wagner" die letzten acht Seiten!

Wenn man Bücher mag und wenn man mehr als 200 Bücher gelesen hat, ergeben sich automatisch, individuell bedingt, Lieblingsautoren und Lieblingsszenen aus deren Werken!
In der besagten Sequenz bringt der Protagonist innerhalb einer **Selbstmordszene** aufgrund eines fatalen Kasinobesuches die für mich bis heute wichtigsten Sätze:

„Es gab keine Frau, ohne die man nicht leben konnte – **und es gab auch keine Frau**, mit der man nicht hätte leben können. Es gab kein Ding in der Welt, das nicht ebenso schön, ebenso begehrenswert, ebenso beglückend war wie sein Gegenteil!
Es war selig zu leben, es war selig zu sterben, sobald man allein im Weltraum hing. Ruhe von außen gab es nicht, keine Ruhe im Friedhof, keine Ruhe in Gott, kein Zauber unterbrach je die ewige Kette der Geburten, die unendlichen Atemzüge Gottes. Aber es gab eine andere Ruhe, im eigenen Innern zu finden. Sie hieß: Lass dich fallen! Wehre dich nicht! **Stirb gern! Lebe gern!"**

So!

Die viel zitierte „Katze", die lange genug ungeduldig mit den Pfoten kratzte, ist nun endgültig aus dem „Sack"!

Wenn ich mit Leuten spreche, von denen ich weiß, dass sie Atheisten sind, bzw. besser, eine atheistische Grundeinstellung haben, beschleicht mich immer das Gefühl, sie lassen sich irgendwo in einem stillen Kämmerlein eine Hintertür offen – „man kann ja nie wissen!"

So oder ähnlich musste es meinem Winni ergangen sein – einer seiner damaligen Lieblingsautoren war Robert Musil. Dieser hat in seiner Erzählung „Die Amsel", erst kürzlich von mir entdeckt, meine Thesen, wenn ich die Absichten des Autors nicht missverstehe, bestätigt:

Zwei Freunde, beide aufgrund ihrer Erziehung eingefleischte Atheisten, treffen sich nach Jahren wieder. Einer, der seine Mutter jahrelang vernachlässigte, kommt gerade mal rechtzeitig zu deren Begräbnis. Darauffolgend macht sich eine Amsel in seinem Zimmer breit, die er nicht nur füttert, sondern die sogar mit der Stimme seiner Mutter spricht! Was seinem langjährigen Freund hierzu einfällt, ist der Einwand: „Du kannst deine Mutter nicht mit Insekten und Würmern füttern, das wäre menschenunwürdig."

Warum schildere ich solche Irritationen an dieser Stelle mit einer nicht zu verheimlichenden Genugtuung?

Richtig! Es gibt keine Zufälle im Leben.

Meiner Frau ist Ähnliches passiert – als ihre Mutter, am 03.06.2015, gegen 5.00 Uhr morgens im stolzen Alter von fast 87 Jahren verstarb, kam just zu dieser Uhrzeit ein Vogel und setzte sich auf das Fenstersims, innen, bei geöffnetem Fenster. Im Sommer ist das Fenster immer offen, aber Vögel haben uns in dieser Form noch nie besucht!

Nach zehn Minuten kam der Anruf ihres Vaters aus Polen – unsere Mutter ist soeben verstorben!

Ich bin, anders als Hermann Hesse, dem ich nicht „das Wasser reichen kann", kein Missionar.

Ich gebe hier nur meine Erfahrungen wieder!

Mein Idol dagegen ist, aufgrund seines Elternhauses, seiner Reisen, seiner Erfahrungen und dank seines weltweiten Erfolges als Schriftsteller durchaus als Missionar und Prophet zu bezeichnen.[4]

Auch hier offenbart sich prägnant das Yin-Yang-Prinzip: Sein Vater ist ausgezogen, den angeblichen Heiden in Asien das Christentum zu lehren – tatsächlich führten die Bücher von Hermann Hesse dazu, den naiven abendländischen Zeitgenossen die fernöstliche Mythologie zu vermitteln!

Wenn ich also hier mein Wort erhebe, dann eher zaghaft, aber verschmitzt und, zugegebenermaßen, mit etwas Schadenfreude, so wie jemand, der etwas mehr weiß als andere und deshalb auch vorhersieht, was das Gegenüber ereilt bzw. ereilen kann!

Natürlich konnte bzw. musste nicht jeder Zeitgenosse solche Erfahrungen wie mein Idol oder meine Wenigkeit durchleben.

Aber die Leiden und Freuden sind **gut,** weil man seine Zukunft darauf aufbaut und Zielstrebigkeit und Stärke mitnimmt.

Der unbedarfte Leser bzw. die unbedarfte Leserin wird an dieser Stelle einwenden wollen – o.k., die Karten liegen auf dem Tisch, der Ausflug in den Elfenbeinturm mag für den Autoren extraordinär und amüsant gewesen sein, das Thema ist abgehandelt – nur, was bringt das dem durchschnittlich begabten Mitbürger?

Finanziell schwache Rentner gibt es zuhauf, der daraus resultierende Suchtfaktor ist auch nicht neu, also ist es an der Zeit, diese Erzählungen zu beenden!

Je größer das Wissensspektrum, desto höher der Anspruch auf geeignete „Brot und Spiele"!

Wer objektiv, gerecht und nachhaltig die Zukunft mitgestalten will, sollte auf Erfahrungen mit Glasperlenspielen im Elfenbeinturm zurückgreifen können. Die Lateiner sagen: „Audiatur et altera pars" – man möge auch die andere Seite hören!

---

4 Vgl. das Gedicht „An den indischen Dichter Bhartrihari" von H.Hesse

Wenn Hermann Hesse sagt: „Stirb gern, lebe gern", kann er auf seine Erfahrungen mit der asiatischen Philosophie zurückgreifen.

Meine Erfahrungen mit dem Yin-Yang-Prinzip basieren auf der Freundschaft mit einem atheistisch eingestellten Physiker (und Zyniker). Zusammen könnten wir, wenn wir die Macht und das Geld hätten, die Welt verändern. Leider haben sich unsere Wege getrennt.

Dennoch, wer etwas bewirken will, muss interdisziplinär agieren. Sogenannte Fachleute, die nur in einem Bereich kompetent sind, schaffen das nicht. Es muss „Weise" geben, die das alles koordinieren, wie z. B. der 1972 etablierte „Club of Rome". Was heute trotz EU oder anderer, überseeischer Handelsabkommen politisch durchgesetzt wird, bedeutet mittelfristig eine stärkere Verarmung der sog. Schwellenländer und langfristig den Untergang des Abendlandes, d. h. der Zivilisation!

Deshalb müssen die „Glasperlenspiele" mit erweiterten Themen nicht im Elfenbeinturm, aber weltweit und koordiniert von „weisen" Menschen (man verachte die Frauen nicht!) **„weitergesponnen"** werden!

Basierend auf diesen Erfahrungen nähert sich der Autor nun schnurstracks seinem Hauptproblem.

Schelmisch darf ich darauf hinweisen: Die „größten Klopse" und die „dicksten Hunde" kommen noch!

KAPITEL 9

Familie und Karriere

Als vermeintlicher Schriftsteller („Autor auf Probe") darf ich, wie eingangs zitiert, Wörter wie z.B. Familie, Berufsleben oder Karriere großzügig auslegen!

Nach dem Debakel am Gymnasium Balingen, wo ich aufgrund fehlender Anmeldenoten das Abitur über den Fernlehrgang erneut verpasste, konnte ich mich spontan am Abendgymnasium Reutlingen einschreiben, wo ich im Sinne der gedachten Strategie (Abitur für Berufstätige) das letzte Halbjahr im Vollzeitunterricht genoss. Die Grundkenntnisse in allen Fächern waren da, der Pragmatismus der Lehrer war überwältigend: „Wer seine Stärken und Schwächen kennt, kommt zu mir (Mathelehrer oder Lateinlehrer), nur sporadisch, um den Klassenerhalt, sprich eine **Vier** zu erlangen. Die Interessierten aber erfahren einen intensiven Fachunterricht, der durch Pflichtbesucher möglichst nicht gestört werden sollte!"

So stelle ich mir den idealen Schulunterricht vor, vorgetragen von idealistischen Lehrern, die das Gedankengut der 68er-Bewegung begriffen haben und sich, notgedrungen, den nicht zeitgemäßen Schulgesetzen beugen mussten, diese aber pragmatisch auslegten!

Viele hatten in ihrer „Grundschule" nur eine sog. Halbtagsstelle und waren froh über den notwendigen, aber interessanten und lockeren Zusatzverdienst beim Abendgymnasium!

Weil ich als gelernter Industriekaufmann, der die Prüfung vor der IHK übrigens mit Belobigung bestand, so wie es für die gute Ausbildung bei „Bizerba" üblich war, mit den besagten Erfahrungen durch Winni und mit der Sicherheit der Anmeldenoten keinen Stress hatte, aber interessante Leute kennenlernte, war diese Zeit – die Superlative hören nicht auf – auch eine der schönsten und interessantesten Episoden meines Lebens.

Wenn man denn will, kann man, trotz juristischer, oder soll ich sagen, **kapitalistischer** Einengung **in allen Bereichen des Lebens das Optimale herausholen!** Das haben alle Beteiligten damals getan. Deswegen war es kein Wunder, dass ich in Reutlingen endlich, nach dem dritten Anlauf, mein Ziel erreichte: das ABITUR!

Gottes Wege sind unergründlich.

Sogleich ließ ich mich an der Eberhard-Karls-Universität in Tübingen als Jurastudent einschreiben!

Wenn ich schummeln wollte, würde ich behaupten, dass der Übergang von dieser legeren Schulphase in Reutlingen in den strikten Lehrplan der Universität Tübingen mir keine Zeit zum Atmen und keine Ruhephase für mein gestresstes Gehirn gönnte. In Wirklichkeit konnte ich, abgesehen von Ausnahmen wie Rechtsgeschichte und Rechtsphilosophie, die Denkweise der Juristen, speziell der Fachdozenten, nicht nachvollziehen und die Fülle des Stoffes nicht verarbeiten!

Auf jeden Fall war mein gestresstes Arbeiterklassehirn mit den vorgegebenen, didaktisch ablaufenden Semesterschritten überfordert!

Nach jedem Semester mussten zur Akzeptanz des Lehrplanes „Scheine" mit mindestens einer „Vier" absolviert werden, was ich nicht schaffte.

Wenn ich damals gewusst hätte, was ich später erfuhr, nämlich dass sog. Helfer, d. h. fortgeschrittene Studenten, bei der Scheinprüfung behilflich waren, vielleicht hätte ich das Jurastudium geschafft. Aber zu welchem Preis?

In irgendeiner Großkanzlei hätte ich, entgegen meiner Überzeugung, aber gemäß den ungeschriebenen Gesetzen der Marktwirtschaft Mandanten vertreten müssen, die, ohne Diskussion, sich einen finanziellen Erfolg versprachen, obwohl sie gegen Moral, Ethik und Vernunft verstoßen hatten.

Gott sei Dank ist mir diese Szenerie, die ich, aktuell, bis heute, leider allzu oft durchlebe (jedes Jahr habe ich ein oder zwei Klagen „laufen"), erspart geblieben!

Wie geschildert deute ich Abitur und Studium freizügig als Berufsleben!

Nun kommt der Masterplan in Erscheinung. Wenn man denn je, zumindest in meinem Leben, einen Nachteil zum Vorteil umändern will – hier ist es geschehen.

Mein Vater ist aufgrund seines Herzasthmas, erworben durch den Krieg und die nachfolgende Gefangenschaft in Frankreich, 1977 verstorben. Ausgehend von der Tatsache, dass außer mir und **ihm** keiner in der Familie ein Buch las oder sonst irgendwie durch kulturelle Engagements auffiel, verstanden wir uns beide, eher wortlos, als die Protagonisten der Kultur in einer Arbeiterfamilie!

In seinen letzten Lebensmonaten, geprägt durch spontan auftretende Asthmaanfälle, wo ich schon mal abends zum Hausarzt fuhr, um eine Sauerstoffflasche zu holen, schauten wir gemeinsam, teilweise schon im Vormittags- bzw. Nachmittagsprogramm, Filme wie „Jason und die Argonauten" an, ein sehenswerter, italienischer Film, der – ich habe auch Vergils *Aeneis* gelesen – ausdrucksstärker als die Buchvorlage war. Oder „Sahnestückchen" wie Mozarts „Zauberflöte" und Orffs „Carmina Burana". Bei Letzterem „ertappte" uns mein älterer Bruder und ließ die Bemerkung fallen: „Was guckt ihr da für Kirchenmusik?"

Dazu erspare ich mir jeden Kommentar!

Fortan lebte ich, der zuvor allein im Dachgeschoss ein Studierzimmer ausgebaut hatte, zusammen mit meiner Mutter im Hauptgeschoss. Sie machte mir Frühstück, Mittagessen und Abendbrot und ersparte mir zusätzlich auch die üblichen Sorgen, wie Abwaschen, Wäschewaschen etc.

Meine Schwester hatte kurz nach Vaters Ableben geheiratet, sodass sich eine neue Konstellation in der Familie ergab:

Der älteste Halbbruder war verheiratet und wohnte in Stuttgart, die Jüngste war verheiratet und bezog das Dachgeschoss, der ältere Bruder war schon früher unter der Haube und wohnte im Erdgeschoss, und ich lebte, mit der Mutter, wie ein Ehepaar, zusammen, im ersten Stock. Das ging so weit, dass ich, nach Einstieg ins Berufsleben, mir ein Cabrio leisten konnte sowie ein sog. Winterauto. Mit dem Alfa Romeo Spider – damals ein Luxus, den sich wenige leisten konnten – fuhr ich, zusammen mit meiner Mutter, auf Empfehlung meines Bruders, zum zweiwöchigen Urlaub nach Chioggia, unweit Venedigs, und konnte abends, mit deutschen Kennzeichen auf diesem italienischen Superauto, die Promenade in diesem Urlaubszentrum auf- und abfahren, wie es üblich war, begleitet durch Pfiffe der Einheimischen, weil die Schwester meiner Schwägerin auf dem Chassis oberhalb der hinteren Notsitze saß und mit ihren langen, blonden Haaren die ortsansässigen Jugendlichen provozierte!

Die viel zitierte „Katze", die ich vorhin aus dem „Sack" befreite, hat eben zusätzliche „Charaktereigenschaften" – z. B. das Empfinden für **Glück!**

Statistisch gesehen leben die Dänen, wie auch andere Skandinavier, am glücklichsten. Deutschland rangiert eher auf den mittleren Plätzen.

Dies hängt natürlich davon ab, wie man Glück interpretiert!

Nach meiner Vorstellung ist Glück kein Dauerzustand, den man tagtäglich empfindet. Im Gegenteil, es sind einzelne, spezielle Momente im Leben, die man einfach genießt und von denen man über Monate oder Jahre zehrt, was Kraft gibt für den brutalen Alltag im Kapitalismus!

Beispiele in meinem Leben gibt es genug:

Ich fahre mit meiner Honda CB 450, ca. 53 PS, als Student von Tübingen nach Boll, bei idealem Wetter (nicht zu heiß, nicht zu kühl). Unterwegs begegnet mir eine Suzuki 750, wassergekühlt, damals als „Wasserbüffel" bezeichnet, ein echter Hingucker. Wir grüßen uns, wie bis heute üblich, lässig mit der linken Hand.

Oder:

Nach erfolgter Sprechstunde in Ravensburg, wo ich nach Abbruch des Jurastudiums für den Sozialverband Deutschland die benachteiligten Kriegsversehrten oder Behinderten „versorgte", fuhr ich im Alfa Romeo Spider offen bei optimalen Temperaturen im Sommer (22–24 °C) nach Albstadt zurück und genoss, dank ausgewählter Musikkassetten, jede Minute!

Oder:

Als Pharmareferent für eine biologische Firma reiste ich, wie üblich, zweimal im Jahr in eine Gemeinde nahe bei Hannover, zum Stammsitz der Firma, mit meinem damaligen Volvo V 70 Turbodiesel mit 140 PS entspannt Richtung Norden (ca. 630 km), bis spontan im Radio eines meiner Lieblingslieder lief: ZZ Top – „Legs". Ohne darauf zu achten, war ich innerhalb von fünf Minuten von der lockeren Reisegeschwindigkeit von 150 km/h bei ca. 200 km/h!

An dieser Stelle möchte ich keine Werbung machen für schnelle Autos.

Dennoch, wer wie ich eines der vielen Hobbys sein Eigen nennt, vergisst solche Momente nie mehr im Leben und kann davon noch jahrelang zehren!

Doch der Reihe nach:

Aus dramaturgischen Gründen, so wie es viele Regisseure seit Langem tun, einfach, um nicht den eigenen Lebenslauf akribisch und chronologisch exakt, aber langweilig aufzuarbeiten, tendiere ich, wie die Avantgardisten, zu Unkonventionellem, d. h., es gibt immer wieder Rückblicke oder Vorausschauendes, um das Thema interessanter zu gestalten!

Wie geschildert, lebte mein Bruder mit Frau und Kind im ausgebauten Kellergeschoss in Boll, das dennoch Platz hatte für einen kleinen Frisörsalon.

Meine Schwester bezog mit Ehemann das ausgebaute Dachgeschoss, und ich lebte, zusammen mit der Mutter, in der Mitte!

Als ich nach zwei Semestern das Jurastudium hinschmiss und dadurch wieder, auch aus Scham, den Kontakt mit Winni abbrach, der in Marburg oder Göttingen Physik studierte, wollte ich endlich meinem Leben eine Wende geben:

Nicht mehr so viel lernen, Geld verdienen, sich irgendwie engagieren und eine Familie gründen. So angenehm es auch war – ich wollte nicht von meiner Mutter „bedient" werden, sondern **meiner** Frau auch bei Frühstück, Mittagessen und Hausarbeit behilflich sein! Dafür hatte ich vor über einem Jahr schon „vorgesorgt":

An irgendeinem schwarzen Brett in der Tübinger Uni hing ein Angebot des akademischen Austauschdienstes. Angeboten wurde ein sechswöchiger Ferienaufenthalt mit Sprachkurs und Besichtigung der interessantesten Ziele in Polen, ausgehend von Krakau, wo, anstelle der einheimischen Studenten, die vorher in einem der vielen Plattenbauten zu viert wohnten, nun für einige Wochen fast 1000 Kulturbegeisterte aller Generationen aus aller Herren Ländern in einem Zimmer wohnten, meistens zu viert. Der „Spaß" kostete wenig mehr als 600 DM plus Taschengeld, gesponsert wohl von einem Freundeskreis reicher Exilpolen. So etwas durfte ich mir nicht entgehen lassen!

Ich habe mich schon immer für Polen und deren Kultur interessiert. Dieses Land war schon damals, fast weltweit, führend im Bereich Plakatkunst, zeitgenössischer Musik und sozialkritischer Filme (Andrzej Wajda u. a.). Ein Jahr zuvor, 1978, besuchte ich mit meiner Mutter unsere Geburtsstadt Chorzów (Königshütte), wo damals auch ein Bauboom einsetzte. Nun wollte ich eines meiner Hobbys intensivieren und endlich meine Muttersprache erlernen!

Polen praktizierte schon immer einen liberaleren Sozialismus als dessen Nachbarn. Das liegt am großen Einfluss der katholischen Kirche, letztlich aber auch an der Mentalität des Volkes. Die Gastfreundschaft ist legendär, man findet schnell Anschluss, manchmal sogar seine Traumfrau!

Viele schöne Stunden verbrachten wir in diesem Kultursommer an den interessantesten Orten Polens – mit holprigem Englisch oder Polnisch.

Die bürokratischen Hürden für **meine Traumfrau** waren aber enorm. Wer einen (Ausreise-)Pass beantragte, musste für mehrere Tage nach Warschau zur deutschen Botschaft fahren und sich in der langen Schlange um Gesprächstermine bemühen. Danach hieß es warten. Zur Zeit des Kalten Krieges war es üblich, von der Staatsmacht „befragt" zu werden. Sie suchte ständig Deckadressen und Mittelsmänner, die von den Agenten genutzt werden konnten.

Die Passausgabe war ein beliebtes Druckmittel. Meine Frau ließ sich nicht beeinflussen: „Wenn es sein muss, warte ich zwei Jahre, aber ich lasse mich nicht für solche Zwecke einspannen!"

Unsere Hochzeit war toll!

Wochen vorher musste ich für mich und meine beiden Brüder, die mit Ehefrauen anreisten, Visa, Zwangsumtauschgelder und auch Benzingutscheine in der polnischen Botschaft in Köln beantragen, natürlich auch für meine Mutter. Alle kamen mit Alfa Romeo, ich zwei Wochen früher, sodass auch von meiner Familie wie auch von unseren noch lebenden Verwandten aus Schlesien ausreichend viele Gäste unsere Hochzeit feiern durften. Übernachtet wurde in allen Zimmern der Wroclawer Wohnung, aber auch bei Bekannten meiner Frau. Da sind die Polen flexibel.

Kurz vor der Hochzeit, einige Tage vor Weihnachten, lieh ich meiner Frau den alten Alfa Romeo, immerhin mit 115 PS. Sie wollte sich von ihren Arbeitskolleginnen verabschieden und ihre Mutter von der Arbeit abholen. An diesem düsteren Nachmittag, mit feucht-schmutziger Fahrbahn, verlor sie beim Abbiegen entlang der überall anzutreffenden Straßenbahnschienen beim Beschleunigen die Kontrolle über das Fahrzeug und stieß mit einem Taxi zusammen.

Der Personenschaden war eher gering, aber die Autos doch schon stark lädiert.

Aus den Doppelscheinwerfern des Alfa konstruierte die Werkstatt kurzerhand eine „neue" Front mit großen Skoda-Lampen. Schwieriger war es, die beim Aufprall zerstörte Kupplungsscheibe zu bekommen, weil damals fast nur PKW der Marke Fiat, Skoda, Wartburg und sogar Warschawa herumfuhren!

Aber auch die neue Kupplungsscheibe wurde organisiert, sodass ich nach der Hochzeit wieder nach Hause fahren konnte – die Verschrottung bzw. Überführung nach Deutschland wäre bürokratischer und teurer geworden als die Reparatur!

So „holperig" begann unsere Ehe!

Im März 1981, ca. drei Monate nach der Hochzeit, konnte ich meine Frau endlich „heim ins Reich" führen (dies war damals ein geflügeltes Wort in Polen, zumindest bei den Schlesiern). Zufällig war eine kleine Wohnung oberhalb meines Büros beim Sozialverband Deutschland, damals noch „Reichsbund für Kriegsversehrte und Behinderte" genannt (was für ein gelungenes Wortspiel!), frei geworden, die ich sofort mietete, um mich von meiner „alten" Familie absetzen zu können!

Meine Frau war sprachbegabt, konnte sich früher bereits gut in Russisch und Tschechisch verständigen, und nach einem Sprachkurs für Aussiedler, privaten Deutschstunden und wenigen Wochen an der Uni Tübingen war sie auch fit im Deutschen. So gelang die Integration innerhalb von knapp zwei Jahren.

Während dieser Zeit arbeitete ich als Rechtsschutzsekretär für diesen sozialen Verband. Das erste Jahr war praktisch nur Schulung durch meinen älteren, krankheitsbedingt schwer angeschlagenen Vorgänger, der wegen seiner Angina Pectoris an vielen Tagen nicht aus dem Bett konnte und alle Arbeit und Verantwortung auf mich abladen musste. So ein „Crashkurs" ist eher von Vorteil.

Damals durfte man ohne Jurastudium als hauptamtlicher Funktionär eines solchen Verbandes die Mitglieder vor den Behörden und Sozialgerichten vertreten, bis hin zum Landessozialgericht Stuttgart. Die Eignung wurde während der Klageverläufe anhand der Klagebegründungen und nachfolgender Schriftsätze durch die Richter stillschweigend festgestellt. Beim Landessozialgericht war ich wohl nur einmal, hielt mich aber aufgrund der Komplexität des Falles eher im Hintergrund.

Ich erinnere mich noch gut an meine **erste** mündliche Verhandlung, in Ravensburg, bei der mein „Lehrmeister" auch anwesend sein musste. Vor lauter Aufregung wusste ich damals nicht, was ich im Plädoyer von mir gab. Es musste wohl sachbezogen und überzeugend gewesen sein. Den Prozess haben wir gewonnen, und mein Lehrmeister berichtete schmunzelnd unserer Sekretärin in Albstadt darüber!

Knapp über ein Jahr lang führte ich die Rechtsschutzstelle in Albstadt dann allein.

Vielleicht war es alters- oder krankheitsbedingt beim Vorgänger – ich arbeitete wohl gründlicher, bei der Akteneinsicht penibler als mein Lehrmeister und Vorgänger.

Unsere Erfolgsquote lag seinerzeit zwischen 50 und 60 %:

Damals wie heute sind ca. 30 % aller Bescheide fehlerhaft – zum Nachteil des Antragstellers! Schließlich geht es um viel Geld, das der Staat prinzipiell einsparen will!

Besser erinnere ich mich an einen der schwierigen Altfälle – die Akte ist dicker bzw. aus mehreren Schnellheftern bestehend, weder das Versorgungsamt noch die zuständigen Richter hatten wohl Lust, darin zu wühlen, sodass auch meine Sekretärin verlauten ließ, dieser Prozess wäre verloren, aber „man muss es halt durchziehen".

Nachdem ich mich intensiv eingearbeitet hatte, weil der Mandant, ein Gastwirt in Albstadt, meinem damaligen Wohnort, aktiv gewesen war und ich naturgemäß deshalb besonders gefordert war, konnte ich den Prozess noch gewinnen und unsere Erfolgsquote um mehrere Prozent nach oben schrauben.

Meiner Sekretärin verschlug es fast die Sprache!

Demnach bekam der Gastwirt bzw. seine Hinterbliebenen eine gute Rente vom Versorgungsamt, weil die Aufgabe der Selbstständigkeit aufgrund einer kriegsbedingten Schädigung hervorgerufen worden war!

Auf solche Erfolge bin ich heute noch stolz und darf es auch sein, weil ich sie mir mühsam erarbeitet habe.

Manchmal beschleicht mich das Gefühl, dass, vornehmlich im Zivilrecht, meine Kontrahenten von meinen Grundkenntnissen im Recht wissen, aber auch davon, dass ich das Jurastudium nicht beendet habe. Die formaljuristischen Kleinigkeiten (Zivilprozessordnung) verraten mich wohl meistens.

Hierzu muss man wissen, dass ein Jurist niemals mit einem Nichtjuristen auf Augenhöhe kommunizieren wird! Dies ist ein ungeschriebenes Gesetz aus wilhelminischer Zeit!

Andererseits handhaben die Volljuristen das Tagesgeschäft eher pragmatisch.

Ich erinnere mich gut an eine mündliche Verhandlung, in der ich die mir zugesagte Provision beim Arbeitsgericht einklagte. Zum mündlichen Termin erschien allerdings ein Sozialrichter. Entsprechend kritisiert von der Gegenseite, meinem Auftraggeber, der anwaltlich vertreten war, wurde das Urteil zu meinen Gunsten entschieden – der Kollege vom Arbeitsgericht wäre terminlich gebunden, eine spätere mündliche Verhandlung würde auch kein anderes Ergebnis bringen (so weit die Aussage des Sozialrichters)!

Finanziell gebeutelt war ich mit diesem Urteil einverstanden, kann aber bis heute diese Vorgehensweise, bei objektiver Betrachtung, nicht akzeptieren.

Der Kapitalismus hat, wie wir gleich sehen werden, im Laufe der Jahrzehnte seine eigenen Gesetzmäßigkeiten entwickelt!

Weil ich i. d. R. seither die letzten 20 Jahre fast alle privaten Klagen **ohne** Rechtsbeistand führe, ist schon diese Vorgehensweise für die meisten Juristen (Ausnahme Sozialgericht und Arbeitsgericht) eine Provokation!

Dennoch habe ich ein Gespür entwickelt für Erfolgsaussichten in diversen Streitfällen. Zusammen mit meinem ererbten, ausgeprägten Sinn für Gerechtigkeit blieben mir deshalb permanent zufließende Klagen nicht erspart (wie wir bald sehen werden!).

KAPITEL 10

Gottes Werk und Teufels Auftrag!

Die Arbeit beim Sozialverband war verantwortungsvoll, abwechslungsreich und mit Außendienst kombiniert. Wir hielten Sprechtage, für Mitglieder natürlich kostenlos, in Ravensburg, Freiburg und Bad Säckingen, manchmal in Stuttgart, ab. Die einzelnen Ortsverbände kannten sich naturgemäß, als Betroffene und aus langjähriger Erfahrung, hinreichend gut aus.

Daneben besuchte ich ab und zu Mitglieder zu Hause, weil sie nicht „transportfähig" waren, und hatte mehrmals im Monat Gerichtstermine bei Sozialgerichten in Baden-Württemberg.

Weil ich ohnehin gern, weit und schnell Auto fuhr, war meine Zukunft vorprogrammiert.

Durchaus nachvollziehbar ist das Gefühl, dass ich, als knapp 28-jähriger „Scheinakademiker", in diesem Umfeld, wo die täglichen Gesprächspartner im Schnitt weit über 50 Jahre alt waren und zumeist den Krieg, mit Tribut, überlebt hatten, irgendwie fehl am Platz war. Objektiv betrachtet, schon allein wegen der juristischen Erfolge, hätte ich beim Sozialverband bleiben müssen – nur war die Bezahlung, bei wesentlich mehr als 40 Wochenstunden, nicht akzeptabel, so wie es früher auch bei Gewerkschaften oder in den von ihnen betriebenen Einrichtungen üblich war!

Es gibt, ich kann es nur wiederholen, keine Zufälle im Leben!

Eine Arbeitskollegin meiner Mutter, beide arbeiteten in einer benachbarten Textilfirma im Akkord als Hilfsarbeiterinnen, schwärmte von ihrem Sohn, der als Pharmareferent Ärzte besuchte, früh am Nachmittag zu Hause war und sehr gut verdiente!

Mehr als ein halbes Jahr behielt ich diese „Schwärmereien" im Hinterkopf, weil ich sie als das übliche Geschwätz am Arbeitsplatz abtat, wo eine Mitarbeiterin die andere mit Superlativen übertrumpfen wollte.

Eines Samstags kaufte ich mir die „Süddeutsche", die „Stuttgarter" und die „FAZ".

Mit Erstaunen musste ich feststellen, dass bundesweit von mehreren Firmen Pharmareferenten gesucht wurden. Bereits in den meisten Stellenanzeigen wurde beschrieben, welche Voraussetzungen bzw. Kenntnisse für diesen Beruf erforderlich waren. Entscheidend war eine viermonatige Schulung, natürlich auf Firmenkosten, als Vorbereitung zur IHK-Prüfung – wie das kleine Latinum plus ein Semester bei Medizinstudenten.

Nun hatte ich als „Lateiner" und aufgrund ständiger, kritischer Durcharbeitung von diversen Gutachten schon mehr als die Hälfte der beruflich geforderten Kenntnisse „im Sack". Dies blieb natürlich auch den Personalchefs der Pharmafirmen nicht verborgen – nach Versenden von nur vier Bewerbungen erhielt ich innerhalb von zwei Wochen von einer Essener Firma die Einladung zum Vorstellungsgespräch nach Stuttgart. Weil ich eh an diesem Tag beim dortigen Ortsverband vorstellig werden musste, verband ich beide Termine, nicht ohne eine dickere Akte mitzunehmen, als Beispiel für meine Tätigkeit als „Rechtsbeistand". Die beiden Gebietsleiter dieser Pharmafirma waren beeindruckt. Nach knapp einer halben Stunde unterschrieb ich den Arbeitsvertrag, wodurch ich für die Schulung im bayerischen Murnau in einem Viersternehotel, auf Firmenkosten natürlich, verpflichtet war!

Wenn ich vorhin, bei den Schwärmereien der Arbeitskollegin meiner Mutter, von Übertreibungen ausging, so zeigte sich in der Praxis, dass diese eher **untertrieben** waren!

Nachdem ich kurz vorher von meinem Bruder als Winterauto einen Alfa Romeo Alfetta GT gekauft hatte, der durch eine Dachlawine, aufgrund meiner Nachlässigkeit, total zerstört wurde, erwarb ich kurzerhand einen alten Käfer, mit dem ich, kurz vor Ostern 1982, zum Schulungsbeginn in Murnau am Staffelsee anreiste. Mehrere andere Kandidaten fuhren auch mit ihren Schrottautos zum Karrierestart in Murnau vor!

Hier beginnt meine **monetäre** Erfolgsstory!

Nachdem ich im Hotel eingecheckt hatte, ging ich ins Foyer, wo die beiden Gebietsleiter (Nord und Süd – wie bei ALDI) der Pharmafirma auf die neuen Kandidaten warteten. Ohne großen „Smalltalk" überreichten sie mir, so wie allen Neulingen, als Spesenvorschuss Bargeld in Höhe von 1.000 DM.

Ich war sprachlos!

Aufgrund meiner damaligen Erfahrungen wusste ich, dass dies unüblich war. Dennoch – mit dem Gehalt vom Sozialverband und diesem fürstlichen Spesenvorschuss fuhren wir, meine Frau und ich, über Ostern mit dem alten Käfer (welch ein Zufall) zu einer Kurzvisite für drei Tage nach London!

So begann für mich der Einstieg in die Pharmabranche.

Es war Standard, dass die Mitarbeiter einer Pharmafirma für den Außendienst einen Firmenwagen erhielten. Jedem war klar, dass ein Auto, beruflich genutzt, erhebliche Kosten verursachte. Andererseits war ich, aufgrund meiner vorherigen „Firma", erfahren genug, um auch noch daraus einen Nutzen ziehen zu können!

Damals gab es eine Tabelle vom ADAC, in der die Kosten fast aller Autos detailliert aufgelistet wurden. Schnell war mir klar, dass mein neuer Audi 80, mit 80 PS, persönlich abgeholt am Stammsitz der Firma in Essen, mich nicht würde befriedigen können. Wenn man unter Berücksichtigung des gezahlten Kilometergeldes für einen Privatwagen die Kostendifferenz zwischen einem neuen Firmenwagen und einem gebrauchten Privatauto abwog, erschloss sich hier jedem Interessierten sofort eine zusätzliche Einnahmequelle!

Fortan fuhr ich, ausnahmslos, bei allen folgenden Firmen, die ich „bediente", einen Privatwagen. Natürlich einen gebrauchten (mit einer Ausnahme)!

In der Praxis wirkte sich das so aus, dass ich, oft lange im Außendienst unterwegs, mit Ausnahme der Mittwoche und Freitage, wo nachmittags fast keine Arztpraxis offen hatte bzw. keine „Störungen" geduldet wurden, meine Frau beim Kochen entlasten konnte und sie regelmäßig ein bis zwei Mal die Woche zum Essen einlud! Vom Kilometergeld konnte man damals fast leben!

Rückblickend darf ich einige Epochen meines Lebens, auch monetär betrachtet, als paradiesisch bezeichnen:

Mitte bis Ende der 70er-Jahre, als Kanzler Helmut Schmidt, SPD, die G7-Treffen dominierte (soziale Marktwirtschaft)!, und Anfang bis Ende der 80er-Jahre, als die Pharmabranche „exorbitante" Gewinne erwirtschaftete!

Nach erfolgreichem Bestehen der Pharmareferentenprüfung vor der IHK in München wurde ich als Arzneimittelvertreter im Herbst 1982 in unseren Postleitzahlgebieten auf der schwäbischen Alb und in Teilgebieten des Schwarzwaldes auf die Ärzte „losgelassen".

Anfangs gab es fast keine Einschränkung seitens des Gesundheitsministeriums.

Wenn man den richtigen Arzt überzeugen konnte, bekam er pro Besuch ein bis zwei volle Plastiktüten Arzneimittel als Muster des Präparates, das er noch nicht kannte, um es bei den ihm bekannten Patienten zu testen, was aber ich, als „Manager" der Firma, steuerte! Später wurden die Musterabgaben auf vier Stück pro Besuch, danach auf vier Stück pro Jahr beschränkt.

So war es keine Überraschung, dass die einzelnen Mitarbeiter der Pharmafirmen die Umsätze in ihrem Gebiet gezielt und quartalsweise im zweistelligen Bereich nach oben trieben. Als Nebeneffekt gab es eine gute Quartalsprämie **und** das Image, als erfolgreicher Pharmareferent qualifiziert zu sein auch für andere, besser zahlende Pharmafirmen!

Wenn ich von exorbitanten Gewinnen spreche, meine ich dies auch wörtlich!

So hat eine Kölner Firma, für die ich arbeitete, mit einem frei verkäuflichen Präparat, das bei altersbedingten Abbauerscheinungen gute Dienste leistete, aus den Megagewinnen fast einen ganzen Straßenzug in der Kölner Innenstadt erwerben können.

Die älteren Leser kennen bestimmt ein aus den 70er-Jahren bekanntes Rheuma- und Ischiasmittel („Ich weiß nicht, was Ihre Bekannte empfiehlt, ich empfehle T…“).

Mit den daraus resultierenden Gewinnen konnten nicht nur Immobilien in München erworben werden, die heute Milliarden wert sind. Vielmehr musste eine Stiftung gegründet werden (schon aus steuerrechtlichen Gründen), die das unglaubliche Vermögen verwaltete und für soziale Zwecke sparsam, aber gezielt einsetzte!

Bereicherungen dieser Art bekamen natürlich auch die Außendienstler der Firmen, für die man tätig war, positiv zu spüren.

Fast jährlich wechselte ich, für eine Gehaltserhöhung von 500–1.000 DM pro Monat, die Firma.

Bei der dritten Firma, die mir der Ehemann meiner Kollegin, die ich durch die Schulung in Murnau durch Nachhilfe meinerseits durchboxen konnte, empfahl, wurde ein neues Mittel gegen Bluthochdruck propagiert, aus den USA natürlich.

Die amerikanische Gesundheitsbehörde FDA war bekannt für ihre restriktive Zulassungspolitik. Hier kam also, mit „Empfehlung“ der FDA, ein neues Präparat aus den USA quasi als „Selbstläufer“ auf den deutschen Markt!

Der kleine Schönheitsfehler bestand aber darin, dass dieses Präparat in den Staaten für leichten bis mittelschweren Hochdruck zugelassen war.

Was machen die Deutschen daraus?

Ein Mittel auch gegen **hohen** Blutdruck!

Das konnte natürlich nicht gut gehen. Es verlief kein halbes Jahr, bis die ersten, schweren Nebenwirkungen dieses Blutdrucksenkers evident wurden: Blutbildveränderungen (Zerstörung der weißen Blutkörperchen) und akutes Nierenversagen bis hin zu Todesfällen!

Damals war es üblich und gefordert, solche „Nebenwirkungen" per „Rote Handbriefe" mit einem entsprechenden Symbol an der linken Seite des Kuverts allen deutschen Ärzten mitzuteilen. Naturgemäß sind solche „Rote Handbriefe" für die Verschreibung dieser Präparate Umsatz schädigend.

Als ob die deutschen Manager dieses Problem vorausgesehen hätten, gingen sie bei der deutschen Markteinführung auf volles Risiko, indem sie z. B. den Außendienstlern gute Provisionen zahlten – ich bekam bei der Neueinführung dieses Blutdrucksenkers ca. 3.000 DM Provision pro Quartal!

In anderen Gebieten, wo dieses Präparat schon getestet worden war, erhielten die Kollegen und Kolleginnen bis zu 12.000 DM Provision – im Quartal!

So viel verdiente damals eine Sekretärin, halbtags, im **ganzen** Jahr!

Wer mit Ausnahme von solchen Ideen, wie z. B. durch einen Geistesblitz entstanden, ein Patent anmeldet oder ein lukratives erwirbt und vermarktet, weiß sich glücklich zu schätzen – solche Provisionen wie damals wird es vermutlich in Zukunft, mit Ausnahme solcher Präparate wie Viagra, dessen Patent auch schon vor Jahren abgelaufen ist, nicht mehr geben!

Aufgrund dieses (selbst verschuldeten) Debakels fielen die Umsatzzahlen und die Besuchsakzeptanz bei den Ärzten war gering bzw. mitleidsvoll.

Um den Außendienst psychisch wieder aufzubauen, wurden alle Pharmareferenten dieser Firma, mitsamt dem Innendienst, für eine Woche per Flugzeug nach Teneriffa „gekarrt" – auf Firmenkosten natürlich!

Wenn man im April bereits im Swimmingpool baden kann (die Meereswellen am Strand sind einfach zu hoch), auf der Fahrt zum Tide, einem erloschenen Vulkan mit Schneekuppe, drei Klima- und Landschaftszonen durchquert und oben eine faszinierende Mondlandschaft genießen kann, war dies alles sehr beeindruckend, konnte mir aber das Vertrauen in eine seriöse Firma, die erforderliche Medikamente für kranke Menschen anbietet, nicht zurückgeben!

Der unbedarfte Leser bzw. die unbedarfte Leserin wird an dieser Stelle vielleicht anmerken, dass diese Vorgehensweise wichtig und logisch war für die Verbesserung der Lebensqualität der auf diese Medikamente angewiesenen Patienten.

Aus Gesprächen mit täglich zusammentreffenden Kollegen, die für andere Firmen der Konkurrenz aktiv waren, erschloss sich für mich, leider zu spät, das Bild, wonach die Pharmabranche nicht die Grundversorgung des Volkes im Auge hatte, sondern hauptsächlich zusätzliche Gewinne aus zweifelhaften, neuen Präparaten. Dies führte zu Exzessen diverser Firmen in allen Sparten.

Wer Gerüchte vernommen hat, wonach der Chefarzt einer Klinik den Porsche von einer Pharmafirma gesponsert bekommen hatte oder von Ärzten, die mit ganzer Familie eine „Fortbildung" in Kreta gratis bekommen hatten, dem muss ich sagen, diese Gerüchte entsprechen, zum größten Teil jedenfalls, vielleicht nicht wörtlich (realistischer waren Röntgen- oder Ultraschallgeräte) der Wahrheit. Als entsprechende Gegenleistung sollten diese Beschenkten natürlich das eine oder andere Präparat der großzügigen Firma vorrangig verschreiben.

Auch wenn diese Strategie unter streng medizinischen Gesichtspunkten einen Verstoß gegen den Eid des Hippokrates bedeutete, damit könnte ich leben, weil die Konkurrenzpräparate auch nichts entscheidend Besseres bieten konnten!

Was ich aber nicht akzeptieren konnte, war die Tatsache, dass bewährte Präparate, die bekannt und zuverlässig waren, nur aufgrund abgelaufener Patente oder wegen ihres niedrigen Preises von der Pharmabranche diskreditiert wurden.

Am Beispiel des Wirkstoffes Strophanthin (vgl. im Internet „Der Strophanthin-Skandal") erkennt man, wenn auch oft leider zu spät, dass es der Pharmabranche nicht darum ging, die Patienten mit den nötigen, überlebenswichtigen Arzneimitteln zu versorgen!

Es ging ihr vorrangig darum, durch ständig neue, d.h. leicht abgewandelte Präparate, neue Märkte und Umsätze zu generieren. Selbst auf die Gefahr, dass es anstelle von „Heilung" eher Todesfälle gab (s. o.)!

So etwas konnte ich mit der auf Grundlage der geschilderten jugendlichen Episoden entwickelten Ethik und Moral nicht akzeptieren!

Nach diesen spektakulären Erfahrungen mit einem neuen Präparat, wechselte ich kurzerhand die Firma.

Hautkrankheiten sind oft chronisch und i.d.R. schwierig zu behandeln. Die neue „Hautfirma" war damals führend, wenn es um Behandlungsmethoden effektiver Art ging (z.B. Teer für Psoriasiskranke).

„Auf die Salbengrundlage kommt es an." Betroffene wissen das!

Kurze Zeit später wurde mir aber klar, aufgrund der vielen Fachzeitschriften, die man als Vertreter im Wartezimmer zwangsweise lesen musste, dass Teer Krebs verursachen kann und dass die Haut ein **Spiegel der Seele** ist!

Schon vor der Hochzeit mit meiner polnischen Traumfrau wusste ich, bestätigt durch meine Eltern, dass man viele Krankheiten auf natürliche, naturheilkundliche Art erfolgreich behandeln kann. Meine Frau hat dieses Dogma als natürliche „Mitgift" ihrer Eltern weiter ausgebaut.

So war es nur scheinbar ein Paradigmenwechsel, als ich, knapp nach einem Jahr bei dieser „Hautfirma", beruflich von der Allopathie in die Naturheilkunde wechselte.

Diese kleine Firma in der Nähe von Hannover mit etwas mehr als 50 Mitarbeitern wurde 1948 gegründet, als die meisten noch gar nicht wussten, dass es naturheilkundliche Fertigpräparate gibt, und feierte 1998 mit großem Pomp ihr 50-jähriges Bestehen.

Hierzu muss man wissen, dass, natürlich grob eingeteilt, die Naturheilkunde aus Pflanzenextrakten, Homöopathie und weiteren traditionellen Therapierichtungen besteht, z.B. die Wasserbehandlungen nach Pastor Kneipp, die Lehmbehandlung nach Pastor Felke, die Klostermedizin nach Hildegard von Bingen oder die Mineralienbehandlung nach Schüssler. Also aus Möglichkeiten, die weitaus größer gefächert sind als die „monogame" chemische Allopathie!

Deutschland war vor und nach dem Krieg das einzige Land, in dem nicht studierten Ärzten die Ausübung der Behandlung zur Heilung von Krankheiten gestattet war – durch das Hitler'sche Heilpraktikergesetz, das, glaube ich, noch heute gilt.

Natürlich war jeder Heilpraktiker, aber auch jeder Arzt, der naturheilkundlich arbeitete, auf sein Therapieschema fixiert. Gleichzeitig galt aber die Regel:

Wer heilt, hat recht!

Diese Firma nahe Hannover hat sich zufallsbedingt auf Anregung von Heilpraktikern, die überdurchschnittliche Erfolge mit ihren sensitiv entwickelten Mischungen hatten, auf die Homöopathie spezialisiert. Fanatische Gegner der Homöopathie gab und gibt es bis heute – diese lehnen solche Mischungen aus Urtinkturen erst mal kategorisch ab, womit, gemäß dem homöopathischen Arzneimittelbuch die Homöopathie anfängt, zusammen mit niederen Verdünnungen, bis zu D 12, wie auch die Gabe von Einzelmitteln.

An dieser Stelle muss ich den militanten, fanatischen, von den Spät-68ern beeinflussten Naturheilkundler rausstrecken!

Denn bis heute gibt es sog. Fachleute aus der klassischen Medizin, die Homöopathie als Humbug betrachten, also als wertlos oder, falls sich eine Wirkung zeigt, durch Placebo beeinflusst.

Zunächst nähere ich mich diesen dummen Vorurteilen eher wissenschaftlich:

Haie spüren Blut über einen Kilometer durch das Meerwasser auf.

Ausgebildete Hunde spüren Leichen, auch wenn die Hunde oberhalb des Wasserspiegels agieren, über zwei Meter durch das Wasser auf.

Elefanten spüren Wasser während der Trockenheit auch in kleinen, versickerten Quellen kilometerweit auf und marschieren zielgerichtet dorthin!

Wie ein japanischer Wissenschaftler demonstriert hat, überträgt Wasser, wie auch verdünnter Alkohol, Informationen, und speichert sie!

Nun melden sich solche etablierten, selbst ernannten, wissenschaftlich arbeitenden Koryphäen zu Wort und negieren die Homöopathie!

Welch eine Gotteslästerung und Ignoranz!

Ich treibe dieses Thema auf die Spitze und behaupte, jeder eingeschworene Einzelmittelkritiker kann sich selbst von seinem Irrtum überzeugen. Mir ging es ja auch nicht anders!

Als ich beruflich, privat, familiär und zukunftsorientiert am Boden lag, besuchte ich turnusgemäß eine große Heilpraktikerpraxis an der Schweizer Grenze bei Schaffhausen. Die Schweizer, 80 % aller Patienten dieser Praxis, sind lockerer drauf, weil sie zu Hause wenig naturheilkundliche Therapeuten haben und, evolutionsbedingt, ein engeres, intuitives, sensibleres Verhältnis zu Tieren und Pflanzen als selbstverständlich betrachteten. Sie bescherten dieser Naturheilpraxis einen guten Gewinn.

Der Gründer, ein bescheidener, zurückhaltender, schmächtiger Zeitgenosse, ein auf den ersten Blick eher hilflos wirkender Heilpraktiker, wusste durch seine Therapieempfehlungen große Erfolge bei schulmedizinisch nicht verifizierbaren Diagnosen, d. h. bei im Stich gelassenen Patienten zu bewirken.

Aus solchen Gründen gehen enttäuschte Zeitgenossen, die schulmedizinisch „austherapiert" sind, zu Heilpraktikern!

Wegen des enormen Zulaufs stellte dieser Naturheilkundler regelmäßig bis zu fünf Schüler (Heilpraktikerneulinge) als Therapeuten ein. Nach etlichen Besuchen und dem Vorstellen unserer Präparate, gepaart mit Tipps von der Konkurrenz, hatten wir ein eher freundschaftliches Verhältnis zueinander. Beispiel: Bei Nagelpilz half damals nur ein Präparat: Terp Ozon!

Solch wichtige, firmenneutrale Tipps teilte ich meinen „Kunden" mit. Sie arrangierten sich mit kostenlosen Therapieempfehlungen in solch Schlechtwetterphasen, wie ich sie damals durchlaufen musste.

„Learning by doing" war angesagt. So traf ich auf eine Therapeutin, die mir kaum nachvollziehbar, aber voller Überzeugung bei meinem Krankheitsbild behilflich war: mit **Sulfur D 200!**

Was es mit dieser Verdünnung auf sich hat, kann jeder im Internet nachschauen.

Auf jeden Fall sind in einer Potenz über D 12 trotz High-Tech-Verfahrens keinerlei Moleküle, d. h. Substanzreste von

Schwefel in diesen kleinen, unscheinbaren Kügelchen auf Zuckerbasis nachweisbar!

Ich weiß nicht mehr, wie das Therapieschema damals aussah, wie viele solch kleiner Kügelchen „ohne jeden materiellen Inhalt" ich konsumierte. Doch offensichtlich passte das verordnete Einzelmittel nicht zu meinem Krankheitsbild.

Nach wenigen Tagen bekam ich unerwünschte Nebenwirkungen, die in der Naturheilkunde nur auftreten, wenn das Mittel **nicht** passt – wenn es trifft, sind die Beschwerden, naturwissenschaftlich nicht erklärbar, weg:

Ein plötzlich auftretendes, heftiges Gefühl von Übelkeit, gepaart mit kurzen Phasen von Desorientierung, danach gleich eine große Bildung von Mundschleimflüssigkeit, ein großer Druck auf den Enddarm, der zum Glück nicht entlastet werden musste, und großes Ausspeien der Mundflüssigkeit liefen fast parallel. Diese Attacke dauerte kaum fünf Minuten, wiederholte sich aber wöchentlich bis zu drei Mal, nachher einmal wöchentlich, später einmal monatlich, dann wenige Male, in abgeschwächter Form, jährlich, und viel später, wenn ich das falsche, d. h. zu fett, zu sauer oder, therapiebegleitend, in irgendeiner Form noch Schwefel zu mir nehme, sogar bis heute!

Nicht aus Eigennutz oder kalkuliertem Schüren von Interesse – ich rate jedem „Nihilisten", der Homöopathie nicht mag, von diesem „Test" oder „Beweis" ab – die beschriebenen Attacken kommen spontan zu jeder Tages- und Nachtzeit, beim Autofahren, beim Schlafen, bei Partys oder bei Schulungen!

Warum Homöopathie in hoher Potenz stärker wirkt als die Urtinkturen oder niedere Potenzen – das bleibt, nicht nur für mich, ein Mysterium.

Mit eingestandener Schadenfreude zeige ich noch ein prägnanteres Beispiel für die Wirksamkeit der Naturheilkunde bzw. der Volksheilkunde: Wer schon einmal durch eine oder mehrere Warzen geplagt war, weiß, dass diese viralen Hautwucherungen lästig sind und oft nicht auf die schulmedizinische Behandlung wie Vereisen, Herausschneiden und Betupfen mit antiviralen Flüssigkeiten, ansprechen – diese Biester kommen immer wieder und sind sehr hartnäckig! Wie fast alle älteren Hausärzte meiner Generation, speziell im Allgäu, wie auch anderswo, noch wissen, gibt es ein probates Mittel aus der Volksheilkunde: **Man lässt eine Schnecke über die Warze laufen!**

Sogar meine Chefin von der Firma nahe Hannover hat dies ausprobiert und bei über 60 % ihrer Stechwarzen sofortige Erfolge gesehen.

Um meine „Boshaftigkeit" gegenüber den schulmedizinisch geprägten Nihilisten auf die Spitze zu treiben, darf ich, aus eigener Erfahrung sagen (meine Mutter aus Schlesien hat dies bei mir auch exerziert): **Gesundbeten** (seitens eines Dritten) hilft auch!

Weil aber eine solch kleine Firma, wie die nahe Hannover, nicht über 50 Jahre hätte bestehen können, wenn deren Präparate nicht überdurchschnittlich gut gewirkt hätten, konnten wir also alle Naturheilkundler besuchen und unsere Präparate anpreisen, auch wenn der Therapeut zugunsten eines Behandlungserfolgs „über seinen Schatten springen" musste.

In diesem Zusammenhang muss ich ein Präparat erwähnen, das als sog. Hausapotheke in den meisten Fällen hilft – Propolis Urtinktur von der Firma Hanosan.

Der Extrakt aus den Bienenwaben, mit dem die Bienen ihre Wirkungsstätte auskleiden, den man mühsam per Hand abschaben muss, wirkt gegen **Pilze**, **Viren** und **Bakterien**!

Damit kann jeder Laie bis zu 70 % aller „Wehwehchen" in den Griff bekommen!

Entsprechend kleine Firmen, wie diese bei Hannover beheimatete, gab es damals zuhauf (wer hätte das gedacht?).

Jede hatte ihre „Renner", d. h. Hauptumsatzträger, von denen sie gut leben konnte.

Deshalb waren diese Firmen auch bei fast allen Kongressen für Naturheilkunde, z. B. in Baden-Baden, Karlsruhe, Fellbach, Böblingen oder Wiesbaden, mit bekannten, optisch attraktiven Ständen vertreten, um die Kontakte zu Verordnern aufrechtzuerhalten oder um neue Verordner zu gewinnen!

Gern erinnere ich mich an diese Zeiten, wo wir, als Außendienstler, bereits am Freitagnachmittag zum Kongressort vorfuhren, um gemeinsam mit dem Chef den Stand mit „Hinguckern" aufzubauen. Das abendliche „Komasaufen", in den 90er-Jahren obligatorisch, werde ich nicht missen wollen und auch nicht vergessen!

Aber alles Schöne und Gute geht vorbei!

Nach insgesamt acht Gesundheitsreformen war auch diese privilegierte Zeit nur ein Lichtblick in meinem Lebenslauf. Warum?

Die Allopathie hat die besseren Lobbyisten. Nur so ist es zu erklären, dass, nach den entsprechend initiierten Gesetzesvorlagen, **alle** naturheilkundlichen Präparate, die damals seit über zehn Jahren auf dem Markt waren, sich einer „objektiven" Probe haben stellen müssen. Das bedeutete in der Praxis:

Jedes Präparat, das mehr als drei Inhaltsstoffe besaß, musste, ausführlich dokumentiert, für jeden Inhaltsstoff die Wirksamkeit wie auch die Unbedenklichkeit nachweisen. Das kostete so viel Geld, wie es allopathische Firmen eher aus der Portokasse bezahlen konnten, was kleinere Firmen aber oft in den Ruin getrieben hat. Eine Studie zur Wirksamkeit des Fumarsäurepräparates hätte Jahre gedauert und über eine Million DM gekostet!

Auf diese Art und Weise verlor diese kleine bei Hannover beheimatete Firma eines ihrer Vorzeigepräparate, nämlich das Präparat für Psoriasiskranke, und musste deshalb ihren Außendienst, bestehend aus sechs Pharmareferenten, auch wegen der vielen anderen Nachzulassungspräparate, auflösen.

Wer sich einigermaßen mit diesem Krankheitsbild auskennt, weiß, dass diese Hautkrankheit i. d. R. therapieresistent ist. Deswegen müssen alle Naturheilkundler, wenn sie denn Erfolg haben wollen, „über ihren Schatten springen", d. h. von ihrem selbst gewählten Dogma bzw. Therapieschema abweichen!

Jene Firma nahe Hannover war, wie gesagt, homöopathisch ausgerichtet.

Trotzdem hat sie dieses Fumarsäurepräparat in ihr Repertoire mit aufgenommen, zwar in einer Tochterfirma, aber gewinnbringend. Erfolg versprechende Ansätze zur Therapie der Psoriasis wie auch der Neurodermitis gab es schon lange, z. B. durch Eigenurintherapie, gestaffelt nach langsam steigenden Potenzen, hergestellt aus dem Eigenurin.

Damit hat sich ausgerechnet ein Boller Arzt bei mir „um die Ecke" aktiv (welch ein Zufall) bundesweit einen Namen gemacht.

Aber nicht alle Patienten aus Süddeutschland oder von woandersher konnten oder wollten diese teure Therapie bezahlen und nach Boll fahren, zumal die Ansprechquote kaum über 60% lag oder die Krankheit, nach Beendigung der Therapie, wieder aufflammte.

In diese Lücke sprang meine Firma nahe Hannover. Ohne groß auf die bekannten oder selbst geschaffenen Dogmen oder Therapievorlieben zu achten – jeder Therapeut konnte das Fumarsäurepräparat meiner Firma einsetzen und – sichtbare Erfolge erzielen!

Dem aufmerksamen Leser bzw. der aufmerksamen Leserin ist es nicht entgangen, dass ich einige Absätze weiter oben einen weiteren „Sack" geöffnet habe, aus dem die „Nachkommen der ersten Katze" entwichen sind:

Seit Jahrzehnten ist es bei Betroffenen allenthalben bekannt, dass ein Kuraufenthalt am Toten Meer viele Hautkrankheiten, speziell auch die Schuppenflechte, sichtbar und lang anhaltend bessert. Umtriebige Geschäftemacher griffen dieses Thema schnell auf –

warum sich einer solch teuren und aufwendigen Tortur hinge-
ben (45 °C im Schatten)? Wir holen uns Salz vom Toten Meer
und verkaufen es über Apotheken und Drogerien, sodass jeder
Patient eine solche effiziente „Kur" auch zu Hause, in der Bade-
wanne, machen kann! So weit der theoretische Ansatz.

Warum eine solche „domestizierte" Kur nur zum Bruchteil die
Erfolge bringt wie das Original – dies ist für mich nur logisch!

Wenn ich oben anmerkte, die Haut ist der Spiegel der „Seele",
meine ich damit, dass fast 80 % aller Krankheiten, nicht nur die
der Haut, psychisch bedingt sind!

Der Rest ist wohl, streng medizinisch betrachtet, genetisch
bedingt, nach meiner Lebenserfahrung und der sich daraus entwickelten Philosophie aber auch schicksalhaft, oder sprechen wir
es ruhig aus, gottgewollt!

Soll ich das begründen?

Beispiel:
Ein ehemaliger führender Vertreter einer Ärzteorganisation hat
schon vor vielen Jahren im Fernsehen die These vertreten, dass
ein Herzinfarkt nicht das alleinige Ergebnis verengter Herz-
kranzgefäße ist, sondern primär eine Störung in den zwischen-
menschlichen Beziehungen!!!

Oder:
Mein Vater starb mit 68 Jahren an seiner offensichtlich im Krieg
erworbenen Bronchitis bzw. an seinem Herzasthma, nach gut
über zehn Jahren täglichen intensiven Hustenattacken, die fast
eine halbe Stunde dauerten (so wie unsere Nachbarin dies aktuell auch kundtut, als Katzenliebhaberin mit vier Exemplaren hat
sie vermutlich eine Katzenallergie.) Ich interpretiere den Husten
unseres Vaters als das Ergebnis von 20 Jahren Ehe mit einer Frau,
die sehr dominant war und ihm quasi viel zu wenig Luft zum
Atmen (Selbstverwirklichung) gelassen hat. Schließlich war er
vor der Hochzeit ein erfolgreicher Kartenspieler, der auch nachher, zu Hause, immer gewann, weil er jedem Beteiligten sagen

konnte, welche Karten dieser in der Hand hielt! Solche Aktivitäten, des Geldes wegen, hat sie ihm allerdings immer untersagt!

Ob Bronchitis oder Asthma – regelmäßig hat die Mutter allen Familienmitgliedern zu verstehen gegeben, dass ihr erster Mann, der im Krieg vermisst wurde, ihre große Liebe war, und demzufolge unser Halbbruder, ihr bevorzugtes Kind, immer im Vordergrund stand! Unser Papa starb deshalb an Liebesentzug und provinzieller Ignoranz (Herzasthma?)!

Und die Mutter?

Kurz nach Übersiedlung in den Westen, angekommen in Bietenhausen, litt sie an ernsten Magenbeschwerden, wodurch sie über 20 Kilo Gewicht verlor. Der ganze Stress und die irritablen Lebensgewohnheiten in dieser, im Vergleich zu Schlesien, öden deutschen Provinz schlugen ihr, im wahrsten Sinne des Wortes, auf den Magen.

Die Tübinger Ärzte wollten, so wie es heute fast immer noch üblich ist, ihr einen Großteil des Magens entfernen. Ein einsichtiger, oder soll ich sagen, ein hellsichtiger Chefarzt begriff die Problematik und schickte meine Mutter zur Kur:

Das Bild dieser attraktiven, über 40-jährigen, untergewichtigen Dame habe ich für immer gespeichert. Was ist der Erfolg einer Kur oder eines gelungenen Urlaubs? Ortswechsel, Abstand von den lieben Familienangehörigen oder Arbeitskollegen, ein anderes Essen, ein lockerer Tagesablauf und mehr Zeit für die schönen und sinnvollen Gedanken und Dinge des Lebens, wobei ich den im Klischee tief verwurzelten Kurschatten, schon aus therapeutischen Gründen, nicht kritisieren darf und auch nicht will!

Und was ist mit mir?

Auch meine Frau ist dominant. Sie kann diese Dominanz über Jahrzehnte hinweg locker ausüben, denn im Gegensatz zu mir, der ich, wie geschildert, erst durch meine extremen Erfahrungen im Leben eine gewisse Weisheit erlangt habe, trifft sie schon immer alle Entscheidungen spontan, intuitiv, mit sensiven Anlagen ausgestattet, fast hellseherisch, zu 90 % richtig und kann es sich erlauben, auf den ganzen Ballast, wie meine über 500 Bücher, 50 Leitzordner und Tonnen von Zeitungsausschnitten oder Prospekten zu verzichten – letztlich kommen wir fast immer auf dasselbe Ergebnis, was mich erstaunt, deprimiert, aber auch zu solchen Entgleisungen wie die Alkoholsucht führt! – Die restlichen 10 % ihrer Fehlerquote aber machen unser Leben umso interessanter und spektakulärer (s. u.!).

Wer an dieser Stelle glaubt, ich übertreibe oder ich schildere solche metaphysischen bzw. esoterischen Begebenheiten just aus Lust und Laune, um mich von den vielen Zeitgenossen mit ähnlichen Problemen hervorzuheben, der irrt:

Dogmatisch verblendeten Kritikern biete ich hier, uneigennützig und mit Einverständnis meiner Frau, eine ihrer typischen „Heilmassagen" an. Anders als ein Heilpraktiker oder Arzt wird sie nicht nach der Anamnese fragen (sie weiß wohl nicht genau, was dieses Wort umfassend beinhaltet!), diese Vorkenntnis würde sie nur negativ in ihrer ersten Einschätzung, die zu über 90 % richtig ist, beeinflussen, sie sagt dem Patienten, wo es wehtut, und erst nach Rückfragen über **Beruf, Familie und Ernährung, warum**!!!

Über 15 Jahre lang genoss ich die Annehmlichkeiten und Privilegien bei dieser naturheilkundlichen Firma. Ein Teil unserer Bekannten, die, nachvollziehbar, **nicht** auf unsere Empfehlungen hörten, sind verstorben, die restlichen mit den typischen, selbst erzeugten Krankheiten „gesegnet", wie Kniearthrose, Hüftarthrose mit künstlichem Gelenk, Alzheimer, Gicht, Demenz, Parkinson (dieser sogar medikamenteninduziert!) etc.

Von den uns näherstehenden, ca. 15 Zeitgenossen in unserer Altersgruppe (plus/minus fünf Jahre) steht nur noch einer in Arbeit und Brot, wäre aber „quod erat demonstrandum" (was zu beweisen war) vor ca. einem Jahr an einer nicht klar diagnostizierten Krankheit fast gestorben!

KAPITEL 11

Justitia Saurus Rex – Der Prozess, frei nach Franz Kafka

Fast zeitgleich mit meinen beruflichen Erfolgen entwickelte sich, logisch nicht nachvollziehbar, aber vehement, mein Hauptproblem: ein fast genau 20 Jahre lang währender Erbstreit, der, für mich bis heute unfassbar, aber markerschütternd, offiziell 1990 begann, typisch kafkaeske Züge trug und bis über 2010 andauerte.

Wer sich schon aufgrund der juristischen Besonderheiten in dieses komplexe Thema nicht einarbeiten will – wofür ich vollstes Verständnis habe –, überspringt Kapitel 11 und widmet sich der Fortsetzung in **Kapitel 12,** die, ich kann es nicht anders sagen, fast schon **filmreife Züge** trägt!

Wie im Vorwort angedeutet, geht es mir hier, zum Thema passend, nicht um die Inhalte von vier Leitzordnern Gerichtsakten, formaljuristisch bedingter, in „Geheimsprache" verfasster, mehr oder weniger sinnvoller Ergüsse, sondern um die Ursachen, und, themenbedingt, auch um die für mich bedeutsamen Auswirkungen dieser Groteske!

Frei nach Goethe – „Der Vernunft gehorchend, nicht dem eigenen Triebe" – habe ich mich 1981 von meiner Familie, insbesondere von meiner Mutter, „abgenabelt" – ein Ödipuskomplex (personell verschoben), war nicht zu übersehen!

Finanziell betrachtet war dieser Akt für mich natürlich fatal. Schließlich wohnten seit Jahren mein Bruder mit Frau wie auch die Schwester mit Mann, quasi unentgeltlich, im elterlichen Haus, das ich, in der Schlussphase, zusammen mit meinem Vater zum Dreifamilienhaus umgewandelt hatte. Warum also sollte ich, als der „Vollender", ständig in Mietwohnungen, finanziell schlechter gestellt sein als meine Geschwister, die sich im „gemachten Nest" niederließen?!

Man soll die Schlesier nicht unterschätzen.

Weil meine Schwägerin im Erdgeschoss ein lukratives Frisörgeschäft betrieb, für die erhöhten Wasser- und Stromkosten aber wenig beisteuern wollte, entschied meine Mutter: „Die muss raus!!"

Demnach sollte ich, wie auch die Schwester, den Bruder jeweils mit 50.000 DM auszahlen, damit **er** sich etwas Eigenes kaufen und **ich** mit meiner Frau in seine bisherige Wohnung ziehen könnte.

Gesagt, getan!

Leider konnte der Bruder nicht gleich ausziehen, weil das von ihm gekaufte Haus mit einem Mieter belastet war, der fast noch ein Jahr lang darin wohnte.

In dieser Zeit musste ich Miete zahlen für meine aktuelle Wohnung und, gleichzeitig, Zinsen für das Darlehen, mit dem ich den Bruder auszahlte!

Endlich war es so weit. Wir zogen, animiert von dem Erbversprechen, dass jeder, der später auszieht, mit 100.000 DM abgefunden wird, in das elterliche Haus ein. Bekanntlich war ich als Pharmareferent ständig lange unterwegs und realisierte erst spät, dass sich zwei dominante Frauen, meine Mutter und meine Frau, niemals als gleichrangige Nachbarn würden tolerieren können.

So, wie sich diese Machtkämpfe im Haus aufbauten, verbündete sich meine Mutter immer enger mit der vorigen „Feindin" (die angeblich jahrelang „umsonst" wohnte), bis unser vereinbartes Zusammenleben nicht mehr möglich war.

Auch hier sind die Schlesier pragmatisch!

Meine Schwester sollte später die Mutter pflegen und mich dann letztlich auszahlen.

Weil ein Verweilen in diesem Schicksalshaus nicht mehr möglich war, reizte mich die Schwester im Stile einer tibetanischen Gebetsmühle mit der wiederholenden These:

„Wenn ihr auszieht, bekommt ihr euer Geld!" (Um sich etwas Eigenes zu kaufen.)

Als Pharmavertreter besuchte ich natürlich auch unseren Hausarzt. Dieser riet mir, baldmöglichst auszuziehen, weil die Problematik – Schwiegermutter und Schwiegertochter – typisch war. Also kauften wir uns ein elegantes Terrassenhaus in Albstadt für 300.000 DM. Schließlich wollte die Schwester mich mit 100.000 DM auszahlen, womit der Kaufpreis in weniger als zehn Jahren getilgt gewesen wäre!

An dieser Stelle erfuhr der Erbstreit eine Eigendynamik, die ich unter Berücksichtigung des Vorerwähnten, d.h. die schwierige Integration von Flüchtlingen in einem neuen Heimatland, was die Schwester auch hat durchleben müssen, nicht nachvollziehen konnte und auch nicht akzeptierte.

Offensichtlich wähnte sich die Schwester seit Langem als die legitime Hausverwalterin für das Erbe der Eltern, obwohl der **Deal** – jeder erhält 100.000 DM beim Auszug aus dem selbst erbauten elterlichen Haus – juristisch wie laienhaft rechtsverbindlich war.

Großzügig sah sie darüber hinweg, dass ich vor Kurzem erst den Bruder ausbezahlt hatte. Plötzlich zeigten sich ihrerseits egoistische Züge, die ich meiner Schwester, trotz jahrelanger Skepsis, nicht zugetraut hätte!
Weil mein Bruder, der von mir 50.000 DM erhalten hatte (zusätzlich 10.000 DM für ein auf der Garage ausgebautes Galeriezimmer), den Rest in Höhe von 50.000 DM von der Schwester noch bekommen sollte, sich aber nicht an den **Deal** gehalten hatte – **„Die Mutter könnte ja noch im Lotto gewinnen"** –

und er sich dadurch noch das Pflichtteil sichern wollte, reichte ich Klage ein, um diesen **Deal** rückgängig zu machen (1990).

Die erwähnten 60.000 DM, zusammen mit dem mir zustehenden Pflichtteil nach Ableben der Mutter, würden mir reichen, um unser luxuriöses Terrassenhaus abzuzahlen.

Bis heute weiß ich nicht, ob es Neid, Dummheit oder verblendender Egoismus war (unser Terrassenhaus auf zwei Ebenen besaß fast die beste Aussicht auf Albstadt von allen uns bekannten Häusern – so groß war der Schaden!).

Vermutlich war es eine Mischung all dieser offenkundigen Fakten.

Anders als beim Protagonisten in Kafkas Roman sah ich mich plötzlich, formaljuristisch bedingt, mit **zwei** Klagen und **drei** Gegnern konfrontiert.

Wer war eigentlich bei der Komplexität des Falles mein Feind?

Der Bruder? Die Schwester? Die Justiz?

An dieser Stelle muss ich die Ursache des Übels beim Namen nennen: Es war ein hinreichend bekannter Rechtsanwalt aus Balingen!

Zeitgenossen, die nie wirklich ernsthaft mit der Justiz in Kontakt gekommen sind, wissen nicht, wie das deutsche (wie ich später erfahren habe, das weltweite) System der Justiz funktioniert!

In Frankreich wie auch in England oder in Italien sowie in den USA, so wie ich hörte, studieren die Privilegierten an den renommierten Universitäten. Das heißt, bildlich gesprochen, dass sich naturgemäß aufgrund der überschneidenden Lebensläufe Seilschaften bilden. Man kennt sich, fühlt sich durch die gemeinsamen beruflichen Episoden einander verpflichtet und sieht über solch banale Dinge wie Ethik und Moral hinweg!

Wobei im Landgerichtsbezirk Hechingen weniger die Studienorte, denn mehr die gemeinsamen „Erfahrungen" die entscheidende Rolle spielen könnten.

Über 30 Jahre lang war ich ein penibler Leser des „Schwarzwälder Boten". Im Gegensatz zu anderen Zeitungen, die sich umsatzbedingt oft zu Verschmelzungen verleiten ließen (Südwestpresse für ganz Baden Württemberg!), war der Schwarzwälder Bote aus Tradition das Zentralorgan für die Schwäbische Alb und für den Schwarzwald, das sich (wer weiß das schon?) von Pforzheim bis nach Lörrach hinzieht. Zudem war die Berichterstattung nicht „Mainstream", d. h. eher objektiv bis mutig, also forsch!

Ein halbes Leben lang war ich obsessiver Leser dieser Gazette (schließlich habe ich als Student diese Zeitung in die Briefkästen gesteckt), bis die privaten Probleme wie z. B. ALG II oder ALG I mich zwangen, dieses Abonnement, wie auch andere (z. B. Büchergilde Gutenberg!), zu kündigen!

Gerüchte haben oft einen wahren Kern.

In den 70er/80er-Jahren gab es in Balingen eine Bar bzw. eher einen Nachtklub, der die in diesem Milieu typische Erwartungshaltung bediente!
    Auch bekannte Juristen waren damals, laut Zeitungsberichten, Stammkunden, bis eine mir nicht mehr bekannte Affäre die Schließung dieses Etablissements bewirkte.
    Ich will hier aufgrund fehlender Beweise keinem „Gast" irgendetwas Anrüchiges unterstellen!
    Dennoch – der kafkaeske Verlauf meiner Prozesse lässt sich logisch und objektiv nur dadurch erklären, dass die in meinen Prozessen beteiligen Juristen sich entweder aus der Studienzeit kannten oder, wie obiges Beispiel andeutet, sich in irgendeiner Form gegenseitig abhängig oder verpflichtet gefühlt haben!

Meine Gerichtsakten umfassen mehr als vier Leitzordner!

Keinem halbwegs vernünftigen Menschen kann ich es zumuten, diese stereotypen, langweiligen, in Juristendeutsch abgefassten Floskeln zu lesen – dies würde ohnehin Tage dauern, diese Zeit kann man wirklich sinnvoller nutzen!

Weil aber über 90 % der geneigten Leser bzw. Leserinnen mit einer solchen Problematik, wie es ehedem Franz Kafka schilderte, Gott sei Dank nicht konfrontiert worden sind und Inhalt und Verlauf meiner Prozesse durchaus einen gehobenen Unterhaltungswert besitzen, versuche ich, komprimiert die „Highlights" aufzuzeigen:

Mein Bruder erhielt von mir 60.000 DM aufgrund des **Deals** (vorzeitiges Erbe).

Bei der notariellen Beurkundung wies er mich an, nur 10.000 DM zu protokollieren, um damit angeblich die Kosten für den Notar zu senken!

Als ich den **Deal** wegen Nichteinhaltung seitens des Bruders und der Schwester rückgängig machen musste und Klage einreichte, gab er gegenüber seinem ersten (tatsächlich fast einzigen seriösen Rechtsanwalt im Landgerichtsbezirk Hechingen) an, lediglich 10.000 DM erhalten zu haben.

Nachdem ich, Gott sei Dank, von der Commerzbank, noch (vermutlich auf Mikrofilm gespeichert) die Überweisungsbelege für 50.000 **und** 10.000 DM besorgen konnte, legte der Rechtsanwalt meines Bruders sein Mandat nieder, weil er den primitiven Erbschaftsbetrug witterte.

Daraufhin suchte mein Bruder („Ich verzichte nicht auf alles, die Mutter könnte ja noch im Lotto gewinnen") einen „gleichgesinnten Kämpfer" und fand diesen: den schlimmsten Winkeladvokaten Deutschlands (Gegenbeweise sind mir herzlich willkommen).

Auch meine Schwester hielt sich nicht an den **Deal**. Trotz wiederholter, seitens der mittlerweile leicht dementen Mutter und der hinterhältigen Philosophie meiner Schwester, die tibetanisch, zur Verschleierung, ihre Gebetsmühle aktivierte, „kochte sie ihr eigenes Süppchen", d. h., erst lockt sie mich mit dem dummen Spruch: „Wenn ihr auszieht, bekommt ihr euer Geld", dann äußert sie: „Wenn du auf dein Erbe verzichtest, bekommst du die 60.000 DM von mir." (Sinngemäß: „Mehr aber auch nicht!")

Als es aktenkundig wurde, dass sich auch die Schwester nicht an den **Deal** halten wollte, gab sie zu verstehen, dass, getreu dem alten Sprichwort: „Wenn zwei sich streiten, freut sich der Dritte", sie die eigentliche „Chefin" des elterlichen Hauses war.

Folgerichtig nahm auch sie diesen Winkeladvokaten zu ihrem Rechtsbeistand. Um, entsprechend seiner List, keinerlei Risiken einzugehen, riet ihr dieser juristische Schmierfink dennoch zu einer gewagten, halsbrecherischen Transaktion:

Offiziell ließ sie das elterliche Haus zur Zwangsversteigerung anbieten!

Was dahintersteckte, können nur Verbrecher oder in der Grauzone des Rechts arbeitende Rechtsanwälte verstehen und durchziehen!

Aus Angst, auch sie müsste, aufgrund des Deals, der trotz mündlicher Absprache durchaus juristisch bindend war, mir die zugesagten 50.000 DM vorzeitigen Erbausgleichs zahlen, und in Vorsorge, meinen Anspruch auf den Pflichtteil von der Mutter offiziell zu beseitigen, **ersteigerte** sie quasi **ihr eigenes Haus,** das sie zuvor von einem Gutachter auf 495.000 DM hatte schätzen lassen.

Damals wurden öfter ähnliche Objekte, aus welchen Gründen auch immer, versteigert. Was die anderen Interessenten nicht wussten, nutzte sie schamlos aus: Der Winkeladvokat hatte natürlich seine guten Kontakte im Landgerichtsbezirk Hechingen, ebenso zu der Sachbearbeiterin für Zwangsvollstreckungen. Diese hatte er so beeinflusst, dass sie **nicht valutierte Schulden** im Grundbuch hatte bestehen lassen, obwohl diese schon längst getilgt waren. Auf diese Weise erwarb sie ein Dreifamilienhaus, das 495.000 DM wert war und dessen Grundschulden fast alle schon längst obsolet waren, für sage und schreibe 92.000 DM!

Nur einer der Grundschuldgläubiger, die Kreissparkasse Balingen, wies mich, als Miteigentümer, darauf hin, die Schwester solle bitte schön die Grundschuld löschen, weil sonst die Erbberechtigten benachteiligt würden!

Letztlich aufgrund dieses einen Schreibens war für mich der **Erbschaftsbetrug** offenkundig!

Daraufhin stellte ich Strafanzeige gegen die Schwester und reichte natürlich zivilrechtlich Klage auf Rückgängigmachung dieser offensichtlichen Manipulation ein. Spätestens jetzt wird auch dem juristisch unbedarften Leser bzw. der Leserin deutlich, gegen welche Missstände ich hier anzukämpfen hatte!

Anfangs ging es mir hauptsächlich um das Geld, das mir meine Geschwister – was ich nie erwartet hätte – entzogen hatten. Als „Halbjurist" erkannte ich aber jetzt, dass das Problem komplexer war.

Nach Wechsel meines ersten Rechtsanwaltes – der Nachfolger war engagierter – mochte doch der neue Jurist seinen obskuren Kollegen, wie fast alle seiner Gleichgesinnten, diesen skrupellosen Winkeladvokaten, der beide Geschwister vertrat, überhaupt nicht (vielleicht weil er bei ihm noch eine „Rechnung offen" hatte), bauschte sich unser Erbstreit logischerweise auf – es folgte eine Strafanzeige gegen diesen Manipulator wegen Interessenkollision und Erbschaftsbetrug, unter Kollegen eher **selten** und **mutig,** und eine zusätzliche Klage wegen 10.000 DM, die ich dem Bruder für das ausgebaute Garagenzimmer berappt hatte, welche das Gericht aber vorher stillschweigend unter irgendeinem Vorwand unter den Teppich gekehrt hatte!

Um den geneigten Leser bzw. die geneigte Leserin nicht unnötig zu langweilen, versuche ich an dieser Stelle, die Problematik in wenigen Sätzen zusammenzufassen:

Der **Bruder** erhält, ohne besondere Gegenleistung, von mir und der Schwester 110.000 DM für nichts – es sei denn, dies ist von allen Familienangehörigen arrangiert – also eine Vereinbarung!

Die **Schwester** erhält, durch Manipulation, das elterliche Haus, das mittlerweile 495.000 DM wert ist, für sage und schreibe 92.000 DM (ob sie den Bruder jemals ausbezahlt hat und mit welchem Betrag, entzieht sich meiner Kenntnis).

Der Dritte im Bunde, d.h. **ich,** erhalte, wenn überhaupt, meine gezahlten 60.000 DM zurück, obwohl ich jahrelang in Mietwohnungen unterkommen musste.

Wenn ich hier von Pflichtteil spreche, dann handelt es sich um ein Achtel bzw. um ein Zwölftel des Hauswertes – auf der Basis des geschätzten Wertes des elterlichen Hauses reden wir hier von 61.000 DM bzw. 41.000 DM!

Warum sollte ich diesen Kapitalverbrechern eine solche Summe schenken?

Wie geschildert, wechselte ich öfter den Rechtsanwalt. Die Tübinger Anwältin sprach den Erbschaftsbetrug mehr oder weniger deutlich aus.

Was mich stutzig machte, war die Tatsache, dass ich als Kläger vor dem Oberlandesgericht Stuttgart persönlich zum mündlichen Termin nicht eingeladen war, d.h., die Juristen wollten dieses delikate Thema unter sich bereinigen!

Obwohl diese Tübinger Rechtsanwältin mir zusagte, sie könne „keine Hand ins Feuer legen", eher ein bis zwei Finger, d.h., der Prozess wäre gewonnen, war das Ergebnis negativ, sodass ich beim BGH in Karlsruhe intervenieren musste!

Bis nachts um 3.00 Uhr formulierte ich die Revision, zum überwiegenden Teil aus dem Gedächtnis, für den BGH in Karlsruhe, für einen Korrespondenzanwalt, bevor wir vor 5.00 Uhr nach Stuttgart zum Flughafen fuhren, um den Flieger nach Marokko zu erreichen.

Auch der BGH negierte meine objektiv nachvollziehbaren Argumente.

Monate später musste ich erkennen, dass die Justiz in diesem außergewöhnlich heiklen Fall mir niemals Recht würde zusprechen können, nach dem Motto: „Eine Krähe hackt der anderen kein Auge aus." Warum?

Angesichts der mittlerweile angehäuften, dicken Akten hatte keiner der bis dato agierenden Juristen irgendeine Absicht, diese Aktenberge objektiv aufzuarbeiten!

Es „menschelt" trotz Hightech und Weiterentwicklung in allen gesellschaftspolitischen Ebenen munter einfach drauflos!

An dieser Stelle komme ich auf das Problem der Justiz allgemein zu sprechen!
Jeder Jurastudent würde sich die Haare raufen, wenn er die Ablehnung seitens der obersten Gerichte lesen würde!

Zusammen mit meinem damaligen Rechtsanwalt staunten wir über diesen Gesetzesbruch beim BGH bzw. beim BVG:

Der protokollführende, beisitzende Richter besaß tatsächlich die Unverfrorenheit, uns mitzuteilen, dass die Frist zu Eingabe beim BGH bzw. beim BVG überschritten war – trotz offensichtlichem Gegenbeweis.

Was soll der durchschnittlich begabte Mitbürger von solch einem Rechtssystem halten, das nicht nur einen Winkeladvokaten übelster Sorte toleriert, sondern sogar, objektiv nachweisbar, gegen die Zivilprozessordnung verstößt?

Der besagte Winkeladvokat trieb es aber auf die Spitze.

Auch ohne Jurastudium weiß jeder Zeitgenosse, dass ich meine 60.000 DM zurückbekommen musste.

Juristen aber ticken anders – weil Klagen dieser Art (hier aufgrund des hohen Streitwertes gut dotiert) ihr tägliches Brot sind, jeder halbwegs intelligente Mensch aber solch eine Zermürbungstaktik, d. h. regelmäßig aufzuarbeitende, komplexe Schriftstücke, Honorarverhandlungen und das Bewusstsein „Man sieht kein Licht am Ende des Tunnels" irgendwann (nach fast 20 Jahren) nicht mehr verkraftet, sind Berufsadvokaten prinzipiell im Vorteil!

Nur Winkeladvokaten oder Rechtsanwälte, die sich irgendwie profilieren wollen, bauen dieses Prinzip auf Kosten des seriösen Klägers weiter aus.

Dadurch gewinnen sie, theoretisch wie auch praktisch, jeden Prozess!

Freilich wurden mir beim Landgericht Hechingen meine 60.000 DM zugesprochen – das Geld erhielt ich aber noch lange nicht!

Die „Gegenseite" ging nämlich in die nächste Instanz, welche auch zu meinen Gunsten entschied – meine Zwangsvollstreckung hatte aber keinen Erfolg, weil der Winkeladvokat eine Vollstreckungsabwehrklage einreichte. Weil auch dies nicht fruchtete, mir aber sehr viel Zeit und Nerven kostete, griff dieser unseriöse Anwalt nun in die Trickkiste und zog seine **Geheimwaffe** hervor:

Aus seiner Privatschatulle streckte er meinem Bruder ca. 50.000 DM vor, damit dieser, natürlich um Zeit zu schinden und mich nervlich zu zermürben, das Bundesverfas-

sungsgericht anrufen konnte – wohl wissend, dass er damit juristisch keine Chance hatte!

So hoch waren in etwa die Gerichtskosten, zusammen mit den Anwaltskosten für einen Juristen, der nur beim BVG tätig werden durfte.

Und was war mit meinen Kosten?

Weil ich nicht alle der zeitweise fünf parallel laufenden Verfahren über die Prozesskostenhilfe abgesichert sah und weil ich zur Absicherung öfter den Rat von aus der Presse bekannten Spezialisten (Rechtsanwälte für Erbrecht) einholte, stiegen meine Schulden auf dem Girokonto auf bis über 10.000 DM (die Honorare habe ich aus eigener Tasche bezahlt!).

Der ganze Erbstreit hat mich aufgrund der Geschehnisse in der Schlussphase völlig ruiniert:

Wie jeder einsehen wird, hatten alle Beteiligten nach über 15 Jahren Erbstreit jegliches Engagement oder jeden Funken von Euphorie verloren. Letztendlich ging es nur noch darum, dass die beteiligten Juristen, sprich die Justiz, nicht völlig „das Gesicht verliert"!

So einigten sich die Juristen, mein eigener Rechtsbeistand eingeschlossen, auf eine Absprache, um den Erbstreit halbwegs elegant beenden zu können – anstatt endlich mit meinen erkämpften und dann tatsächlich eingeforderten 60.000 DM meine Schulden tilgen zu können, sah ich mich mit einer neuen Klage konfrontiert, wodurch ich, anstatt das mir legitim zustehende Geld vom Bruder zu erhalten, ihm Schadenersatz in ähnlicher Höhe zahlen sollte –

wer denkt sich denn so etwas aus?

Nun war ich logischerweise bereits psychisch stark angeschlagen, finanziell, beruflich wie auch privat ständig unter Druck, sodass auch in mir der Gedanke aufkam, diesen Erbstreit endlich beenden zu müssen – koste es, was es wolle!

Nur so ist es zu erklären, dass ich im nachfolgenden mündlichen Termin diesen „Hinterhalt" nicht erkannte und mich, angetrieben durch meinen Anwalt, zu einem **Vergleich** verpflichten ließ, wodurch ich dem Bruder noch ca. 35.000 DM Schadenersatz leisten musste. Die Logik bestand darin, dass ich **meinen eigenen** Rechtsanwalt, der ja beruflich durch eine Haftpflichtversicherung geschützt war, wegen juristisch nachweisbarer Form- und Sachmängel haftbar machen konnte.

Auf diese Art und Weise würden alle „Mitwirkenden" das ihnen zustehende Geld bekommen und, vor allem, **die Justiz würde keinen Imageschaden davontragen**!!!

Aus den bisherigen Erzählungen wird dem geneigten Leser bzw. der geneigten Leserin sofort klar, dass ich wegen meiner esoterischen Grundgesinnung, meines ausgeprägten Sinns für Gerechtigkeit und meiner aufgrund der „vielschichtigen" Lebensführung entstandenen Prinzipien für Ethik und Moral solche Manipulationen nicht würde tolerieren können!

Mein Anwalt sagte mir deutlich, dass er solch einen Deal mit seinen Kollegen vereinbart hatte, aber, so wie ich, daraufhin schlecht schlafen konnte.

Ergo sagte ich ihm ins Gesicht, dass nicht **mein** Anwalt, sondern die übrigen Akteure meine Feinde seien.

Aufgrund seines schlechten Gewissens, so etwas soll es auch noch geben unter hartgesottenen Juristen, oder einfach aus Geldgier entfachte in ihm eine neue Motivation!

Wie man leicht erkennt, musste ich wegen der horrenden Anwalts- und Gerichtskosten für das Bundesverfassungsgericht unser geliebtes Terrassenhaus verkaufen, weil ich über 40.000 DM Gerichtskostenvorschuss aufbringen musste!

Bis zum BVG versuchten wir, diesen Vergleich rückgängig zu machen. Ich allein ging sogar bis zum Europäischen Gerichtshof in Straßburg, was mir aber auch keinen Erfolg bescherte: Angesichts der damaligen, tagespolitischen Probleme, wie, z. B. eine Sammelklage von tschetschenischen Müttern, die ihre Söhne betrauerten und von der russischen Invasionstruppe in irgendeiner Form Schadenersatz forderten, konnte ich meine „Niederlage" in Straßburg moralisch erhobenen Hauptes als Ehrerbietung für diese leidgeprüften Mütter akzeptieren!

Die daraus folgenden Konsequenzen waren dennoch für mich hart, d. h. konkret existenzgefährdend.

Mit einem vollstreckbaren Urteil in der Tasche zögerte der hinreichend bekannte Winkeladvokat nicht lange mit der Zwangsvollstreckung:

Ein Bausparvertrag, eine Lebensversicherung, vermögenswirksame Leistungen, ein Sparvertrag, der am Ende der Laufzeit bis zu 8 % Zinsen brachte, meine Provisionen, Urlaubs- und Weihnachtsgeld und zwischen 200 bis 400 –, Euro meines monatlichen Gehalts, entsprechend der Tabelle für pfändungsfreie Einkünfte – das alles, mit wenigen Ausnahmen (meine Frau kümmerte sich damals um die Finanzen), verlor ich im Zuge der Zwangsvollstreckung.

Der geneigte Leser bzw. die geneigte Leserin wird erahnen, dass ich solche Geschehnisse nur unter Mitwirkung hoher Mengen Alkohols habe ertragen können.

KAPITEL 12

„Mein ist die Rache", spricht der Herr!

Langsam, aber deutlich keimte in mir der Verdacht auf, in diesem speziellen, auf mich bezogenen Erbstreit ging es nicht um die juristischen Feinheiten, sondern um Höheres, respektive um Grundsätzliches.

„Die Hoffnung stirbt zuletzt!"

Irgendwann in den 2000er-Jahren meldete sich spontan **Anita,** attraktiv, weit über 50 Jahre alt und ebenso eine Geschädigte dieses Winkeladvokaten, bei mir, vermutlich, um Tipps aus meiner Erfahrung (siehe Zeitungsmeldungen) mit diesem Winkeladvokaten zu ergattern und berechtigte Forderungen besser durchsetzen zu können, worin ich sie natürlich unterstützte!

Es gab eine kurze Phase in meinem Leben, in der, ich muss es zugeben, wenn ein Treffen mit meinem Bruder, meiner Schwester oder deren Rechtsanwalt zufällig stattgefunden hätte und dieses Zufallstreffen mich auch noch provoziert hätte (meine Familie, angefangen bei der Mutter, spielte lebenslang mit typischen, ironischen Kommentaren und hämischen Bemerkungen), ich denjenigen vermutlich zu Tode geprügelt hätte!

Und das trotz meiner erworbenen „Weisheit" auf dem festen Sockel von Toleranz, Humanismus und des allgegenwärtigen, manchmal jedoch nicht erkennbaren „Masterplans" ruhend.

Hass macht blind und aggressiv!

Warum?

Weil jeder Mensch, naturgemäß, archaisch zementiert, Charaktereigenschaften wie Hass und Rache in seinem Unterbewusstsein gespeichert hat!

Ich ertappe mich jedes Mal, wenn ich den Geruch verbrannten Holzes und, noch schlimmer, darauf garenden Fleisches (Grillen zum 1. Mai) rieche, dass diese archaischen Instinkte, **über Millionen von Jahren bekannt,** immer noch wirken und meinen Weg zum Vegetarier erschweren!

Jedenfalls erschrak ich selbst über meine aggressive Entgleisung, die im „Erfolgsfalle" meinen Untergang, hervorgerufen durch einfältige Kriminelle, bedeutet hätte. Im Polnischen gibt es ein Sprichwort: „Ein Schwein habe ich getötet, für einen Menschen aber muss ich ins Gefängnis!"

Kurze Zeit später häuften sich in der Tagespresse Berichte, wonach Schüler, sogar von höheren Schulen, als Gruppe Obdachlose verprügelten oder sogar anzündeten, auf jeden Fall aber schwer misshandelten oder dass Mädchenbanden andere Gleichgeschlechtliche erpresst oder körperlich drangsaliert haben.

Schülerbande geht auf Diebstahltour

Berlin. Eine Bande von Berliner Schülern ist von der Polizei festgenommen worden, als sie einen Supermarkt ausrauben wollte. 36 Schüler hätten gestern gegen 11 Uhr den Supermarkt im Stadtteil Mitte gestürmt, um ihn »leer zu räumen«, sagte ein Polizeisprecher. Als die 13 bis 18 Jahre alten Schüler mit ihrer Beute den Laden verlassen wollten, wurden sie von 20 Polizisten abgefangen. Die Schüler besuchen eine nahe gelegene Haupt- und Realschule. Dort wurden gestern Zeugnisse verteilt. Derartige Schüler-Raubzüge hatten sich seit Beginn dieses Jahres gehäuft.

Weil ich meine eigene Aggressivität durch die beschriebenen Informationen wie auch durch die lehrreiche Alltagsroutine insoweit in den Griff bekommen hatte, störten mich solche Exzesse umso mehr:

Auf dem Schulhof galt, wie im Wilden Westen, ungeschrieben das „Gesetz": Mann gegen Mann.

Nun raufen sich **vier** oder mehr gelangweilte, schlecht informierte Schüler zusammen und gehen gegen nur **eine** Person brutal vor, die auch noch körperlich unterlegen und allgemein hilflos ist!

Solch einen Schwachsinn konnte ich nicht tatenlos akzeptieren, verstießen die Akteure doch gegen mehr als drei meiner bzw. der Allgemeinheit bekannten menschlichen Grundsätze für ein einigermaßen tolerantes Zusammenleben.

So schrieb ich an das Kultusministerium in Baden-Württemberg und an die Hauptschule in Aldingen, um mit sinnvollen Vorschlägen im regulären Unterricht dieses völlig indiskutable Problem zu bereinigen.

Der Grundbaustein war die Auflösung des bis heute, z.B. in der Bundeswehr allgemein akzeptierten Grundgedankens des **Gruppenzwangs!**

Voraussetzung ist, dass ein Mitglied der Gruppe den Mut hat, **Nein** zu sagen.

Je überzeugender er dies tut, schließen sich ihm, nach und nach, andere an, und übrig bleibt der dumme Anführer, der, ohne Gefolge, hilflos oder mutlos dasteht!

Dies alles kann man in der Schule, z.B. in Simulationen, leicht und effizient bewerkstelligen (ich habe in 30 Jahren Pharmabranche viele Spielszenen, per Video dokumentiert und in der Gruppe analysiert, durchleben müssen).

Die arroganten, konservativen Beamten im Ministerium lehnten meine Vorschläge kurzerhand ab, weil sie angeblich ein fertiges Konzept für Gewaltpräventionen geschaffen hatten. Wie viel von meinem Konzept darin realisiert worden war, weiß ich nicht, es muss sich auf jeden Fall teilweise mit dem amtlichen Konzept überschnitten haben – der „Neinsager" taucht in der schulischen Literatur auf jeden Fall mehr als einmal auf:

B. Jonik, Schreiben an die Grund- und Hauptschule Aldingen vom 25.10.2007:

„Viele Wege zur Gewaltprävention" – Pilotprojekt zur Bündelung der Maßnahmen!

Sehr geehrte Frau Strauß,

„Unsere Kinder sind unsere Zukunft" – so banal und abgedroschen diese Zeilen für den typischen Zeitungsleser auch klingen mögen, so bedeutungsschwanger, emotionsgeladen, kostenverursachend und auch tragisch stellen sie sich für die Betroffenen dar: Eltern, Polizei, Jugendämter, Sozialarbeiter, Gerichte. Diese beschäftigen sich verstärkt mit der seit 2005 drastisch gestiegenen Zahl der kriminellen Delikte in der Altersgruppe von 14–18 Jahren. Erschreckend hierbei ist nicht nur die Tatsache des Anstieges, sondern auch die Schwere und Brutalität der Einzel-

taten wie auch das Sinken der Hemmschwelle. Die Zeitungen berichten jede Woche davon!

Vor nicht allzu langer Zeit hat ein Vorfall in Lörrach meine Aufmerksamkeit erregt – eine offenbar depressive, lebensmüde junge Frau wollte sich vom Dach des Rathauses stürzen. Schnell bildete sich eine Menge Schaulustiger, wobei zwei Gruppen hervorstachen: Jugendliche skandierten (sinngemäß): „Spring doch, spring doch!" Eine andere Gruppe, bestehend aus Älteren, Arbeitslosen und sogar Obdachlosen, wollte eher den „Sprung" verhindern. Sie beschwichtigten nach dem Motto: „Wie kann man so leichtfertig das Leben eines Menschen gefährden?" Es kam schließlich zu verbalen und gewalttätigen Auseinandersetzungen zwischen diesen beiden Gruppen, sodass die Polizei nicht nur das Leben der Selbstmordkandidatin retten musste, sondern auch Schaulustige in Gewahrsam nehmen musste!

Als meine Frau und ich daraufhin unseren 14-jährigen Sohn (Gymnasiasten) nach seiner Meinung fragten, reagierte er sinngemäß wie folgt: „Das ist cool, soll sie doch springen, wenn sie so dumm ist. Jeder kann doch machen, was er will."

Wir waren entsetzt! Mühsam versuchten wir daraufhin unserem Sohn zu vermitteln, dass ein Menschenleben immer mehr wert ist als spektakuläre Aktionen zur Volksbelustigung, dass es grundsätzlich sinnvoll ist, sich für die Schwachen unserer Gesellschaft einzusetzen, dass es Arbeitslose oder Selbstmordkandidaten oft unverschuldet getroffen hat, etc. Entsetzt waren wir natürlich auch darüber, dass es an der Lammerbergschule in Albstadt keinerlei pädagogische Aktionen zum Thema Gewalt (wie sie entsteht, wozu sie führt und wie man sie verhindern kann) gegeben hat.

Daraufhin habe ich bei der Zeitungslektüre verstärkt auf diese Problematik geachtet und fand lobenswerte, nachahmungswürdige Beispiele:

Im Projekt „Klasse 2000" werden die Klassen 1–4 nicht nur im Sinne der Gesundheitsförderung aufgeklärt, sondern lernen auch in Rollenspielen, dass es nicht immer cool ist, dem Gruppenzwang nachzugeben, sondern dass es angemessen ist, auch mal **NEIN** zu sagen!

Ehemalige Drogenabhängige im Forum „Die wilde Bühne" lassen Zuschauer, d. h. Schüler, am Geschehen aktiv teilhaben, wodurch aus Zu-

schauern Akteure werden und dadurch der Zwang zur Gruppendyna-
mik aufgelöst wird.

Polizeibeamte leisten verstärkt in den Klassen Aufklärungsarbeit, um den
Schülern die Folgen von Gewalt, Drogen oder Mobbing aufzuzeigen.

Knast-Rapper wollen mit ihren Songs, nicht wie die typisch Etablier-
ten, Gewalt nicht als cool verherrlichen, sondern auf die tragischen Fol-
gen aufmerksam machen.

Diese Maßnahmen kann ich ergänzen, z. B. durch Schüler, die abwech-
selnd „Pausenaufsichtsbeauftragte" sind und nicht nur durch Handyauf-
nahmen, sondern durch ihre Benennung Autorität besitzen und Konflikte
bereinigen können. Sinnvoll wären auch ein Mal im Jahr sog. Aktionsta-
ge, wo ganze Klassen Gerichtsverfahren in Strafsachen, Drogenentzugs-
kliniken oder Haftanstalten besuchen.

Wirksam ist mit Sicherheit ein sog. „Probesitzen" in einer Zelle, für ca.
eine Stunde, ohne Handy, ohne Kontakt zu Gleichgesinnten und zur
Außenwelt überhaupt!

Dennoch, wie in Kapitel 1 beschrieben, meldete sich in meinem
Alltag bald die Objektivität zurück (Überlebenskampf). Ich hatte
insofern Glück, als ich seit 1989 überwiegend Heilpraktiker und
Ärzte für Naturheilverfahren beruflich besuchte.

Diese Klientel zeigte sich in Bildern (Wartezimmer), Worten
und Taten auffallend religiös und psychologisch überdurchschnittlich gebildet und erfahren – fanden doch viele dieser Therapeuten, letztlich aufgrund eigener Schicksalsschläge wie aussichtslo-
se Erkrankungen oder Verlust von engen Angehörigen, zu ihrer
Bestimmung bzw. daraus resultierend zu ihrer Berufung und zu
ihrem eigentlichen Beruf hin!

Wenn mir, wie auch Anita, durch diesen Winkeladvokaten solch
Existenz zerstörende Manipulationen widerfahren waren – wie
vielen anderen unbescholtenen, naiven, fleißigen, des deutschen
Rechts unkundigen Zeitgenossen ist dies dann wohl auch passiert?

Anita kannte, woher auch immer, zwei weitere Leidensgenossen/-
genossinnen, die dieser Winkeladvokat, wider besseren Wissens,

entgegen der Gesetze von Logik, Ethik, Moral und formaljuristischer Beschränkungen ebenso ruiniert hatte wie mich.

Deshalb war mir sofort klar:

Dieser Winkeladvokat muss aus dem Verkehr gezogen werden!

Darum gründeten wir ein „Aktionsbündnis juristisch Geschädigter", weil, ohne eigenes Fehlverhalten, unbescholtene Bürger von solch einem Verbrecher fast ruiniert worden wären, d. h, wir versuchten es, damit sich solche Ungerechtigkeiten zukünftig nicht wiederholen konnten:

B. Jonik, am 21.03.2011 an Frau W. in 78727 Oberndorf

Aktionsbündnis juristisch Geschädigter

Sehr geehrte Frau W.,

von Fr. Anita S. aus B. erhielt ich freundlicherweise Ihre Adresse. Wie Sie vielleicht schon vernommen haben, sind wir aktuell dabei, ein Aktionsbündnis zu gründen mit dem Ziel, den schlimmsten Winkeladvokaten im Landgerichtsbezirk Hechingen, Ra X aus B. und Ra Y aus M., den Garaus zu machen – d. h. Entzug der Anwaltszulassung und strafrechtliche Verfolgung über den Generalbundesanwalt (zurzeit eine Dame). Damit dieses Ziel Erfolg haben kann, müssen wir mindestens fünf Geschädigte sein.
Des Weiteren brauchen wir die Unterstützung von vier Vereinen oder Verbänden, die, nach entsprechender Aufklärung, unsere Sammelklage mit unterschreiben. Weiter wäre es sinnvoll, mindestens einen oder zwei **Promis** *zu gewinnen, die unser Anliegen auch unterstützen.*
Anita und ich sind kompromisslos entschlossen, bis ans Äußerste zu gehen – eint uns doch dasselbe Schicksal – wir haben nämlich beide durch die Machenschaften dieser Frevler „Haus und Hof" verloren und wären nun auf Jahre mittellos. Herr E. aus B. ist nicht so hart getroffen worden

und hält sich bislang noch etwas zurück. Ich glaube, wenn er die endgültige Klageschrift in den Händen hält, die von mir oder einem Anwalt verfasst wird, würde er sich uns ebenfalls anschließen!

Wenn Sie noch mitwirken, dann wären wir schon zu viert und unserem Ziel schon viel näher!

Noch diese Woche gebe ich eine Anzeige auf im Zollern-Alb-Kurier Balingen mit dem Ziel, weitere Geschädigte zu finden. Entsprechende Bemühungen vor Jahren waren einigermaßen fruchtbar!

Wer, wenn nicht wir, die Geschädigten, können solche Winkeladvokaten aus dem Verkehr ziehen?

Hierfür gab ich extra eine Anzeige in der Balinger Zeitung auf, um weitere Geschädigte zu finden. Nur wenige meldeten sich, fast ausnahmslos anonym, tendenziell wollte man sich aussprechen, aber weiter nichts mit solch einem Rechtsverdreher mehr zu tun haben! Mein Verzicht auf direkte, persönliche Rache war deshalb nicht ganz ehrlich oder großherzig, sondern ergab sich aus solchen „Zufällen", die bei mir eine weitere Psychose deutlich machten: Ich muss eine sichtbare, mir oder **anderen** zugetragene Ungerechtigkeit spontan bekämpfen!

Wie bereits geschildert, wusste ich von Anfang an nicht, wer eigentlich mein Feind war – vermutlich wissen meine Geschwister, die meine Bildung und Erfahrung nicht genießen durften, bis heute nicht, worum es, formaljuristisch und objektiv, bei diesen Prozessen überhaupt ging!

Jedenfalls versuchte ich, über dieses Aktionsbündnis die Verfehlungen, d. h. die Gesetzesverstöße dieses Winkeladvokaten zu sammeln, damit wir gemeinsam Strafanzeige und Antrag auf Entzug der Anwaltszulassung zum Nachteil dieses Winkeladvokaten stellen konnten, um ihn endlich aus dem Verkehr zu ziehen.

Man kann nur vermuten, wie viele unbescholtene Bürger er mit seiner Arbeitsweise über Jahre hinweg in den schieren Ruin getrieben hat.

Was als gute Idee einfach aussah, entpuppte sich in der Realität als nicht durchsetzbar.

Jeder kann sich vorstellen, dass wir alle, nicht nur Anita und ich, psychisch zermürbt waren. Trotz meines beruflich und aus Erfahrung bedingt kompetent abgesicherten Engagements (20 Jahre Erfahrung im Marketing) gelang es mir nicht, meine Mitgeschädigten entsprechend zu motivieren bzw. zu aktivieren!

Schließlich gab es damals solche Konstrukte wie Sammelklage oder Musterklage in Deutschland noch nicht. Deshalb hätte ich, mit meiner neu entfachten Euphorie, die Geschädigten überzeugen müssen, **vier** Einzelklagen namentlich dokumentiert einzureichen, um diesen Winkeladvokaten endlich „in die Wüste zu schicken"!

Letztendlich musste ich leider, menschlich durchaus nachvollziehbar, wieder als Einzelkämpfer aktiv werden.

Die benötige Energie hierfür reichte aber noch aus.

Um den Zeitraum zwischen 2001 und 2006, aus dramaturgischen Gründen, rascher abarbeiten zu können, zeige ich jetzt die nächsten **vier** Schritte auf, um euch, zugunsten des Handlungsablaufes, weitere, stereotype Aktenauszüge und deren Resultate zu ersparen und meine eigentlichen Absichten offenkundig zu machen.

1) Am 04.07.2001 mietete ich mir, in Ermangelung einer eigenen Anhängerkupplung, einen Opel Omega, den dazugehörenden Anhänger, holte, aus dem Internet recherchiert, eine entsprechende Menge Mist und lud diesen vor der Anwaltspraxis ab! Die entsprechenden Fotos schickte ich der Lokalpresse.

Mein Ziel war es, diesen kriminellen Rechtsanwender insoweit zu provozieren, dass er Strafanzeige wegen Beleidigung und Rufschädigung erstattet, womit ich die gewünschte, öffentliche Plattform hätte, um dessen Machenschaften allgemein bekannt zu machen.

Leider war dieser Schmierfink an diesem Tag nicht in der Praxis, wohl aber einer seiner ständig wechselnden Angestellten, ein Praktikant oder ein notwendiger Mitarbeiter zur Entlastung der ansehnlich angehäuften Mandate, ein junger Rechtsanwalt.

Er kam natürlich sofort herunter auf die Straße. Interessant und verräterisch war seine erste Frage: „Sind Sie Mandant oder Gegenpartei des hiesigen Anwalts?"

Damit hatte sich dieser Praktikant logischerweise „enttarnt"!

Nun, bedingt durch die beruflich geforderten Akteneinsichten hatte dieser unvoreingenommene Jurist schnell erkannt, dass er wohl in der Praxis eines Winkeladvokaten zum Wohle des Auftraggebers, aber zum Nachteil der Justiz und der unbedarften Bevölkerung, arbeiten musste!

Ich bestätigte natürlich, dass ich ein Geschädigter der Gegenpartei war. Seiner Reaktion konnte ich entnehmen, dass dies für ihn keine Überraschung war – **er holte nicht einmal die Polizei!**

Wenn alle Beteiligten wissen, dass dieser Winkeladvokat ein Verbrecher ist, warum wehren sie sich nicht dagegen???

Nur eine elegant wirkende, schlanke, ca. 50-jährige Frau beobachtete mein Treiben und ließ sinngemäß verlauten: „Endlich macht jemand etwas gegen diesen Anwalt."

Das gab mir natürlich wieder Kraft!

2) Weil der „geschädigte" Rechtsanwalt, wie auch die Presse, auf meine Aktion „Dieser Anwalt produziert nur Mist" **nicht** reagierte, „legte ich noch einen drauf"! Es musste doch möglich sein, solche Verbrecher aus der Reserve zu locken!

Natürlich kündigte ich diese meine nächste Aktion bei der örtlichen Presse an:

Am 16.07.2001 lief ich **nackt,** nur mit Turnschuhen bekleidet und mit einem Transparent „bewaffnet", durch die Balinger Innenstadt, beflügelt durch das zufällig vor Kurzem im Radio laufende Lied von Bon Jovi – „It's my life, it's now or never, I ain't gonna live forever" (welch ein Zufall!).

Auf dem Transparent stand:

„Rechtsanwalt X ist ein Betrüger"

Dienstag, 17. Juli 2001

Nackter Protest gestern auf dem Marktplatz

Balingen (mw). Auf nackte Tatsachen blickten gestern Nachmittag die Menschen in der Balinger Innenstadt. Ein Mann verlieh in Turnschuhen und sonst völlig unbekleidet dem Ärger über seinen Rechtsanwalt Ausdruck.

Nur bedeckt mit einem Protestschild, auf dem der namentlich genannte Anwalt als Betrüger bezeichnet wird, rannte der Nackte von der Sparkasse einmal durch die Innenstadt, Marktplatz inklusive, und wieder zurück. Verdutzt reagierten die Passanten, manche erheitert. Ganz und gar nicht erheitert ist der betroffene Rechtsanwalt, zumal es nicht die erste gegen ihn gerichtete Aktion seines verärgerten Mandanten ist. Bereits vor zehn Tagen hat der Mann, gegen den der Anwalt die Zwangsvollstreckung betreibt, vor dessen Kanzlei am helllichten Tag einen Anhänger Mist abgeladen und sich mit einem Schild daneben aufgestellt. Aufschrift: »Dieser Anwalt produziert nur Mist«. Die Botschaft der gestrigen Protestaktion könnte lauten: »Einem nackten Mann kann man nicht in die Tasche greifen.«

Nackter Protest auf dem Marktplatz

BALINGEN ■ Nicht nur zur Erheiterung der Passanten in der Fußgängerzone „joggte" gestern nachmittag bei sommerlich-frischen Temperaturen ein gänzlich unbekleideter Mann über Friedrichstraße und Marktplatz. Vielmehr wollte er mit dieser zweiten „spektakulären" Aktion seinen Protest gegen die Arbeit eines Balinger Anwalts zum Ausdruck bringen. Bereits vor zwei Wochen machte er seinem Unmut mit einer Fuhre Mist Luft.   KOM

Nun sollte man meinen, dass der namentlich genannte Schmierfink sich beruflich oder persönlich hätte betroffen fühlen müssen!

Weit gefehlt: Wahrscheinlich aus Kalkül, um weiteres Aufsehen zu vermeiden, reagierte er nicht so, wie ich es erwartet hatte!

Die einzige Reaktion, und das war für mich immerhin ein Teilerfolg, bestand darin, dass er seine guten Kontakte auch zur Presse nutzte, um ein kleines Statement abzugeben:

„Die Aktion des Mannes richtete sich nicht – wie gestern berichtet – gegen den eigenen Anwalt. Der Anwalt, den der Läufer als Betrüger aufzeigte, vertritt in einem Prozess die Gegenseite."

Protest galt dem gegnerischen Anwalt

Balingen (mw). Kein allzu großes Aufsehen hat die Protestaktion des Mannes erregt, der am Montagnachmittag splitternackt durch die Balinger Innenstadt gerannt war. Bei der Polizei ist nur ein Hinweis darauf eingegangen. Als ein Streifenwagen vor Ort eintraf, war der nackte Läufer längst über alle Berge. Die Aktion des Mannes richtete sich nicht – wie gestern berichtet – gegen dessen eigenen Rechtsanwalt. Der betroffene Anwalt, den der Läufer als Betrüger titulierte, vertritt in einer gerichtlichen Auseinandersetzung die Gegenseite.

Das heißt, entsprechend objektiv interpretiert, nicht nur seine Angestellten, sondern sogar der geschädigte Anwalt selbst gehen davon aus, dass dessen eigene Mandanten den in der Grauzone des Rechts arbeitenden Anwalt als Betrüger, quasi nach allen Seiten offenen Rechtsverdreher einschätzen würden!

3) Irgendwie musste doch die Allgemeinheit, d.h. zumindest die Presse, diesen gewaltigen Erbschaftsbetrug und dessen Initiatoren erkennen!

Deshalb „legte ich noch einen drauf"!

Am 23.09.2001, angekündigt beim Bürgermeisteramt und bei der dort ansässigen Polizeistelle, begann ich einen unbefristeten „Sitz- und Hungerstreik" vor dem Hause meines Bruders, des Erbschaftsbetrügers:

B. Jonik, am 19.09.2001, an Bürgermeisteramt und Polizei:

Betr.: Hungerstreik

Sehr geehrte Damen und Herren,

aus formaljuristischen Gründen setze ich Sie darüber in Kenntnis, dass ich am 23.09.2001, gegen 11.00 Uhr, gegenüber der Wohnung S-Weg in B., auf dem Gehweg bzw. auf der Straße einen unbefristeten Hungerstreik beginne.
Die Hintergrundproblematik entnehmen Sie bitte den beigefügten Kopien. Damit keine Missverständnisse auftreten, setze ich Sie weiter darüber in Kenntnis, dass es sich um eine sog. „stille Demonstration" handelt, d.h. ohne Plakate, Lautsprecher o. Ä. Ich sitze einfach vor dem Haus des Widersachers bzw. Betrügers und führe eine Entscheidung jedweder Art herbei!
Nachdem vor einem Jahr eine Gruppe von Geschäftsfrauen eine ähnliche Demonstration vor dem Brandenburger Tor erfolgreich durchgeführt und trotz des immensen Symbolgehaltes dieses Ortes eine Genehmigung erhielt, gehe ich davon aus, dass, sofern überhaupt eine Genehmigung erforderlich ist, diese Ihrerseits gewährt wird und ich nicht als „Penner" oder „Spinner" behandelt werde.
Für eventuelle Rückfragen wenden Sie sich bitte an meine Frau, Tel. …, oder an Richter S. … am Landgericht Hechingen!

Mit freundlichen Grüßen
…

Die Zufahrtsstraße zu seinem Haus war ziemlich eng, weshalb ich die gegenüberliegende Textilfirma, respektive ihren Chef, fragte, ob ich mich mit meinem Stuhl ca. einen Meter auf seinem Grundstück niederlassen durfte.

Zu meiner Überraschung willigte er ohne Diskussion oder Nachfragen sofort ein – offensichtlich war die Lebensweise und Lebensphilosophie dieser Familie schon damals den Ortsansässigen bekannt – schließlich betrieb mein Bruder jahrelang dort eine Kneipe. Schon deshalb hielten sich diese Hochstapler für die Wichtigsten, Größten und Besten im Ort.

„Die kennt man ja" – so oder ähnlich, sinngemäß, sprach der Chef dieser Firma mit über 20 Angestellten zu mir.

Mein Hungerstreik begann um ca. 16.00 Uhr und dauerte bis zum nächsten Tag, ca. 16.00 Uhr.

Erfahrungen dieser Art werde ich nie vergessen und will sie auch nicht missen:

Unlängst lief im Fernsehen ein vor Jahren durchgeführtes Experiment – ein ca. zweijähriges Kind wurde beobachtet, wie es sich verhielt, wenn ein Erwachsener einen auffälligen Gegenstand fahrlässig auf den Boden fallen ließ. Der Junge war sichtbar bemüht, diesen Gegenstand aufzuheben und ihn dem Erwachsenen zu reichen!

Das Experiment wurde wiederholt – dieses Mal bekam der Junge für sein entgegenkommendes Verhalten eine Belohnung. Beim dritten Mal schien der Junge das Spiel durchschaut zu haben, er folgte nicht mehr seinem inneren, gutmütigen Trieb und ließ den Gegenstand liegen!

Ich weiß nicht, ob es auf den Wiederholungseffekt zurückzuführen ist. Jedenfalls deuteten die Wissenschaftler das Verhalten so, dass, im Gegensatz zum Tier, der Mensch uneigennützig handeln kann und dies auch tut!

Sollten die Experten recht haben, interpretiere ich das beschriebene Experiment nach meiner Lebensphilosophie:

Der Mensch ist von Natur aus gut! **Erst der Kapitalismus macht aus Menschen Bösewichte,** oder wie der Lateiner sagt: „homo homini lupus" – „Der Mensch ist dem Menschen ein Wolf!"

Schon vor diesem Experiment, nämlich vor Ort, machte ich ähnlich Erfahrungen – um ca. 6.30 Uhr am nächsten Tag brachte mir eine Arbeiterin der Textilfirma einen heißen Tee, wohl wissend, dass meine sichtbar große Thermoskanne nach dieser kalten Nacht ihren Dienst eingestellt hatte.

Nur wer in einer ähnlichen Situation war, kann ermessen, wie wichtig, und in jeder Form stärkend, diese Geste auf mich gewirkt haben muss.

Doch vorher kam der Wolf!

Als ich meine Aktion gegen 16.00 Uhr begann, waren die zu „Bestrafenden" außer Haus. Mein Bruder fuhr mit seinem hubraumstarken Mercedes erst gegen 22.00 Uhr vor, dann aber ging es, im wahrsten Sinne des Wortes, „Schlag auf Schlag":

Erst kam meine Schwester mit Schwager zu mir, dieser versetzte mir eine Kopfnuss, mehr aber auch nicht, weil er sonst, als Bodybuilder und freiwilliger Hilfspolizist, großen Ärger mit der Strafjustiz bekommen hätte. Ich konnte den Schwager überzeugen, dass mein Bruder hier wohl einen großen Betrug am Laufen hatte, was mir sein Verständnis bescherte.

Dann kam mein Bruder mitsamt dem ganzen Clan der damaligen Großfamilie, d.h. einschließlich der Geschwister der Schwägerin mitsamt Ehegatten sowie deren Mutter. Diese Frau aus bäuerlichen Verhältnissen, lebenslang mit Landwirtschaft und Erziehung von sieben Kindern stark beansprucht, war vom Wesen her immer noch objektiv und kritisch eingestellt geblieben und warf mir ein kurzes Lächeln zu, das zu bedeuten schien: **„An deiner Stelle hätte ich dasselbe gemacht!"**

Anders dagegen der über 20-jährige Sohn meines Bruders. Er ging sofort auf mich los und versetzte mir einen Kinnhaken, der mich über meinen Gartenstuhl fallen ließ, sodass ich fast auf dem kalten Asphalt geendet hätte. Daraufhin ging ich auf ihn los, aber weil ich stärker war nur, um ihn festzuhalten.

Als er und sein Vater sahen, dass eine weitere Eskalation in diese Richtung sinnlos war, beruhigte sich die Szene, und nach knapp einer halben Stunde sinnloser Beschimpfungen und Argumentationen löste sich diese Versammlung auf. Bis zum nächsten Morgen ward von diesem Mob niemand mehr gesehen.

Seltsamerweise trudelte eine Polizeistreife erst gegen Mitternacht ein.

Vielleicht hatten sie die Szenerie von Weitem beobachtet, um durch die Eigendynamik auf meine Resignation zu warten oder um einfach keine der lästigen Protokolle schreiben zu müssen. Jedenfalls bestätigten auch die Polizisten, dass diese Familie schon bekannt sei für ihre „Eigenheiten". Als ich **keine** Strafanzeige stellte, verabschiedeten sich die Ordnungshüter und ich war allein in dieser kalten Nacht.

Weil ich trotz ausreichendem Laternenlicht fürs Lesen zu aufgewühlt war, liefen meine Gedanken kreuz und quer immer wieder um diese Episode herum: Wenn mein Bruder doch nichts Unanständiges, Kriminelles angestellt hatte, warum lässt er sich dann auf solch eine Konfrontation ein?

Ich, an seiner statt, hätte dem Streikenden mit der für diese Familie üblichen Häme ein gutes Gelingen gewünscht, vielleicht sogar noch einen heißen Kaffee gebracht und bei den Nachbarn Aufklärungsarbeit geleistet.

Die Tatsache, dass er solcherlei nicht tat, war ein sichtbares Zeichen für seine Verfehlungen!

Auf jeden Fall bin ich noch heute stolz darauf, es mit einem **Mob von 15 Leuten** aufgenommen zu haben. Angesichts meines jetzigen Alters kann ich aber nicht beschwören, Ähnliches in Rostock oder Chemnitz durchstehen zu können – versuchen werde ich es auf jeden Fall in allen ähnlichen Situationen – bis ins Grab!

Ich weiß nicht, wie lange ich diesen Hungerstreik ausgehalten hätte! Die Sache ist brutal hart!

Mein Ziel war es, den dortigen Pfarrer zu aktivieren, damit dieser, allein durch seine Anwesenheit und Autorität, Druck auf diese „unseriöse" Familie (die Schwägerin war gläubige, nicht nur zu Weihnachten aktive Kirchgängerin) ausübt, um weiteren Rufschaden zu verhindern und irgendeinen Kompromiss zu erreichen.

So weit kam es allerdings nicht!

Meine Frau mag es offensichtlich nicht, im Rampenlicht zu stehen, und war mir deshalb keine große Hilfe.

Gegen 16.00 Uhr am folgenden Tag fuhr sie mit unserem Volvo bei mir vor, auf dem Rücksitz unser damals achtjähriger Sohn, der mich gleich begrüßte! Noch bevor sie mir verkündete, der Pfarrer oder Bürgermeister hätte mit ihr telefoniert, war mir klar, dass ich diese Aktion abbrechen musste:
   Mein Image – ein von der eigenen Familie ruiniertes Mitglied – konnte ich aufgrund des repräsentativen Autos (zwar über Kilometergeld finanziert) nicht mehr aufrechterhalten und unser Sohn ließ mich ohnehin sofort „in die Knie gehen"!

Zu jener Zeit liefen noch einige wichtige Verfahren. Meine jetzige Familie wie auch meine Gesundheit und mein interessanter Job waren mir auf einmal wichtiger.
   Deshalb schloss ich Frieden mit mir selbst, verzichtete auf **Rache** und ließ meine weitere Zukunft vom Schicksal entscheiden.

KAPITEL 13

„Kurze Unterbrechung"

Dabei half mir ein kleiner „Trick":

Zur selben Zeit wie Joschka Fischer, der „unflätige" Grüne, Außenminister wurde und durch das Laufen ca. 40 Kilo abgenommen hatte, begann auch ich, 1998, mit dem Joggen!

Die ersten drei Wochen waren überaus unangenehm. Wenn man bedenkt, dass ich seit meinem 27. Lebensjahr Zigaretten rauchte (vorher nur Pfeife oder Zigarillos), kann man sich vorstellen, wie ich gegen die fühlbaren Widerstände ankämpfte.

Haben alle Jogger beim Neustart solche Atembeschwerden wie ich? Dass dies nur eine rhetorische Frage war, ergab sich tagtäglich beim Laufen in nur wenigen Wochen. Wenn man an fünf Tagen der Woche früh aufsteht und an Tagen des Ausruhens **eine innere Unruhe und Unzufriedenheit** bemerkt, hat man es **geschafft**: Nach ca. vier Wochen fehlte mir an den Sport freien Tagen spürbar irgendetwas. Erst beim Laufen bemerkte ich, dass dieser Sport eine Art **Droge** ist!

Wie bekannt, war ich während dieser Phase im Außendienst tätig. Deshalb suchte ich die Hotels oder Übernachtungsmöglichkeiten nicht nach Komfort, sondern nach Möglichkeiten fürs Joggen aus (Fußgängerzonen, Weinberge etc.).

Der Effekt war deutlich spürbar – ich hatte nicht nur ca. vier Kilo abgenommen, vielmehr wirkte sich diese Droge auch auf meine Klienten aus!

Wenn man morgens um 5.00 Uhr, bei Übernachtungen um 6.00 Uhr, zum Joggen aufsteht, fühlt man den Tag über regelmäßig eine kleine, aber deutlich spürbare Unausgeschlafenheit. Dafür war aber evident, dass ich morgens bei meinen ersten Kunden, die ich als Pharmavertreter besuchte, eine heitere Stimmung verbreitete, die auf diese „Droge" zurückzuführen war. Folglich ließ ich alles lockerer angehen, ähnlich wie nach zwei Schnäpschen zum Frühstück, und alle waren zufrieden, was sich natürlich auch an meinen Umsatzzahlen ablesen ließ!

An dieser Stelle muss ich betonen, dass ich Leistungssport jeglicher Art nach wie vor ablehne – Gewichtheber haben alle kaputte Knie, Boris Becker hat seit Jahren nicht mehr diesen konkreten, selbstbewussten, aufrechten Gang wie oft viel ältere Jogger.
    Deshalb war mein Joggen eher eine Art Meditation über den Sport! Die folgenden Nachrichten gaben mir recht:

Michael Schumacher war damals der beste Formel-1-Fahrer. Täglich riskierte er, am Limit fahrend, seine Gesundheit und sein Leben. Wie wir alle wissen, erfuhr er seinen Schicksalsschlag viel später, mitten im Urlaub, beim Skifahren. Auch ich mag bis heute schnelle Autos, begriff aber früher als dieser Publikumsliebling, dass alles vorherbestimmt ist und jeder seinen Weg gehen muss! Das Resultat entscheidet eine höhere Macht!

Hier darf ich den Film „Forrest Gump" hervorheben – welch ein Zufall unter Joggern!

Einerlei was man im Leben tut, alles ist von oben gesteuert. Wenn man allerdings **nichts** macht, kann man auch keine konkreten, sinnvollen Ergebnisse jedweder Art erwarten. Mit dieser Philosophie hielt ich mich tapfer (meine letzte Aktion geschah 2001), trotz Verlustes unserer eleganten Terrassenwohnung, als gewöhnlicher Mieter und Durchschnittsbürger am Puls der Zeit!

Wer glaubt, dass ein Leben mit diesen Belastungen, wie meinem bis dato ungelösten Erbstreit, in Kenntnis der höheren Zusammenhänge problemlos weitergehen kann, der irrt.

Unser oberster Hirte hatte seine eigenen Pläne und ließ mir nur wenig Zeit für ein geruhsames Leben.

KAPITEL 14

Irritationen

So traf mich 2006 der nächste Schicksalsschlag.

Der von mir so gehasste, intolerable Winkeladvokat besaß die Unverfrorenheit, sich bei einer Auflage von 77.500 Stück über das Wochenblatt des Zollernalbkreises als Retter für die durch die Tsunami-Katastrophe geschädigte Bevölkerung von Sri Lanka zu positionieren!

Wie der geneigte Leser bzw. die geneigte Leserin bemerkt haben mag, bin ich, wie der Volksmund so sagt, ein gläubiger Mensch. Deshalb maße ich es mir nicht an, den Messias zu spielen und die Menschheit retten zu wollen – wie wir alle wissen, scheint dieses Gebot aber, von Jahr zu Jahr, auf uns alle bezogen, immer dringender!

Deshalb versuchte ich, diese Pressekampagne objektiv auszuwerten und zu akzeptieren – jede Hilfe für diese Naturkatastrophe mit weitaus aktuell höheren Schäden als die von Tschernobyl ist zunächst positiv zu werten.

Andererseits spielte ich mit dem Gedanken, dass meine vorherigen Aktionen doch in irgendeiner Form diesen Winkeladvokaten geschädigt hatten – vielleicht war er auf der Suche nach einer seriösen Klientel – von solch Kapitalverbrechern wie meinen Geschwistern kann – angesichts der Konkurrenz – selbst ein unseriöser Anwalt auf Dauer nicht leben!

Deshalb hielt ich mich überwiegend an die Weisung gemäß Kapitel 12 („Mein ist die Rache, spricht der Herr!") und harrte der Dinge, die da kommen sollten.

Drei Jahre später kamen sie!

Meine letzten Hoffnungen waren verflogen, alle Prozesse zur Aufklärung dieses manipulierten Vergleiches (siehe Kapitel 11) waren negativ beschieden.

Dies nutzte dieser heuchlerische Anwalt, der nach außen hin den Regenwald in Sri Lanka retten wollte, in seiner gewohnt stereotypen Art aus:
2009 forderte er mich auf, einen Betrag in Höhe von ca. 55.000 Euro (Gerichts-, Anwaltskosten plus Zinsen) aus dem Vergleich zu bezahlen, ansonsten drohe Sicherungshaft zur Abgabe der eidesstattlichen Versicherung. Dies hatte er über zwei Jahre hinweg „schleifen"lassen. Offensichtlich befürchtete er irgendwelche Repressalien meinerseits wegen dieser Ungerechtigkeit – das hatte ich ihm schon angekündigt – und nahm sich deshalb, rückblickend so viel Zeit.
Ich selbst war insofern zu allem entschlossen. Ich bin auch nur ein Mensch, versuche, mich einigermaßen gesetzeskonform zu verhalten und Ungerechtigkeiten dieser Art als höhere, sprich

göttliche Gewalt, zu deuten, manchmal zu revidieren, was natürlich eine Sünde ist, in meinem Fall jedoch arrogant, aber angemessen sowie durchaus logisch und verständlich war.

Meine Gedanken waren überlagert von der Philosophie: Jedem kann ein Unrecht widerfahren!

Andererseits, aufgrund meiner Lebenserfahrung und der daraus resultierenden Kenntnisse im Rechtswesen, bin ich als **Einziger** vielleicht dazu auserkoren, dem Treiben dieses Winkeladvokaten endlich ein Ende zu setzen.

Wenn dieser ganze Schwachsinn irgendeinen Sinn gehabt haben mag, dachte ich jahrelang, dann doch diesen, dass **ich** versuchen muss, solche Ungerechtigkeiten zu korrigieren!

Signale von oben hierzu konnte ich jedoch nicht erkennen.

Ich war irritiert – und fühlte mich trotzdem berufen, aktiv zu werden.

Deshalb schrieb ich ein Flugblatt respektive ein Fax an alle Fernsehsender und Presseorgane mit dem Titel „Freiheitsberaubung":

B. Jonik, am 04.04.2009, an die Presse

Freiheitsberaubung

Sehr geehrte Damen und Herren,

wie kommt man unschuldig ins Gefängnis?
Ganz einfach – um einen Erbstreit zu verhindern, zahlt man den Bruder aus. Der hält sich nicht an diese Vereinbarung, er will noch mehr. Also ziehe ich vor Gericht und hole mein Geld zurück. Aber für solche Fälle gibt es Winkeladvokaten. Solch einer ist gleichzeitig auch für die Schwester tätig und verschleppt den entscheidenden Prozess. Nach etlichen Jahren überflüssigen Prozessierens haben alle (seriösen) Juristen die Nase voll und zwingen mich zu einem Vergleich – jetzt muss ich mein

Geld wieder zurückzahlen und werde dafür auch noch enterbt. Und obwohl mir mein Pflichtteil zusteht, fällt dem Winkeladvokaten gerade jetzt ein, nach über neun Jahren Prozessen und nach dem Tod der Mutter, mich per Haftbefehl zur Abgabe der eidesstattlichen Versicherung zu zwingen – damit ich keinen Job mehr finde und keinen Kredit bekomme, um den Erbstreit abzuschließen.

Wenn Sie mehr erfahren wollen, fordern Sie bitte von meiner Frau die Zusammenfassung unseres 15-jährigen Erbstreites an. Ich bin leider „verhindert"!

4) Bereits 2006 schickte ich (als „Strafe" für die Eskapade dieses Unholdes) ein Fax an alle Rechtsanwälte im Zollernalbkreis, Reutlingen und Tübingen – so weit reichte der schlechte Ruf dieses Winkeladvokaten –, um auf die Diskrepanz zwischen sozialem Engagement wie Sri-Lanka-Hilfe und Verachtung der Menschenwürde von gutgläubigen Bürgern aufmerksam zu machen:

B. Jonik, im Oktober 2006, an viele Rechtsanwälte:

Sri Lanka braucht Hilfe!

In einer Auflage von 77.500 Stück versucht der Balinger Rechtsanwalt X über die Titelseite des Wochenblatts vom … beim geneigten Leser folgende Assoziation zu wecken:

Hilfe für die Dritte Welt – Pflanzen als Symbol der Zukunft – Patenschaften als materielle Hilfe – Rechtsanwalt sichert die Aktion juristisch korrekt ab!

Nun ist die Aktion „Sri-Lanka-Hilfe" durchaus sinnvoll, bewundernswert und nachahmungswürdig. In dieser Fotoreportage beinhaltet sie aber einen kleinen, wesentlichen Schönheitsfehler, der die ganze Aktion zur Farce werden lässt und soziales Engagement auf dieser Basis in Verruf bringt: Der abgebildete Rechtsanwalt gilt nämlich unter Eingeweihten als unseriös, dubios und skrupellos – hierzulande richtet er bei unbescholtenen Bürgern nachhaltige Schäden an, vernichtet Existenzen, schickt schon mal Unschuldige ins Gefängnis.

Im Urlaub spielt er den Wohltäter der Menschheit und versucht augenscheinlich auf Kosten der Ärmsten der Armen, sein lädiertes Image als furchtbarer Jurist aufzupolieren und dadurch neue Mandanten zu gewinnen. Der Volksmund nennt solche Anwälte „Rechtsverdreher" oder „Winkeladvokaten".

Nun wird der objektive Leser zu Recht einwenden können, dieser Anwalt habe sich geändert, sei geläutert, quasi vom Saulus zum Paulus geworden – weit gefehlt!

Aktuell werde ich im Auftrag von RA X per Haftbefehl aufgefordert, die **EV** abzulegen, sonst drohe die Einlieferung in die Vollzugsanstalt! Bei meinen Recherchen stoße ich überall auf massive Verfehlungen dieses Unholdes. Ein Beispiel mag dies verdeutlichen:

Mir wurde von einer Frau berichtet, die von RA X dermaßen geschädigt worden war, dass sie sich nicht anders zu helfen gewusst hat als **diesen** fälschlicherweise der Vergewaltigung zu beschuldigen.

Der Schaden allein in unserer Familie beträgt mehr als 100.000 Euro.

Insgesamt hat dieser „Anwalt" in seiner über 20-jährigen Karriere einen Millionenschaden angerichtet – nicht eingerechnet hierbei ist der überflüssige, zusätzliche Arbeitsaufwand seitens der Richter, Rechtsanwälte oder anderer juristischer Angestellten!

Sie werden mir recht geben, dass ein Jurist, der hierzulande die Gesetze sehr eigen und großzügig auslegt und dadurch die Menschenwürde der Betroffenen mit Füßen tritt, charakterlich ungeeignet ist, als stellvertretender Vorsitzender eines Vereins Patenschaften zu akquirieren. Es ist nicht schlechter Stil, das ist blanker **Zynismus**!

Bitte kreuzen Sie Ihre Meinung an und faxen Sie mir Ihre Entscheidung. Auch anonyme Statements, schriftlich oder per FAX, werden gern angenommen.

O Ich befürworte den Ausschluss von RA X aus dem Verein.

O Ich befürworte den Verbleib von RA X in dieser Hilfsaktion.

O Andere Meinung: …

Die Resonanz war gleich null!!!

Weil ich bis dato immer noch kein Zeichen von oben bekommen hatte, war ich fest entschlossen, wenn es die Situation erfordert, unschuldig ins Gefängnis zu gehen. Leider bin ich, wie die Tagespolitik es ständig zeigt, kein Einzelfall. Damals lief im ZDF eine Reportage über Atomwaffengegner in den USA. Die Botschaft einer dieser Demonstrantinnen, einer fast 70-jährigen, eleganten Dame aus der Mittelschicht, habe ich bis heute nicht vergessen: „Der wahre Christ sitzt, angesichts des allgemeinen Wettrüstens, heutzutage im Gefängnis" (für seine Überzeugung).

Um in dieser weltweit menschenverachtenden Atmosphäre vielleicht einen Lichtblick, einen Durchblick oder ein göttliches Signal in irgendeiner zu deutenden Form zu erhalten, **schloss ich mich dieser Botschaft an!**

Am 10.12.2009 war es so weit!

Ich wurde gegen 11.00 Uhr von der hiesigen Polizei abgeholt und in die Justizvollzugsanstalt Hechingen eingeliefert!

Trotz Hightech und bürokratischem Ballast, die „Buschtrommeln" funktionieren immer noch ganz gut!

Es war wohl der Oberaufseher der Justizbeamten, der mir zu verstehen gab, der letzte Geschädigte dieses „Advokaten" hielt es fast einen Monat lang aus, bevor er die eidesstattliche Versicherung abgab, d. h. sich dem System beugte – **Zufall?**

Dieserart vorbelastet, machte ich mir meine Gedanken über das System, das als grundgesetzlich fundierte Demokratie jedem Bürger Grundrechte zusichern will.
Warum hat es in meinem Fall nicht geklappt?

Es ist schwierig, die Verhältnisse in einem Gefängnis zu beschreiben, und, für den durchschnittlich begabten Mitbürger diese auch zu verstehen.

Umso drastischer kann sich jeder Interessierte vorstellen, wie es in einem Land ohne entsprechende demokratische Tradition zugeht, wie z. B. in Russland oder in der Türkei, wo Grundrechte, so sie denn überhaupt evident waren, automatisch abgeschaltet werden und jeder Aufseher oder Mithäftling den neuen „Bewohner" als kriminellen Abschaum und als potenziellen Feind betrachtet!

Gegen 22.30 Uhr wird das Licht gelöscht. Als Literaturfreund hatte ich natürlich einige Bücher mitgebracht, was zunächst mit Hinweis auf die „hiesige Bibliothek" kritisiert, in meinem Fall (kein typischer Krimineller) aber toleriert wurde.

Schon morgens vor 6.00 Uhr wurde man durch typische Aktivitäten, die als Lärm wahrgenommen wurden, geweckt – sei es Putzen oder Frühstücksausgabe, man hatte keine Wahl. Das System musste funktionieren. Also, was macht man mit seiner Zeit nach 7.30 Uhr?

Wie ich nur vermuten kann (aufgrund der lauten, aber in meiner Zelle nicht optimal zu verstehenden Aufforderungen), gab es einen Aufruf zum Duschen.

Bei mir kam diese Botschaft offiziell nicht an – keiner der Wächter klopfte an meine Tür! So betrieb ich meinen Sport, den Umständen angepasst, und wartete auf weitere Aktionen. Es geschah allerdings nichts!

Irgendwann nach 12.00 Uhr kam das Mittagessen, ernährungsphysiologisch eher nicht optimal zusammengestellt, in die Zelle.

Dann bekamen die Insassen für eine halbe Stunde Freigang im Gefängnishof.

Weil ich damals als Jogger sportlich aktiv war, nutzte ich diesen Freigang, um die architektonischen Abgrenzungen im Gefängnis wenigstens als Spaziergänger für eine halbe Stunde optimal zu nutzen.

Am Nachmittag gab es einen Zeitraum, wo die Zellentüren nicht abgeschlossen waren, d. h., alle Insassen konnten mit ihren Nachbarn zusammentreffen. Das war für mich insoweit wichtig, als ich einige Zellengenossen anbettelte, mir Zigaretten respektive selbst gedrehte, zu überlassen – **mein** Tabak wurde konfisziert, er könnte ja mit Drogen oder Ähnlichem vergiftet sein!

Diese Solidarität war für mich neu, ausgeprägt, ich hatte für den Rest des „Aufenthaltes" was zu rauchen!

Schon während des Freigangs war mir klar, dass ich hier nicht hingehörte – Leidensgenossen sahen es augenscheinlich ebenso – ein Mithäftling fragte mich konkret: **„Bist du ein Spion?"**

Spätestens jetzt war offensichtlich allen Beteiligten klar, dass ich diese Aktion abbrechen musste!

Deshalb betätigte ich am nächsten Tag die in meiner Zelle sichtbar angebrachte Sprechanlage, um mitzuteilen, dass ich besagter Amtsanordnung nunmehr gehorche, weil ich die eidesstattliche Versicherung ablegen und einfach hier raus will!

Circa 24 Stunden war ich in diesem Gefängnis.

Natürlich hatte ich zweifelsohne meine Prinzipien verletzt und meine Ideale verraten, aber ohne Signale von oben blieb mir nichts anderes übrig, die damit (man glaubt es kaum) sogar noch verbundenen, finanziellen Vorteile zu nutzen – durch die eidesstattliche Versicherung entledigte ich mich nicht nur der objektiv ungerechtfertigten Schulden gegenüber dem Bruder bzw. seinem Anwalt, sondern auch anderer, sich logisch zwischenzeitlich angesammelter finanzieller Verpflichtungen, die nach sechs Jahren gestrichen werden mussten; spätestens dann hätte ich ein neues Leben beginnen können!

Immerhin, ein kleines Signal von oben bekam ich zu spüren!

Die Pharmabranche war durch ca. acht Gesundheitsreformen arg gebeutelt und reglementiert, sodass ich, in fortgeschrittenem

Alter, eine Festanstellung, trotz ca. 500 gefaxter Bewerbungen, nicht mehr erlangen konnte.

Damals war es üblich, dass Pharmafirmen bei Neueinführungen von Präparaten wie auch bei Aktivierung „brachliegender, potenzieller Kunden", konkret mit C, D oder E eingestufter Apotheker oder Ärzte, auf selbstständige Pharmareferenten mit entsprechender Berufserfahrung zurückgriffen, die befristet irgendein Projekt, das am grünen Tisch beschlossen wurde, verwirklichen sollten.

Die Pharmabranche ist ein Dorf, Gerüchte oder Signale verbreiten sich schnell.

Deshalb machte ich mich bereits 2007 selbstständig, um „am Ball zu bleiben". Dies klappte bis 2013 wirklich gut, konnte ich doch, mit Zustimmung eines toleranten Insolvenzverwalters, meine Selbstständigkeit dazu nutzen, um die gesetzlich für sozialversicherungspflichtig tätigen Arbeitnehmer gültige, pfändungsfreie Grenze auf eine meinem bisherigen Lebensstil angepasste, niveauvolle Stufe zu erhöhen (Abschreibung aller Kosten, die tatsächlich oder theoretisch anfielen).

Der Kapitalismus lockt an allen Ecken und Enden die Mitläufer an – die Gesetze sind für die Großverdiener gemacht!

Ich musste fast sechs Jahre lang von meinen als Selbstständiger erarbeiteten Provisionen nichts abgeben!

Aufgrund der allgemeingültigen Vorschriften und Gesetze konnte ich also meinen bisherigen überdurchschnittlich hohen Lebensstil weiterführen.

Die Gedanken aber sind frei.

Sollte jetzt, nach meinem Neuanfang ohne Schulden, alles so weiterlaufen wie bisher?

Sollte der Winkeladvokat andere unbescholtene Bürger jahrelang weiter so drangsalieren wie mich?

Nach meinem Gefängnisaufenthalt war ich sehr, sehr lange mental blockiert, wie gelähmt, und konnte zu keinem Ergebnis kommen, welche Konsequenzen ich aus einzelnen Details unseres Erbstreites ziehen sollte. Bis dato fehlt mir dazu ein eindeutiges Signal von oben (es sei denn, ich interpretiere einiges nach meiner Art).

Wie geschildert, hatte ich berufsbedingt auch nach meinem Gefängnisaufenthalt immer eine Menge an nachzuarbeitender Bürokratie übers Wochenende zu erledigen. Am besten tat ich dies am Sonntagvormittag – damals lief jahrelang eine Sendung auf SWR 1 oder SWR 4 mit dem Titel „Musik von 10 bis 12". Hier hörte man die bekannten, besten oder bedeutsamen Auszüge aus Oper, Operette oder Musical, dazwischen mehr oder weniger geistreiche Äußerungen zu allgemeinen oder philosophischen Themen.

Während ich die aufzuarbeitenden Notizen durchackerte, gab mir diese Sendung die noch erforderliche Energie, um nicht zu resignieren!

Neben Fragen wie „Kann ich dieses Präparat, gedacht für Schuppenflechte, auch bei Hautjucken einsetzen?" oder, „Die Schillerapotheke ist seit zwölf Jahren nicht mehr besucht worden, können wir diesem Kunden in irgendeiner Form, z. B. durch ein angemessenes Geschenk, die Skepsis bzw. Ablehnung gegenüber unserer Firma nehmen?" etc. musste ich Nachrichten an meine Auftraggeber schicken.

Wie die geneigte Leserschaft sieht, war dies alles nicht weltbewegend, musste aber erledigt werden.

KAPITEL 15

Publikumsschelte, frei nach Peter Handke

Eine philosophische Betrachtung im Radio aber ließ mich aufhorchen. Den Namen des Verfassers konnte ich mir nicht merken, aber seine Aussagen deckten sich zwangsläufig mit meinen seit Jahren aufkeimenden Gedanken: Sinngemäß ließ er verlauten, dass die Zehn Gebote der Christen heute aktualisiert werden müssten. Diese neuen Gebote lauteten in etwa so:

Du sollst nicht töten, auch keine Abtreibungen akzeptieren.
Du sollst deinen Nachbarn nicht schlechtreden.
Du sollst angenommene Hilfe, wie z. B. geliehenes Geld, zurückzahlen bzw. dich revanchieren.
Du sollst jeder Bitte um Hilfe eines benachteiligen Mitbürgers nachkommen und ihm helfen etc.!

Mehr konnte ich mir nicht merken, weil ich nebenher Verpflichtendes, z. B. Kundenanfragen beantworten, zu schreiben hatte und die Bedeutung obiger Sätze erst später erfasste.

Diese wenigen Thesen rüttelten mich aber wieder mal gewaltig auf, weil sie meine bisherigen Erfahrungen bestätigten!

Auch ohne Einfluss von Alkohol, den ich auch damals nur nachmittags genoss, war mir letztendlich klar, worin mein Problem bestand. Philosophisch betrachtet, und das ist, wie ihr schon erkannt habt, eine meiner Obsessionen, war die **Quintessenz** dieser neuen Gebote eindeutig:

„Geben ist seliger denn Nehmen!"

Zwar hatte ich meinen Geschwistern früher schon einen „Vorschuss" genehmigt, aber der oberste Hirte sah dies wohl anders.

Nach meinem Verständnis und meiner entsprechend konsequent sich aus der Lebenserfahrung entwickelten Philosophie konnte dies nur so wie in den folgenden Beispielen gezeigt interpretiert werden:

Mitte der 80er-Jahre fuhren wir, wie immer, zu Weihnachten nach Polen zu den Eltern bzw. Schwiegereltern. Dieses Mal mit einem Peugeot 305 Diesel, 65 PS.

Damals gab es nicht nur die typischen Winter, sondern auch entsprechend gute, d. h. mit groben Stollen versehene, den Fahrkomfort senkende Winterreifen.

Vor der Grenzöffnung 1989 waren alle natürlich an die bisher geltenden Vorschriften gebunden, d. h. den kürzesten Weg zum Reiseziel zu wählen, und, aus propagandistischen, sprich möglicherweise entlarvenden Gründen, keine anderen Gegenden in der DDR aufzusuchen. Daran hielten wir uns jahrelang.

Aber diesmal sah ich, bei ca. minus zehn Grad Celsius und heftigem Schneetreiben, einen liegen gebliebenen Wartburg mit geöffneter Motorhaube an der Autobahn stehen. Ich hielt an, fragte den typisch in den Motorraum gebeugten Fahrer nach dem Problem und erkannte, ohne fremde Hilfe würde dieses Ehepaar nicht nach Hause kommen.

Deshalb bot ich spontan an, den Wartburg bis nach Hause zu schleppen. Das lag ca. zehn Kilometer von der Autobahn entfernt – Lichtenstein (welch ein Zufall) oder Lichtenberg bei Kamenz, unweit der polnischen Grenze.

Bei ca. 15 Zentimeter Neuschnee und diesem unwirtlichen Wetter schleppte ich den Wartburg bis zu seinem Domizil.

Wohl wissend, dass dieses Ehepaar, gebildet, aber nicht wohlhabend in unserem Sinne, sich irgendwie revanchieren wollte bzw. musste, willigte ich ein, als Dankeschön einen Kunstkalender anzunehmen, der für sie immateriell wohl überdurchschnittlich wertvoll war, für mich aber eine ausreichende Geste, weil ich immer für Kunst aufgeschlossen war. Deshalb halte ich diesen Kalender bis heute in meinem Gedächtnis und in meiner Sammlung!

Szenenwechsel!

Der Grenzverkehr zwischen Ost und West war schon damals gewaltig. Angesichts über zehn Millionen ausgewanderter Schlesier, von denen immer viele ihre alten Bekannten oder Verwandten, meistens zu den Feiertagen, besuchen wollten, und der ausufernden, flexibel bis schikanös gehandhabten sozialistischen Bürokratie kann man sich die Wartezeiten an der Grenze DDR-Polen vorstellen: Unter zwei Stunden lief hier gar nichts!

Mit der entsprechenden Lebenserfahrung ausgestattet, dachte ich, diese Hürde umschiffen zu können. Dies ging nur über die Tschechoslowakei, an kleineren Grenzübergängen. Das bedeutete aber zwangsläufig, dass man die Autobahnen verlassen und, mathematisch bedingt, eine Abwägung vornehmen musste – stehe ich stundenlang an der Grenze in Görlitz oder reise ich, bei der schwierigen Witterung zu Weihnachten, über die CSSR ein bzw. aus, ohne Navi, ohne ausreichendes Kartenmaterial, um schneller ans Ziel zu kommen?

Ein paar Mal haben wir Letzteres versucht, teilweise mit Erfolg (meine Frau spricht recht gut Tschechisch), manchmal mit „Kreisverkehr", d. h., wir sind keinen Kilometer zum Zielort weitergekommen, weil die Beschilderung lückenhaft oder nur für Ortsansässige erkennbar war und wir zum Orientierungspunkt zurückgeleitet worden waren.

Irgendwann Mitte der 90er-Jahre (nach der Wiedervereinigung), unser Sohn war damals drei oder vier Jahre alt, nahmen wir die Schwiegereltern aus Polen bei der Heimreise im neuen Jahr für ca. zehn Monate mit nach Deutschland, damit sie sich um unseren Sohn kümmern konnten, während ich meiner Außendiensttätigkeit mit Übernachtungen nachging und meine Frau eine gut dotierte Stelle bei einem mir bekannten Arztehepaar annehmen und ausüben konnte. Meine Prozesse forderten schon damals einen finanziellen Tribut!

Irgendwo in der CSSR, auf dem Heimweg Richtung bayerische Grenze, bei Minusgraden und schlechter Sicht wegen Nebels, sprang uns eine Person auf einer Landstraße wild gestikulierend vors Auto. Ich bremste natürlich sofort ab, doch meine Schwiegermutter geriet in Panik: „Fahr weiter, das ist ein Überfall durch die russische Mafia, ich habe das erst kürzlich in der Zeitung gelesen!"

Übermüdet und überanstrengt durch diese schwierige Winterfahrt konnte ich keine klaren Gedanken formen oder einen objektiven Entschluss fassen.

Im Rückspiegel sah ich nur ein schwaches Licht neben der Straße – waren es Scheinwerfer eines verunglückten Autos oder waren es Taschenlampen von Wegelagerern?

War es nur eine Autopanne oder war der Fahrer, übermüdet wie ich, im Straßengraben gelandet und hatte einige der Insassen, vielleicht sogar Kinder verletzt?

Dies werde ich wohl nie erfahren. Spontan tippe ich, aufgrund meiner langjährigen Außendiensterfahrung, eher auf eine Autopanne.

Aber im Bewusstsein, für fünf Personen die Verantwortung übernommen zu haben, fuhr ich weiter. Ein Handy hatte ich damals noch nicht, spätestens eine Stunde später würde ein anderes Auto, vielleicht ein Einheimischer, vorbeifahren und sich um diese Sache kümmern. Das **dachte** ich weniger, als ich es **erhoffte**!

Wie im geschilderten „Kreisverkehr" sind wir auch an dieser Stelle meines automobilen Exkurses wieder am Anfang des Kapitels angelangt – bei den neuen Zehn Geboten!

Jeder objektive „Begutachter" unseres über 20-jährigen Erbstreites wird zu dem Schluss kommen, dass es sich dabei um eine Farce handelte – es gab nichts zu prozessieren oder zu verhandeln. Die Rechtslage war immer eindeutig.

Wenn es, am Schluss, wider Erwarten, trotz Ausschöpfen aller Möglichkeiten zu meinem Nachteil endete, kann ich jetzt, nach so langer Bedenkzeit, nur zu dem einen Schluss kommen:

Es waren höhere Mächte im Spiel, ich habe grob fahrlässig gegen die fundamentalen Vorschriften des Christentums, gegen die Zehn Gebote, verstoßen!

Trotz Vorlage beeindruckender Verdienstnachweise war es schon in den 80er-Jahren schwierig, eine Vollfinanzierung für den Erwerb einer Immobilie zu erlangen.

Aufgrund unseres damals jugendlichen Aussehens und der nicht zu übersehenden Euphorie, mit dem Hinweis auf das elterliche Erbe, gab uns die Volksbank, ohne große Widerstände, ein Darlehen von über 300.000 DM, damit wir uns das erträumte und oft besehene Terrassenhaus kaufen konnten.

Was für einen Normalverdiener schockierend aussehen musste, wir schafften das!

Also zahlten wir monatlich 2.000 DM Rückführung des Darlehens, was durch die aufgelaufenen Zinsen nebst Bearbeitungsgebühr nach drei Monaten wieder mit über 4.000 DM verzögert wurde.

Aber zusammen mit dem von der Firma gezahlten Kilometergeld hatten wir damit keine Probleme!

So denke ich, dass meine außergewöhnliche Hilfsbereitschaft, unter Missachtung strenger, sozialistischer Gesetze, von „oben" mit diesem großartigen Geschenk belohnt worden ist!

Was mir Kopfzerbrechen bereitete, war die Episode nach dem „Szenenwechsel".

Ich kann es nur vermuten – wahrscheinlich ging unser oberster Hirte davon aus, dass ich eine wichtige Hilfeleistung missachtet hatte!

Nur so ist es zu erklären, dass wir unser luxuriöses Terrassenhaus nach nur sieben Jahren verloren haben!

Wie ihr unschwer erkennen könnt, habe ich die Publikumsbeschimpfungen sensibel begonnen. Die Kritik meinerseits richtet sich zunächst an die standesgemäß vorbelasteten Rechtsanwälte, die ihre Kollegen berufsbedingt kennen. Warum hat keiner dieser Akademiker Zivilcourage gezeigt und diesen Schmierfink diffamiert? – In meinem Pamphlet zur Sri-Lanka-Hilfe bat ich auch um anonyme Statements (z. B. ein Fax über den Nachbarn).

Keiner hat, wider besseren Wissens, reagiert!

Zusätzlich gab ich eine Zeitungsanzeige auf, damit sich weitere Geschädigte dieses Winkeladvokaten melden würden. Auch hier war das Ergebnis unbefriedigend.

Meine Aktion mit dem Mist vor der Praxis dieses Unholdes war der Presse nicht einmal eine eigene Meldung wert (das Wochenblatt des Schwarzwälder Boten versteckte die Botschaft am Schluss des Textes „Nackter Protest gestern auf dem Marktplatz") – erst die Korrektur seitens des Beschuldigten wurde, als einzige Reaktion dieses Rechtsverdrehers, gedruckt.

Protest galt dem gegnerischen Anwalt

Balingen (mw). Kein allzu großes Aufsehen hat die Protestaktion des Mannes erregt, der am Montagnachmittag splitternackt durch die Balinger Innenstadt gerannt war. Bei der Polizei ist nur ein Hinweis darauf eingegangen. Als ein Streifenwagen vor Ort eintraf, war der nackte Läufer längst über alle Berge. Die Aktion des Mannes richtete sich nicht – wie gestern berichtet – gegen dessen eigenen Rechtsanwalt. Der betroffene Anwalt, den der Läufer als Betrüger titulierte, vertritt in einer gerichtlichen Auseinandersetzung die Gegenseite.

Ich bin doch nicht der Messias!

Wenigstens ein Quäntchen Engagements seitens der Betroffenen hätte ich schon erwarten dürfen!

Ihr merkt es schon – ein bisschen Kritik und soziales Engagement – auf Neudeutsch **Zivilcourage** – setze ich bei jedem durchschnittlich begabten Bundesbürger (dies ist die offizielle Definition seitens der Gerichte bei Grundsatzurteilen) voraus.

Wenn **ihr** dies unterdrückt, habt **ihr** den „schwarzen Peter", nicht **ich**!

Gleichzeitig richtet sich meine Kritik nicht an Kleinverdiener oder Familienhäupter, die um die Existenz kämpfen, sondern an all diejenigen, die, so wie ich in meiner Glanzzeit, überdurchschnittlich gut verdienen und existenzielle Probleme anderer nur, wenn überhaupt, oberflächlich, ohne Interesse, wahrnehmen. Mir ging es ja jahrelang auch nicht anders, ich weiß, wovon ich spreche.

Haben wir uns verstanden?

Es ist ein seit Jahrhunderten gefestigtes Prinzip, dass nur diejenigen aufbegehren, denen es schlecht geht.

Habe ich oder habt ihr da irgendetwas verschlafen?

Ja!

Wie Christian Ehring in einem seiner Programme „extra 3" anmerkte, bietet der Kapitalismus, trotz gebetsmühlenhaft wiederholenden „Mantras", nicht allen dieselben Chancen – Aufsteiger in diesem System werden niemals dieselben Möglichkeiten haben wie Erben oder Großkapitalisten, für die das System, ohne eigenes Zutun, das Vermögen vermehrt!

Was also brauchen wir, nach meinem Verständnis?

Eine **Revolution,** die absolut nicht blutig verlaufen muss, die aber erst die Gesetze, Vorschriften, Denkmuster und Dogmen, aus der Anfangsphase des Kapitalismus, überdenkt oder einfach über den Haufen wirft und, individuell oder breit gestreut, die Meinungen der aufgeklärten Mitbürger aufgreift, einen Paradigmenwechsel bewirkt und damit, einfach der Logik folgend und somit dem Einzelnen wie auch dem Allgemeinwohl dienend, eine mentale Korrektur unseres sich in allen technischen Bereichen überschlagenden Fortschrittszeitalters herbeiführt:

Es kann nicht sein, dass ein Facharbeiter, nach 46 Jahren fleißiger Arbeit, eine Rente erhält, von der er im Alter nicht leben kann (knapp 800 Euro, so wie einer meiner Bekannten).

Es kann nicht sein, dass alle, außer Gutverdienende, monatlich einen Mindestsatz von über 200 Euro an Krankenkassenbeitrag zahlen müssen.

Es kann nicht sein, dass alle, auch Großverdiener, Kindergeld vom Staat erhalten.

Was die obere Mittelschicht an Geschenken dieser Art erhält, sollte Alleinerziehenden und Hartz-IV-Empfängern vorbehalten sein.

Es kann nicht sein, dass durch das Ehegattensplitting Unternehmer automatisch, wie Arbeiter, einen Steuervorteil zugunsten der üblicherweise nicht tätigen Ehefrau, **im sechsstelligen Bereich** erhalten.

Es kann nicht sein, dass Erben von Immobilien, welche seinerzeit in DM auf Niedrigstniveau eingestuft wurden, durch den allgemeinen Wirtschaftsaufschwung, den **alle,** auch die wenig Verdienenden, bewirkt haben, plötzlich, fast ohne Erbschaftssteuer, das Fünf- oder Zehnfache dessen bekommen, was ihre Vorfahren erarbeitet haben.

Es kann nicht sein, dass die Grundsteuer für Immobilien an die Mieter abgewälzt wird; wer durch Erbe oder Schwarzgeld eine Immobilie erwirbt, sollte für diese auch Steuern bezahlen!

Wie krank ist dieses Steuerrecht eigentlich?

Warum komme ich immer wieder auf das Projekt von Sahra Wagenknecht zurück?

Auf vielen Seiten literarischer Bemühungen habe ich versucht, das Verständnis für die Probleme unserer Zeit zu aktivieren, in dem ich meine ganze Persönlichkeit, nackt, das Innerste nach außen gekehrt, als hilflosen Alkoholiker, Idealisten, Affen, Weltverbesserer oder Tagträumer dargestellt habe.

Jedes unbekleidete Covergirl auf irgendeiner Illustriertenseite hat, wenn überhaupt, nur einen Bruchteil ihrer Seele preisgegeben.

War's das dann?

Nein!

Jetzt, an dieser Stelle, geht es erst richtig los. Warum?

Weil ihr fortan die Hauptakteure seid!

Was wir schnellstmöglich brauchen (Kritik ist jederzeit willkommen), ist

das österreichische Rentensystem,
das Schweizer Krankenkassensystem,
das finnische Schulsystem,
das japanische Erbschaftssteuergesetz,
die portugiesische Drogenpolitik
u. Ä. (s. Kapitel 17).

Diese Aufzählung ist logischerweise nicht vollständig – wenn z. B. das deutsche Finanzministerium 1.000 spezialisierte Mitarbeiter einstellen würde, die nicht mal 200 Millionen an Gehalt kosten würden, und diese Mitarbeiter ca. fünf Milliarden oder mehr an unterdrückter Steuer aufdecken könnten, kämen wir der Steuergerechtigkeit einen großen Schritt näher (man vermutet deutschlandweit Steuerhinterziehungen im Bereich von 100 Milliarden Euro).

Was macht die jeweils aktuelle Regierung stattdessen?

A. Fünf engagierte Steuerfahnder aus dem Großraum Frankfurt sind für ihr Engagement teilweise in die Psychiatrie eingewiesen worden, Einzelne wurden suspendiert (2004).
B. Der investigative Journalist Oliver Schröm, der die kriminellen Cum-Ex-Geschäfte einer Schweizer Bank aufgedeckt hatte, wird im Auftrag der Schweizer Justiz seit Dezember 2018 von der Hamburger Staatsanwaltschaft verfolgt – wegen Publizierung und Verwertung interner Papiere.

Warum?

Weil die bis heute vorherrschende, aus wilhelminischer Zeit stammende Mentalität die Objektivität der Entscheidungsträger negativ beeinflusst:

Bevor wir zehn Firmen aus steuerrechtlichen Gründen ins benachbarte Ausland verlieren, drücken wir lieber ein Auge zu und belassen es bei der bis dato geltenden Vorgehensweise – Großverdiener werden in Deutschland halt, aus Tradition, „großzügig" behandelt!

Daneben fühlt man sich verpflichtet, die kapitalistischen Interessen der Nachbarländer zu hofieren.

Aufgrund meiner Lebenserfahrung kann ich darauf nur antworten:

Auf Vaterlandsverräter obiger Art können wir, ruhigen Gewissens, verzichten!

Wenn ein heimatverbundener Unternehmer glaubt, dass er, bei Gewinnen im sechsstelligen Bereich, noch einige Euros einsparen muss, so sei ihm gesagt:

Geh doch, dich brauchen wir hier nicht! Nur Dummköpfe verzichten auf deutsche Facharbeiter und bemühen die aufwendige Logistik in einem Nachbarland.

Was die Schweiz, wie auch Israel betrifft, sollten unsere Entscheidungsträger irgendwann einmal zur Objektivität zurückfinden – auf Schweizer Konten liegen Milliardenwerte aus jüdischem Besitz, die mangels Erben bzw. nicht beweisbarer Erbansprüche bald in das Eigentum der Banken übergehen:

TV direkt, vom 29.08.2018:

„Zwischen Moral und Milliarden – Christoph Meili rettete alte Bankbelege über nachrichtenlose Vermögen von Holocaustopfern vor dem Schredder" (Q 5)

Meine Philosophie deckt sich unübersehbar mit derjenigen von wichtigen Zeitgenossen, die meine Erfahrungen linguistisch auf den Punkt gebracht haben, wobei ich die Hintergründe von Sahra Wagenknechts entstandener Bewegung „aufstehen" noch gar nicht, zeitlich bedingt, recherchieren konnte.

Weil ich, wie geschildert, **meinen** Obolus im Wesentlichen geleistet habe, seid **ihr** jetzt dran:

Dieter Hildebrand
Bruno Jonas,
Thomas Freytag,
Volker Pispers,
Georg Schrammm,
Christoph Sonntag,
Frank-Markus Barwasser u. a.

– alle diese Kabarettisten sind fast an der diffizilen, konservativ belasteten, vorherrschenden Mentalität gescheitert und haben, mehr oder weniger, resigniert.

Das heißt aber nicht, dass sie falsch gelegen sind – ganz im Gegenteil!

Mit diesen meinen Ausführungen verneige ich mich nochmals vor den eben zitierten Vorkämpfern und versuche, deren Gedankengut, das sich mit meinen **Erfahrungen** deckt, aufzufrischen bzw. zu vollenden! Offensichtlich scheint dies mein göttlicher Auftrag zu sein!

Irren ist menschlich!

Wie geschildert, hat der von mir so hoch geschätzte SPD-Politiker Helmut Schmidt dem deutschen Volke Wohlstand und eine ziemlich gerechte Wirtschaftspolitik beschert. Wenn er, in späteren Jahren, seinen Nachfolger und Konkurrenten, Helmut Kohl, als großen Staatsmann bezeichnet und mit der These „Wer Visionen hat, sollte zum Arzt gehen" nicht nur seinen Vorgänger Willy Brandt diffamiert, sondern erste Anzeichen von Altersdemenz zeigt, mag ich ihm dieses, aufgrund seiner Verdienste, nicht nachtragen!

Denn es geht um jüngere Politiker!

Während ich hier **meine** Visionen von einer **zeitgerechten** Politik, die, wie geschildert, dem technischen Fortschritt ständig hinterherhinkt, aufzuzeigen versuche, werde ich von der Tagespolitik, bildlich und inhaltlich betrachtet, von **„rechts"** überholt:
Es sind solche Schmierfinke wie mein gehasster Winkeladvokat, die sich, nach neun Jahren Deckung, wieder an das Tageslicht wagen – Friedrich Merz ist ein solcher Kandidat, von Herrn Schäuble (einstmals Finanzminister) protegiert!

Vor über neun Jahren hat sich dieser CDU-Politiker, von Angela Merkel wegen seiner fanatischen Grundhaltung in die Wüste geschickt (Hochachtung!), damit profiliert, dass er während einer parlamentarischen Debatte behauptete, die Gewerkschaften wären eine Gefahr für die Demokratie (sic!), weil sie durch Mitbestimmung und Tarifautonomie „die unbegrenzte Gier der Unternehmer nach schnellen Gewinnen bremsen würden"! – der letzte Teil des Satzes stammt, leicht abgeändert, von mir!
Die logische Folge war und ist : Wenn ein Politiker an den Grundpfeilern der Demokratie rüttelt gehört er nicht zur politischen Mitte, sondern ins Exil!

Gleichzeitig schrieb Merz ein Buch mit dem Titel: „Mehr Kapitalismus wagen" (das kann ich gar nicht glauben!)

Jeder hat sein Steckenpferd oder seine Obsession.

Wenn aber, auf dem Höhepunkt der kapitalistischen Exzesse, die Börse zusammenbricht und gleichzeitig das Buch dieses Exzentrikers erscheint, machen sich nicht nur Bürger, die bisher die Politik den „Fachleuten" überlassen haben, Gedanken darüber, ob dieses kapitalistische System, das spätestens nach 16 Jahren Kohl und 13 Jahren Merkel (Ausnahme Flüchtlingspolitik und Abschaltung der Atomkraftwerke – Hochachtung!) ad absurdum geführt worden ist, die Lösung für die existenziellen Probleme der Menschheit und – für die Zukunft – bietet!

Die Finanzkrise hat die Anleger bis heute über sieben Billionen Euro gekostet.

Es sind schon unbescholtenere Bürger, die weniger als Merz „verbrochen" haben, in der Psychiatrie oder im Gefängnis gelandet (Gustl Mollath, Harry Wörz).
    Wohl wissend, dass es eine europäisch abgestimmte Flüchtlingspolitik gibt und weltweit einen unverbindlichen Migrationspakt, stellt dieser unbelehrbare Kapitalistenknecht (Mitverwalter der EX-CUM-Manipulationen) die These auf, die deutsche Asylpolitik müsste überdacht werden!
    Woher kenne ich solch dumme Sprüche?

Viel mehr ist mir solch ein Zeitgenosse an Reflexionen nicht wert – sonst müsste ich mich wieder bis zur Besinnungslosigkeit besaufen!

KAPITEL 16

Höhere Gewalt

Zufällig hat meine Frau bei einem mir gut bekannten Arzt die Stelle einer Haushaltshilfe bekommen. Weil unser Sohn damals ungefähr drei Jahre alt war und Kitaplätze seinerzeit nicht existierten, nahm Elisabeth unseren Sebastian mit in diesen großen Haushalt.

Dieses Arztehepaar war begeistert von der äußeren Erscheinung unseres Sohnes und seinem pseudointellektuellen Auftreten:

„Die Zündhölzer vor dem Kamin müsst ihr wegnehmen, sonst können kleine Kinder damit viel Unheil anrichten" (sinngemäß). Alle waren sprachlos und konnten sich einen Lacher kaum verkneifen!

Trotz eigener Enkel war Sebastian der Liebling dieser Ärzte, so wie in dem Roman „Der Kleine Prinz" von Antoine de Saint-Exupéry.

Eine Zeit lang ging alles gut. In der Mittagspause spielte der Arzt mit Sebastian oft Fußball – die Art und Weise, wie unser Sohn den Ball anging, war umwerfend eindrucksvoll. Jeder hätte, so wie der Arzt, diesem Knirps eine Karriere im Profifußball vorhergesagt. Doch leider kam es anders, als wir alle dachten!

Zuerst verbrannte sich Seba die rechte Hand an einer heißen Herdplatte. Der Verband und die Wunde waren nach ca. zwei Wochen vergessen.

Dann kam das nächste Übel – aus kindlicher Gewohnheit betrachtete er die Kanülen in der Arztpraxis als Spielzeug, verhielt sich entsprechend und warf das Regal um.

Einige Patienten mussten erneut zur Blutprobe. Das war insgesamt, auch für den Arzt, kein großer Aufwand.

Dennoch, bei objektiver Betrachtung war uns allen klar, wenn unser Sohn solch einen Schaden verursacht bzw. ständig Gefahr läuft, sich zu verletzen, sollten wir ihn lieber zu Hause lassen!

Diese Gedanken konnten innerhalb weniger Wochen kaum zu Ende gedacht werden, bis es zum finalen Höhepunkt kam:

So wie viele Zeitgenossen hatten auch diese Ärzte im Garten ein Biotop. Es war nicht tief, keine 50 Zentimeter, doch ein Anziehungspunkt für Sebastian!

Während die Enkel des Ärztehepaars mitsamt Eltern, im Spätherbst, zu Besuch waren, verlor Seba beim Spielen am Biotop das Gleichgewicht und fiel kopfüber ins Wasser.

Der Schwiegersohn sollte auf alle aufpassen, aber es war der ältere Enkel des Arztes, der seinen Vater rief mit den Worten: „Sebastian schwimmt im Teich!"

Sofort rannten alle herbei und fischten Seba aus dem Wasser. Bei Temperaturen um die fünf Grad Celsius kann man sich vorstellen, dass Seba fast blau gefroren war und durch den Schock sprachlos und unbeweglich!

Der anwesende Haushaltsvorstand und der Arzt kümmerten sich bestens um diesen Patienten – eine Erstuntersuchung, ein heißes Bad und warm eingewickelt in ein Bett – nach zwei Stunden war Seba wieder der „Alte", ohne bleibende Schäden, und hatte diese Episode bald wieder vergessen.

Nicht aber wir:

Spätestens jetzt war allen Beteiligten klar, dass meine Frau diesen attraktiven Job nicht länger würde ausüben können.

Wir hatten die Zeichen erkannt und verstanden!

Fortan musste wieder ich, wie seit Jahren, die Familie allein mit meinem Einkommen ernähren.

Warum erzähle ich dies alles so detailliert?

Weil das Zustandekommen meines Buches genau demselben Muster, wie in dieser Episode beschrieben, verpflichtet ist!

Wie im Vorwort betont, gibt es verschiedene Gründe, ein Buch zu schreiben:

Ein durch das Schicksal gebeutelter Zeitgenosse muss sein inneres Gleichgewicht wiederfinden, indem er, ohne Psychiater, seine Probleme aufarbeitet und damit sein zukünftiges Leben sinnvoll gestalten kann,

oder ein Zeitgenosse mit literarischen Fähigkeiten weiß, dass er andere mit seinen Schreibkünsten beeindrucken kann – ich war jahrzehntelang Mitglied von Buchgesellschaften und suche ständig solche „Brüder oder Schwestern im Geiste",

oder jemand meint, mit seinen Ideen andere beeindrucken zu können, um damit viel Geld zu verdienen (z. B. der Roman „Feuchtgebiete"),

oder mit entsprechender Lebenserfahrung gesegnete Mitbürger meinen, das aussprechen zu müssen, was die political correctness nicht erlaubt, was aber aus wichtigen Gründen – **die Zukunft hat schon vor langer Zeit begonnen** – publik gemacht werden muss!

In Bezug auf meine Person tendiere ich eher zu Letzterem, was aber die Vorgabe auch nicht optimal trifft – kurzum, ich bin zu diesem Buch **gezwungen** worden!

Wie das?

Laut aktueller Vorschriften kann jeder Berufstätige, der mindestens 35 Jahre lang Beiträge zur Rentenversicherung geleistet hat, mit 63 Jahren in den vorgezogenen Ruhestand treten – allerdings mit Abschlägen von ca. 10 %, lebenslang!

Auf diesen Tag der Erlösung habe ich die letzten drei Jahre, bis zur Erreichung dieser Vorgabe, qualvoll hingearbeitet.

Seit spätestens 2014, nach über acht Gesundheitsreformen, womit die Regierung die viel geschmähte Pharmaindustrie als Sündenbock für die ausufernden Kosten der Gesundheitspolitik in den Vordergrund gestellt hatte, musste ich mir andere Jobs suchen, um mich nicht der unmenschlichen Mühle der Hartz-IV-Kandidaten unterwerfen zu müssen, und bediente mich aus dem **Restmüll des Arbeitsmarktes!**

Aufgrund der vielen Einschränkungen durch die Gesundheitsreformen (Rabatt- und Preisbeschränkungen bei neuen und alten Präparaten) kamen nicht mehr viele Angebote für selbstständige Pharmareferenten. Entsprechende Vorschläge prüfte ich natürlich kritisch. Was aber die Zunahme der Augenkrankheiten betrifft – noch vor 15 Jahren waren Augenärzte das Verliererpotenzial des Gesundheitswesens –, nahm ich 2015 ein sinnvolles Angebot der Pharmaindustrie an und besuchte jeweils am Montag die laut Liste vorgeschriebenen Augenärzte. Aber dann, von Dienstag bis Freitag, stand ich um ca. 3.00 Uhr morgens auf und machte mich, mit Pausenbroten und viel Kaffee, auch mit Thermoskanne ausgestattet, fit für die Express-Kuriertätigkeit im Auftrag eines bedeutenden Autoteilehändlers in Neu-Ulm.

Bereits vor 6.00 Uhr morgens mussten wir die Transporter mit Kfz-Teilen vollladen, damit die Werkstätten rechtzeitig beliefert, ab 8.00 Uhr morgens ihre Reparaturaufträge beginnen und die Kunden nachmittags ihr Auto wieder abholen konnten. Über den Tag verteilt musste jeder seine Tour fast drei Mal täglich fahren.

Das Geschäftsmodell war optimal, aber für uns Fahrer stressig und grenzwertig – die zulässige Höchstgeschwindigkeit musste, bei wenig morgendlichem oder nachmittäglichem Verkehr, um mindestens 10 % überschritten werden, um den Zeitplan einhalten zu können.

Dennoch: Für einen erfahrenen Arzneimittelvertreter mit über einer Million Kilometer auf dem Buckel machte die ganze Sache unglaublich viel Spaß:

Mein in den 80er-Jahren verstorbener Onkel aus Gräfenberg, unserer ersten Anlaufstelle „im goldenen Westen", sagte öfter: „Spaß muss sein bei der Beerdigung, sonst geht keiner hin."

Die Lebensphilosophie dieses einfachen Arbeiters ist nicht zu widerlegen (vgl. Begräbnisrituale in New Orleans).

Wo war der „Haken"?

Ich unterschrieb den Arbeitsvertrag bei einem russischen Unternehmer Ende 2015, welcher von den 15 tätigen Transporterfahrern für Ulm nur zwei beschäftigt hatte, darunter einen Litauer, der, auch im Auftrag dieses russischen Subunternehmers, nachmittags auch noch für die deutsche Post tätig war. So weit, so gut.

Aber der russische Neukapitalist zahlte, außer Tankgeld und Spesenvorschuss, keinen Lohn.

Deshalb arbeitete ich, wie auch Andrej aus Litauen und mein Vorgänger aus Rumänien, monatelang umsonst!

Ich ging vor das Arbeitsgericht Freudenstadt. Beim mündlichen Termin erschien der Beklagte aber nicht, dafür sprach mich ein Rechtsanwalt an, der den rumänischen Kollegen wegen Nichtzahlung von sechs Monaten Lohn ebenfalls an diesem Tag vertrat, um Hintergründe zu erfahren. Diese konnte ich ihm leider nicht liefern, stattdessen sprach mir das Gericht den Lohn für zweieinhalb Monate zu, ca. 2.300 Euro, die der Russe, zur Abwendung der Insolvenz seines Betriebes, die ich beantragt hatte, mir mit monatlich ca. 300 Euro, mehr oder weniger regelmäßig, tilgte.

Dann kam Andrej, der Lohn für über drei Monate beanspruchte, dran, was er, so wie ich, in Raten über fast ein ganzes Jahr verteilt, zurückerhielt.

Weil ich seit Januar 2016 keine weiteren Jobs realisieren konnte, war ich wieder, offiziell von Februar 2016 an, arbeitslos.

Im fortgeschrittenen Alter, damals 62 Jahre alt, waren die Arbeitsangebote des so viel gepriesenen, kapitalistischen Arbeitsmarktes, der berufserfahrene Spezialisten suchte, verschwindend gering (wie die Mathematiker sagen). So nahm ich im April 2016, aufgrund einer Kleinanzeige in unserem Wochenblatt, das Angebot an, für einen griechischen Kleinunternehmer dessen landesübliche Oliven in diversen Variationen an EDEKA-Märkte auszuliefern. Täglich waren über 250 Kilometer zu fahren. Dies war nicht anstrengend. Eher die Tatsache, dass ich täglich gegen

6.30 Uhr den Kühltransporter mit ca. einer halben Tonne Olivenpräparate beladen musste, streng nach Tourenplanung und nach optimaler Platzierung im Transporter.

Dieser Job wäre nicht der schlechteste gewesen, wären da nicht die folgenden Hintergründe in den Vordergrund gerückt:

Der Chef dieses Kleinunternehmens kannte mich, vom Sehen her, vom morgendlichen Joggen (er selbst war leicht übergewichtig) und vor allem als ehemaligen Stammkunden seines Vaters, der vorher bis zu seinem allzu frühen Tod mit 65 Jahren ein griechisches Lokal betrieben hatte, wo wir, als Familie Jonik, versierte Liebhaber dieses Landes mit all seinen Besonderheiten, über ein Jahr lang als Stammgäste bekannt waren und dieser Kleinunternehmer damals als Kellner fungierte.

„Es menschelt überall.“

Vermutlich war es nicht die Absicht dieses „Kellners“, mir „eins auszuwischen“.

Aber die Psyche, das Unterbewusstsein oder andere Kammern im menschlichen Gehirn, die uns und den sog. Fachleuten bis heute verschlossen sind, taten ihr Übriges. Auf Deutsch: Die Arbeitsatmosphäre in diesem Kleinbetrieb war fatal. Angeblich konnte ein Frührentner, der vor mir tätig war, den ich jedoch nie zu Gesicht bekam, meine Tour eine halbe Stunde früher erledigen als ich. Andererseits aber konnte mein „Chef“, während meiner Einarbeitung, von den 26 Kunden bis 20.00 Uhr nicht einmal 20 beliefern, obwohl er Kunden und Tourenplanung optimal beherrschte.

Auf Dauer würde eine solche Konstellation natürlich nicht gut gehen.

Zwei Monate später bekam ich einen Ischias, der mich am Arbeiten hinderte und lahmlegte. Ich ging zum Arzt, der mir andeutete, es könnte sich um einen Bandscheibenvorfall handeln. Nach einer Computertomografie bestätigte sich diese Verdachtsdiagnose.

Ich kündigte diesen Job und begab mich in die REHA. Schnell erkannte ich, dass der sog. Bandscheibenvorfall psychisch bedingt war – von meiner Schwester, die meine Mutter pflegen musste, wie auch von dem zitierten schlesischen Bekannten, der, nach 46 Jahren Beitragszahlungen, eine kleine Rente erhielt, vorher aber seine krebskranke Frau versorgen musste, offenbarte sich mir, dass Bandscheibenvorfälle überwiegend psychisch bedingt sind:

Wenn die zu pflegende Person mit allem, was der Pfleger leistet, aus welchen Gründen auch immer, nicht zufrieden ist, kommt es zu einem Bandscheibenvorfall!

Mit dieser These provoziere ich bis heute alle unsere Bekannten!

Interessanterweise waren die Trainingsgeräte bei der Reha-Station in Albstadt auf dem neuesten Stand; bezüglich Qualität und Komfort für den Übenden wurde sicher jeweils das optimale Gerät angeschafft – mit solchen Übungen, die jeder, **egal welchen Alters**, ausüben sollte, wäre das Gesundheitswesen in weniger als zwei Jahren saniert.

Warum?

Weil nur eine halbe bis zu einer Stunde Sport täglich an diesen hochwertigen Geräten fast jeden Rentner fit machen würde! Aber auch ohne solche Hilfsmittel wäre das der Fall!

Der Medikamentenverbrauch würde um über 50 % sinken, die Lebensqualität des Rentners aber um über 70 % steigen. Hierzu gibt es wissenschaftliche Studien!

Soll ich unser Krankenkassensystem, das vielen Leuten Arbeit und Brot beschert, aber die Prophylaxe weitgehend ignoriert, zerstören?

Ja!

Bewegung ist alles!

Die mir ärztlich verordneten Reha-Maßnahmen durchschaute ich sofort:

Nach drei Wochen leistete ich meine aufgrund von längeren Übungen bekannten Aktivitäten dergestalt ab, dass ich zu Hause entsprechende Übungen und Stellungen kopierte und durchführte, womit mein Bandscheibenvorfall in weniger als drei Monaten kuriert war.

Diese Erkenntnis muss ich heute an euch weitergeben!

Die Rekonvaleszenz dauerte bis Oktober 2016. Dann hatte ich dasselbe Problem wie früher auch – „Woher nehmen und nicht stehlen?", sagen die Schwaben – d. h., bis zu meiner Frühberentung im Februar 2017 musste ich noch irgendeinen Job finden, um den Schikanen des Jobcenters (Hartz IV) zu entgehen. Dies habe ich geschafft, aber nicht in meinem angestammten Beruf als Pharmareferent, sondern als Fahrer für die Lebenshilfe Bisingen, welche ich seit 2013, damals in Spaichingen tätig, gut kannte, ich aber in der Nähe meines Wohnortes starten konnte, nämlich von Albstadt aus nach Gammertingen (ca. 23 km Anfahrt).

An den Arbeitsbedingungen hatte sich seither nichts geändert- wir holten beschädigte oder nicht mehr benutzte orthopädische Hilfsmittel von Behinderten zurück in das Lager der AOK. Auch die Kollegen waren, durch Fluktuation, etwas neu, aber psychisch gut drauf. Weil mir von früher nicht nur mein Chef, sondern auch die meisten der dort tätigen Innendienstler (Reiniger und Reparateure der zurückgeholtenHilfsmittel) bekannt waren und mich, Gott sei Dank, spontan akzeptierten, stand dem Arbeitsbeginn nichts im Wege, zumal ich damals noch als Jogger, jobbedingt aber unregelmäßig, aktiv war. Daher rührt auch meine damalige, objektiv betrachtet, überdurchschnittliche Fitness. Wenn das Arbeitsklima stimmt, kann auch ein über 60-Jähriger durchaus mit Jüngeren konkurrieren. Das tat ich mit außergewöhnlicher Energie, im Bewusstsein, dass unsere Privatkunden, nicht wie früher meine Ziel-Therapeuten auf unseren Besuch warteten. Gesundheitsbedingt ging es mir damals besser denn je zuvor. Leider war mein Arbeitsvertrag auf Ende Dezember befristet, sodass ich, trotz baldiger offizieller Frühberentung, wieder leer dastand.

So musste ich nochmals in den sauren Apfel beißen und für Januar 2017 Hartz IV beantragen. Der Pharmareferent saß aber immer noch tief in mir, sodass ich ab 16.01.2017, kurz vor meiner Berentung, zufällig wieder ein Projekt in der Pharmabranche fand, dieses Mal bei Nestlé, dem weltweit größten Produzenten von Nahrungsmitteln.

Natürlich wollte ich meine bescheidene Rente, die ab Februar 2017 begann, aufbessern. Mit Nestlé konnte mir das aber nicht gelingen, weil diese Weltfirma „Dreck am Stecken hatte" – aufgrund eines Grundsatzurteils durfte ab den 90er-Jahren jeder diese Firma offiziell diffamieren:

„Nestlé tötet Babys!"

LINDA-Apothekenzeitschrift, Mai 2006, Doku auf 3sat, 18.30 Uhr
Trinkwasser für alle!

„Mindestens ein Drittel der Bevölkerung in den Entwicklungsländern hat keinen Zugang zu sauberem Trinkwasser. Das ist der Grund für die weltweit rund vier Milliarden Durchfallerkrankungen, die zum Tode führen können. Die solare Trinkwasser-Desinfektionsmethode SODIS kann Abhilfe schaffen."

Weil mir einige Kinderärzte diese Problematik deutlich zu verstehen gaben – diese Firma verkauft Milchpulver an die Ärmsten der Armen, wohl wissend, dass der Zugang zu sauberem Wasser schwierig bzw. unmöglich ist –, musste ich, wegen meiner, ihr wisst es schon, humanistischen Grundeinstellung dieses lukrative Projekt nach weniger als drei Monaten beenden.

Bis Sommer 2017 war also auch bei mir wieder Armut angesagt.

Dann fand ich, auf Empfehlung unseres Sohnes, eine Teilzeitbeschäftigung in einer Schleiferei im Kreis Tuttlingen. Ein zusätzliches Einkommen zu meiner bescheidenen Rente von 200 bis 300 Euro würden mir genügen, um all meine offenen Schulden wie auch meine verdeckten Wünsche bedienen zu können.

Aber – der aufmerksame Leser ahnt es schon – als gebrandmarkter „Technik-Feind" konnte dieser Job keine Zukunft haben: Während die damals ca. 75-jährige Firmeninhaberin und Witwe bis zu neun Stunden täglich an den Maschinen stand, um diese veralteten Produktionshilfen gewinnbringend am Laufen zu halten, musste ich mich mit dem Fluch herumschlagen, dass alle Nebenjobber, außer mir, keine Probleme mit der Handhabung dieser überalterten Maschinen hatten. Ständig musste ich die Feinabstimmung korrigieren, während andere Kollegen angeblich stundenlang, ohne Korrektur, Bestarbeit lieferten. Dies war die offizielle Version der Chefin – in den Raucherpausen erfuhr ich aber, dass eine Kollegin einen ganzen Auftrag „in den Sand gesetzt hatte" (Schaden im vierstelligen Euro-Bereich), eine andere den Schleifstein (wir reden hier über Mikromillimeterfeinstarbeit) dergestalt vernichtet hatte, dass sie am Arm ziemlich schwer verletzt worden war und der Schleifstein in vielen Stunden, mit entsprechendem Produktionsausfall, ersetzt werden musste.

Wer war hier der schlechtere Arbeiter?

Ich rechne solche betrieblichen Entgleisungen, die fast jeder in fast jedem Betrieb als nicht selbst erzeugten Stress kennt, nicht der Chefin an, die von mir aufgrund meiner Lebenserfahrung und Bildung Höchstleistungen forderte. Tatsache ist, dass ich wenig Ausschuss verursacht habe, aber ständig meine Lohnabrechnung oder zumindest einen Vorschuss einfordern musste.

Die Zeichen göttlicher Fügung erkannte ich sofort, zumal auch mein Mazda 323, der bis dato in der Fachpresse als zuverlässigster Kleinwagen galt, wenig später kurz vor Erreichen der Schleiferei liegen blieb (Nockenwellensensor?).

Meiner damaligen Chefin teilte ich mit, dass nicht nur ich, sondern auch mein Auto technisch nicht in der Lage war, diesen Nebenjob weiter auszuüben.

Deshalb endete mein letzter Ausflug in die Technik so, wie ich es seit über 40 Jahren nicht anders kannte – im Desaster –

kostete doch der Versuch, den Mazda wieder flottzumachen, mehrere Hundert Euro, sodass, neben dem typischen Stress am Arbeitsplatz, mir der Nebenverdienst pekuniär absolut nichts eingebracht hatte!

Wieder war Armut angesagt.

Wieder annoncierte die Lebenshilfe, dass sie einen Fahrer (welch eine Untertreibung!) fürs Jahresende brauchte. Natürlich bewarb ich mich wieder und wurde aufgrund meines bis dahin wohl fleißig aufgebauten Images sofort wieder eingestellt – befristet vom 07.11.2017 bis 28.02.2018!

Weil ich die Gegebenheiten kannte, speziell die aufgelaufenen Nachholaufträge, konnte ich, trotz relativ schlechter Bezahlung durch einen durchschnittlichen Arbeitseinsatz von fast elf Stunden täglich – offiziell wurde nur acht Stunden täglich gearbeitet, aber die gesetzlich vorgeschriebenen Pausen von insgesamt 60 Minuten mussten abgezogen werden – einen beachtlichen Hinzuverdienst erlangen. Dies war auch meine Absicht – endlich wollte meine Frau, wie auch ich, wieder einen Volvo fahren. Gesagt, getan!

Der geneigte Leser bzw. die geneigte Leserin wird an dieser Stelle kritisieren, warum ich all dieses so ausführlich beschreibe. Die Antwort ist kurz – manchmal erfährt man mittels der Botschaften zwischen den Zeilen mehr als mittels des gedruckten Wortes!

Zudem können sich die meisten **Wohlstandsbürger** kaum ansatzweise ausmalen, welchen Stress der sog. kleine Mann während seines Broterwerbs tagtäglich ertragen muss!

Man mag mir meine Arroganz verzeihen – die wortreichen Ergüsse der letzten Zeilen liegen schlichtweg darin begründet, dass man **Texte** jedweder Art nicht expressis verbis, sondern aufmerksam zwischen den Zeilen lesen sollte, wobei man immer im Hinterkopf behalten muss – welche Bildung hat der Autor, welche Lebensphilosophie und welche Absicht!

Aufgrund dieser Vorgabe mag sich jeder Leser selbst ausmalen, welche Schwierigkeiten als Hauptakteur ich am Schluss zu bewältigen hatte!

Nun sollte man meinen, dass es mir, aufgrund guter Arbeitsatmosphäre und guter Bezahlung auch entsprechend gut gehen musste, dergestalt, dass wir uns endlich wieder einen zuverlässigen, imagebefrachteten Volvo anschaffen konnten.

Bis heute kann man jeden Mercedes- oder BMW-Fahrer nur dadurch provozieren, dass man beim Nachbarn wie auch auf der Autobahn demonstriert, diese Familien- oder Akademikerkutsche hat doch, obschon in der skandinavischen Provinz bzw. unter chinesischer Führung produziert, wie bekannt, entscheidende Vorteile in Bezug auf Zuverlässigkeit, Sicherheit oder Preis!

Ergo kaufte ich am 06.12.2017 einen gebrauchten Volvo mit ca. 300 Tkm zum Preis von 1.400 Euro. Trotz mangelhafter Pflege – der Vorbesitzer war Pferdetrainer, wie man am ersten Arbeitstag bei der Anfahrt zur Lebenshilfe sehen konnte (Stroh im Kofferraum) – machte mein „neues" Auto großen Eindruck auf die Kollegen!

Dies währte allerdings nur neun Tage. Am zehnten Tag, nach Feierabend, sah ich im dezenten Neuschnee beim Rückwärtsfahren eine deutliche Ölspur, die ich als „Profi" dem Getriebe anhaftete.

Zu Hause angekommen, war die Öllache am nächsten Morgen unübersehbar. Ich fuhr zu meiner Werkstatt und bat um Diagnose – diese war niederschmetternd!

Weil die Kurbelwelle horizontal zu viel Spiel hatte, wurde der abdichtende Simmerring am Getriebe zerstört. Eine Erneuerung wäre sinnlos gewesen, weil das Spiel der Kurbelwelle zu groß war – also Totalschaden!

Ich verklagte den Vorbesitzer auf Schadenersatz, die Klage läuft aktuell weiter.

Offensichtlich hatte der Vorbesitzer niemals irgendeinen Kundendienst durchführen lassen, nur so ist es zu erklären, dass mein Auto, im Gegensatz zu den vielen im Internet angebotenen Volvos, die Kilometer weit über 300 Tausend hinaus, nicht erreichen konnte.

Pekuniär gesehen war diese Episode fatal – kurz vor Weihnachten hatten wir kein Auto, meine Frau fuhr zwei Wochen vor Weihnachten mit Bla Bla Cars nach Polen, mein Sohn und ich fuhren mit seinem Auto am letzten Arbeitstag, am 23.12., in dem uns bekannten Gewühl (ca. zwei Millionen im Ausland arbeitende Polen fuhren zu diesem Zeitpunkt auch „nach Hause"!) zum Opa nach Wroclaw (Breslau).

Der Weihnachtsaufenthalt in Polen war, wie immer, angenehm, entspannend und inspirierend – der Wirtschaftsaufschwung in Polen hält seit fast zehn Jahren, überwiegend im zweistelligen Bereich, an!

Nach Weihnachten, zu Hause in Albstadt angekommen, hatte ich kein Auto und musste zunächst per Bus in die „Hauptstadt" Ebingen und dann, per Fahrgemeinschaft, nach Gammertingen. Dies kostete mich, neben der mittlerweile teuren Busfahrscheine, zusätzliche Zeit von über einer Stunde täglich. Dies war allerdings nicht das Problem – wenn man berücksichtigt, dass eine solche Tätigkeit als Fahrer für die Lebenshilfe täglich Zusatzkosten für Bus, Chauffeur und Essen in Höhe von mehr als 200 Euro im Monat verursachte, war mir sehr früh klar, dass ich dieses Projekt vom 07.11.2017 bis 28.02.2018, buchhalterisch gesehen, mit Einbußen beim Volvo-Kauf nur mit Verlust verbuchen konnte! So wie vorher musste ich auch meiner Frau eingestehen, dass ich **wieder** mal **umsonst** gearbeitet hatte!

Ab März war wieder Armut angesagt. Ich versuchte mir immer wieder einzureden, dass meine Rente, zusammen mit der von meiner Frau knapp über dem Hartz-IV-Satz, doch bei sparsamer Lebensführung ausreichen müsste. Dem war leider nicht so. Ohne Auto ist der Mensch, zumindest in der Provinz, nur ein halber Mensch!

Deshalb kaufte ich bereits im Februar einen alten Passat für 1.100 Euro, der allerdings bis zu seinem Verkauf, uns mit der Volvo-typischen Zuverlässigkeit beeindruckte. Dieser Kauf komplettierte aber die oben beschriebene Bilanz, wonach ich über drei Monate lang bei der Lebenshilfe **umsonst** gearbeitet hatte.

Kommt Zeit, kommt Rat!

Irgendwie schafften wir das Überleben mit den kleinen Renten. Weil ich aber noch subjektiv und, laut Aussagen meiner jüngeren Kollegen, auch objektiv für mein Alter ziemlich fit war, bewarb ich mich im Mai 2018 wieder aufgrund einer Ausschreibung bei der Lebenshilfe (kein halbwegs vernünftiger, junger Arbeiter wird für 11 –, Euro pro Stunde bei Steuerklasse 1 täglich über eine Tonne schleppen und über zehn Stunden arbeiten wollen), dieses Mal von Mai bis Juni 2018.

Erst nachdem ich schon vier Tage gearbeitet hatte, teilte der Personalchef mir mit, dass beim letzten Projekt über Weihnachten ein buchhalterischer Fehler unterlaufen war – Rentner, die vor Erreichen des 65. Lebensjahres noch tätig sind, müssen aufgrund geänderter Vorschriften auch Beiträge für die Rentenversicherung zahlen.

Dies hatte der Personalchef über Weihnachten übersehen. So konnte man mir über 700 Euro rückständige Rentenversicherungsbeiträge abziehen, sodass ich wieder einmal, fast für zwei Monate, **umsonst** gearbeitet hatte.

Wie viel Pech kann ein Mensch haben?

Mittlerweile verdichtete sich meine Vermutung, dass ich im fortgeschrittenem Alter meine alten Knochen vergebens malträtiert hatte. Die göttlichen Zeichen hatte ich insoweit erkannt, wollte sie aber – „der Mensch irrt, solange er lebt" – konkret nicht wahrhaben.

Zwischenzeitlich führte ich nämlich noch einen Prozess gegen das Jobcenter (Hartz IV), weil dieses mir vorwarf, ich hätte den Beginn der Aufnahme meiner Tätigkeit bei dem russischen Unternehmer zu spät mitgeteilt. Dies war zwar richtig – zum einen musste ich, zumindest einen Monat lang, die Fahrtkosten nach Neu-Ulm vorschießen – zum anderen hatte ich ähnliche Situationen schon früher, sodass ich, schon weil ich die rückständigen Überzahlungen längst getilgt hatte, damit keine moralischen oder juristischen Bedenken. Dies sahen aber die Juristen vom Amtsgericht Albstadt, eine türkischstämmige Richterin und eine deutschstämmige Staatsanwältin, beide jung und auf Karriere bedacht, natürlich anders, konnten sie sich doch – ohne Berücksichtigung der mittlerweile IT-bedingten Vernetzung von Berufsgenossenschaft, Rentenversicherung, Finanzamt und Krankenkasse – auf die altbewährte Rechtsprechung berufen.

So wurde ich wegen Betrugs zu einer Geldstrafe von 1.200 Euro verdonnert!

Mittlerweile kennt ihr mich schon – solch einen Schwachsinn, entstanden aus dem Wunsch der Juristen, sich bei der Vielzahl der Streitfälle keinen unnötigen Arbeitsaufwand aufzuerlegen, konnte ich nicht stehen lassen!

Beim Landgericht Hechingen konkretisierte ich meine Argumente:

B. Jonik, am 08.09.2017, an das Landgericht Hechingen

Strafverfahren wegen Betrugs gegen Bogdan Jonik, Aktenzeichen X, Y Z

Sehr geehrte Damen und Herren,

gegen das Urteil des Amtsgerichtes Albstadt vom 28.08.2017, Aktenzeichen X, Y, Z habe ich fristgemäß **Berufung** *eingelegt. Ich beantrage, das Urteil aufzuheben, den Vorwurf des Betruges fallen zu lassen und die Gerichtskosten der Staatskasse aufzubürden.*
Zur Begründung führe ich weiter aus:

Die Rechtsprechung zum Thema „Aufnahme einer sozialversicherungspflichtigen Tätigkeit bei gleichzeitiger Unterlassung der Meldung bei der Bundesagentur" ist schlüssig, griffig und offensichtlich altbewährt. Sie hat aber einen Schwachpunkt:
Sie ist fehlerhaft, weil unzeitgemäß, unangemessen und verallgemeinernd!
Es ist unstrittig, dass der Tatbestand des Betrugs eine Absicht voraussetzt, wobei auch der Versuch strafbar ist. Ebenso gilt:

In der deutschen Streitkultur müssen alle Fakten, die zu einer objektiven Urteilsfindung notwendig sind, herangezogen und entsprechend gewürdigt werden.

Eben daran mangelt es in der Begründung zu dem angefochtenen Urteil! In unserem Medienzeitalter sind alle Menschen vernetzt. Rabattkarten, Suche nach Schnäppchen im Internet oder auch Profile bei Facebook – jeder ist in seinem Konsumverhalten und in seiner Lebensführung gläsern durchschaubar und erfasst.

Dies gilt umso mehr bei Behörden. Wer eine sozialversicherungspflichtige Tätigkeit aufnimmt, wird sofort beim Finanzamt, bei der Krankenkasse, bei der Rentenversicherung und sogar bei der Berufsgenossenschaft gemeldet. Es wird sehr wenige Zeitgenossen geben, die derart naiv sind zu glauben, sie könnten einen Job annehmen, ohne dies der Arbeitsagentur mitzuteilen oder es erst verspätet mitzuteilen! Dies bedeutet in der Praxis: De facto ist eine Schädigung der Bundesagentur aufgrund der allgemeinen Vernetzung gar nicht mehr möglich. Sollte das Amt aus Fahrlässigkeit, Arbeitsüberlastung oder Personalwechsel eine ungerechtfertigte Bereicherung eines Klienten durch „Doppeleinkommen" nicht festgestellt haben, so ist dies, formaljuristisch, nicht dem Klienten anzukreiden, sondern den allgemeinen Lebensumständen. In meinem Fall hat die Krankenkasse sogar zwei Meldungen wegen der Arbeitsaufnahme an die Bundesagentur gesandt!

Insoweit ist auch die Rechtsthese, der Versuch allein ist strafbar, obsolet, weil der Versuch als solcher hinreichend Aussicht auf Erfolg haben müsste – wir leben im IT-Zeitalter; wer das noch nicht bemerkt hat, sollte schon wegen Dummheit bestraft werden! In meinem Fall brechen die Rechtsgrundlagen für einen Straftatbestand schon deshalb weg, weil ich eben nicht „doppelt kassiert" habe. Es ist fraglich, ob überhaupt ein ordentliches Arbeitsverhältnis bei der Firma O. zustande gekommen ist: Herr S. hat mich verspätet, d. h. rückwirkend, bei der Sozialversicherung angemeldet. Bereits am 24.11.2015 (vor der Anmeldung) habe ich eine fristlose Kündigung angedroht, weil ich die Fahrtkosten allein nicht tragen konnte.

Allein die Tatsache, dass ich im stolzen Alter von über 60 Jahren Jobs angenommen habe, die für mich aufgrund meiner Ausbildung und meines Alters völlig unzumutbar waren, spricht zu meinen Gunsten und *zum Wohle der Staatskasse – ich habe, wie der geneigte Leser unschwer erkennen mag, vorwiegend solche Jobs ausgeübt, die von durchschnittlich jüngeren Zeitgenossen verschmäht wurden. Bildlich gesprochen habe ich* **„die Abfälle des Arbeitsmarktes gesammelt“**! ...

So wurden aus den 1.200 Euro Geldstrafe lediglich 60 Stunden gemeinnütziger Arbeit, die ich aus pragmatischen Gründen im Anschluss an die Fahrertätigkeit im Februar in einer Behindertenwerkstatt der Lebenshilfe in Lautlingen absolvierte. Wegen der gesetzlich vorgeschriebenen, häufigeren Pausen in Betrieben mit Behinderten war ich gute zwei Wochen **unentgeltlich** aktiv.

Ich muss gestehen, dass die Arbeit mit Behinderten mir nicht nur Spaß machte (unfreiwillige Komik der Akteure, aber auch viel Schabernack), sondern mir auch psychisch gut tat!

Aber:

Man muss schon blind, taub und geistig verwirrt sein, um zu diesem Zeitpunkt nicht zu erkennen, dass dies alles einem höheren Ziel diente!

Entsprechend habe ich also, objektiv betrachtet, die letzten zwei bis drei Jahre **umsonst** gearbeitet!

Wie eingangs beschrieben, las ich Ende Februar 2018 im Wochenblatt die entscheidende Frage: Worauf sind Sie stolz in Ihrem Leben?

Seit Kindheitstagen, einzugrenzen auf das 15. Lebensjahr, war mir klar, dass ich **nicht** der typische Bundesbürger bin, der durch seiner Hände Arbeit in einem kapitalistischen Betrieb seinem Broterwerb nachgeht. Doch gemäß dem alten Spruch von Goethe – der Not gehorchend, nicht dem eigenen Triebe – musste ich in den sauren Apfel beißen und mich qualvoll dem System unterwerfen.

Den Wunsch, ein Buch zu schreiben, hatte ich schon immer, spätestens nach Abschluss unseres über 20-jährigen Erbstreits. Doch meine Zweifel überwogen: Wer interessiert sich schon für einen 20-jährigen Erbstreit, wo doch die Schwaben in der Regel solche Auseinandersetzungen aufgrund ausreichend vorliegenden Kapitals untereinander ausmachen und allseits profitieren?

Es war also nicht der Erbstreit, sondern die sich daraus ergebenden, bis heute für mich nicht gänzlich beantworteten Fragen, die mich zu diesem Buch animierten:

- Was ist der Sinn des Lebens?
- Was habe ich falsch gemacht?
- Wie kann ich meine angeborenen und mühsam erworbenen Fähigkeiten in dieses unmenschliche System sinnvoll einbringen, d. h., was kann ich als Einzelsubjekt tun, um das System menschlicher zu gestalten oder gar zu verändern oder zu verbessern?

Et cetera.

Von Februar bis Mai 2018 hatte ich Zeit, um diese Gedanken zu ordnen und zu konkretisieren!

Täglich, bei meinem anfangs beschriebenen Tagesablauf, aber auch schon vorher, machte ich mir Notizen auf Blättern eines DIN-A5-Blockes. In weniger als drei Monaten hatte ich über 100 Seiten Notizen bzw. Stichworte gesammelt, mit oder ohne Alkohol, die ich zwangsläufig als Basis für ein Buch anerkennen musste!

Wie bekannt, ist unser Schwiegervater/Vater im Mai 2018 90 Jahre alt geworden – bei überdurchschnittlich guter körperlicher und geistiger Konstitution:

Er geht, bis heute, täglich, drei bis vier Stunden spazieren, ernährt sich überwiegend vegetarisch, Schwachpunkte wie dunkle Schokolade, Kuchen und Desserts aller Art sind, genetisch bedingt, offensichtlich für ihn nicht gesundheitsschädlich, fühlt sich aber, logischerweise, einsam.

Deshalb waren wir 2018 drei Mal in Polen, als Rentner natürlich länger als früher, für zwei bis sechs Wochen, ohne Begrenzung durch betriebliche oder andere Termine!

In dieser angenehmen, entspannten, stressfreien Atmosphäre schrieb ich das Vorwort zu meinem Buch und erschloss neue Gedanken, deren Fortsetzung in Albstadt sich automatisch ergaben!

Trotz Hightech und IT – der Mensch ist von Natur aus konservativ und naiv – nahm ich, nach Bitten des Nachfolgers des russischen Unternehmers, im August 2018 für vier Tage die Arbeit in Neu-Ulm als Transporterfahrer wieder auf, weil der relativ junge Kollege angeblich eine Herzmuskelentzündung hatte und ich diese vier Tage gut als Zusatzverdienst gebrauchen konnte.
Also unterbrach ich meine schriftstellerische Tätigkeit und widmete mich dem elfstündigen Broterwerb. Dies ging solange gut, bis mich am dritten Tage morgens ischiasähnliche Symptome an meine eigentliche Berufung erinnerten:

Beim Aufstehen aus dem Bett bekam ich einen unmenschlich starken Schmerz in der rechten Halswirbelsäule, so als ob mich der liebe Gott persönlich mit einem Baseballschläger malträtiert hätte!

Spätestens jetzt hatte ich begriffen, dass ich Arbeiten jedweder Art in einem zum Broterwerb dienenden Betrieb nicht mehr ausüben darf. Meine Frau, davon nicht betroffen, sah dies natürlich anders. Aber jetzt hatte ich das Signal endgültig verstanden:

Ich soll ein Buch schreiben über meine persönlichen Erfahrungen und die Botschaft an andere weitergeben!

So ist dieses Manuskript entstanden, ohne viel Rücksicht auf ausgefeilten literarischen Stil oder potenzielle Marktchancen!

KAPITEL 17

Denkanstöße

Aufgrund der allgemeinen Diskussion zur Flüchtlingspolitik, aber speziell unter Berücksichtigung der anstehenden Landtagswahlen 2018 äußerten sich Vertreter der sog. großen Volksparteien dahin gehend, dass die Politik die Sorgen und Ängste der Bürger wieder ernst nehmen muss.

Muss sie das?

Welche Sorgen und Ängste meinen diese Parteifunktionäre?

Ist es Angst vor der Islamisierung oder sind es die Sorgen um die Auswirkungen des Klimawandels?
Ist es die Angst vor erhöhter Kriminalität durch die eingereisten Flüchtlinge oder ist es die Sorge vor dem sozialen Abstieg?
Ist es die Angst vor Wohnungseinbrüchen oder ist es die Sorge vor ständig steigenden Mieten und der dadurch bedingten Wohnungsnot?

Die Zahl der Drogentoten liegt hierzulande bei ca. 1.300 Personen!

In den USA sterben jährlich etwa 3.000 Kinder wegen nachlässigen Zugangs zu Waffen. Dies hat nicht nur die Waffenlobby zu verantworten:

„Amerikas Waffen in Kinderhand".

Jährlich sterben in Deutschland fast 4.000 Menschen im Straßen-
verkehr, fast doppelt so viele sind es bei Unfällen im **Haushalt**!

Die Selbstmordrate liegt bei 9.000 Personen, wobei versuchte
Selbstmorde mit über 100.000 statistisch erfasst sind!

Pro Jahr sterben über 30.000 Patienten an den Folgen von
falsch verordneten Medikamenten bzw. an Nebenwirkungen,
mehr als doppelt so viele sind Opfer von Behandlungsfehlern!

Auf dem Schulweg verunglücken jährlich ca. 55.000 Radfah-
rer, zum Glück ist die Zahl der Toten weitaus niedriger!

Der obsessive Alkoholkonsum fordert jährlich seinen Tribut:
70.000 Tote – das sind zu viele, aber es sind weniger als durch
das Rauchen, hier liegt die Zahl der Opfer weitaus höher!

Früher war es eine typische Alterserscheinung, heute trifft
es schon Jugendliche – 270.000 Deutsche erleiden jährlich einen
Schlaganfall, wobei die Prognose, die Aussicht auf fast vollständi-
ge Genesung schon aufgrund der vielen jüngeren Patienten deutlich über 50% liegt. Dann haben wir, ohne speziell das deutsche
Krankenhaussystem anprangern zu wollen, ca. 500.000 Infizierte
durch resistente Krankenhauskeime, welche schwierig zu behandeln
sind, aber nur in vergleichsweise wenigen Fällen zum Tode führen!

Der sensible, bis dato aufmerksame Leser bzw. die Leserin wird mir diese obskure Auflistung als Pietätlosigkeit, Sarkasmus oder als Mangel an ethisch-moralischen Grundwerten vorwerfen wollen.

Wenn aber, das Beispiel USA zeigt es deutlich, von 1914 bis heute **mehr** Menschen dort durch den unsachgemäßen wie auch bewussten Umgang mit Schusswaffen gestorben sind **als in allen, die USA tangierenden Kriegen zusammen,** sollte jedem aufgeschlossenen Zeitgenossen klar werden, dass meine obige Aufzählung, wie auch die Schusswaffeneuphorie in den USA, kein mathematisches Problem, sondern ein mentales, d. h. durch geistige Verwirrung verursachtes ist oder die logische Konsequenz aus dem oft zitierten, verschmähten System!

- Ernste Absicht oder nur ein öffentlichk...

Lager. Trump will die Mindestgrenze für Waffenbesitz auf 21 Jahre anheben – derzeit können nach seiner Darstellung 18-Jährige zwar keine Pistole kaufen, wohl aber eine halbautomatische Waffe vom Typ AR-15, wie sie beim Schulmassaker

Mit dem Gewehr in die Kirche: In den USA gibt es noch immer eine breite Front von Waffen-Befürwortern. Foto: AFP

Eine obskure Statistik darf an dieser Stelle nicht fehlen – nach 9/11 hatten viele Amerikaner Angst vor Attentätern im Flugverkehr und stiegen deshalb auf das Auto um – innerhalb eines Jahres gab es 1.500 mehr Verkehrstote als im statistischen Vergleich davor (vgl. Zahl der Todesopfer bei 9/11)!

Vieles ist aber, ganz banal ausgedrückt, schicksalsbedingt!

Michael Schumacher, einer der besten Rennfahrer aller Zeiten, ist typischerweise das Beispiel für Schicksal und Vorsehung. Ähnlich liest sich die Geschichte der Betty Anne Waters. Diese couragierte amerikanische Kellnerin kämpft sich durch das Jurastudium, um den Bruder aus dem Knast freizupauken. Nachdem dieser 2001 nach 18 Jahren Haft entlassen wird, stirbt er sechs Monate später bei einem Verkehrsunfall!
(Q 6)

Im Bekanntenkreis musste ich ähnliche, objektiv nicht nachvollziehbare Tragödien miterleben – die meisten waren Nichtraucher/Nichttrinker und starben an Hirntumor, Herzinfarkt, Krebs oder leiden heute u. a. an medikamentös bedingtem Parkinson, Alzheimer oder an Symptomen falscher Lebensführung: Der Jüngste war 32, der Älteste ist heute gerade mal 75 Jahre alt!

Der engagierte amerikanische Filmemacher Michael Moore hat sein Leben der Kapitalismuskritik verschrieben, wobei er aber auch alternative Lösungen aufzeigt:

„Kapitalismus – Eine Liebesgeschichte", USA 2009:
Michael Moores Abrechnung mit dem Finanzsystem
(Q 7).

Bereits vor Jahren sah ich seinen Film aus dem Jahre 1997, „Der große Macher", worin Moore die einfache Frage stellt: Wie kann es sein, dass sich die Profite der großen Firmen ins Unermessliche steigern und gleichzeitig viele Arbeiter mit der Angst leben müssen, ihren Job von heute auf morgen zu verlieren?

Natürlich ging diese Frage auch an Phil Knight, dem Chef von **Nike,** dem größten Schuhhersteller der Welt, der seinen Firmensitz in den USA hat, dort aber fast keine Steuern zahlt, weil seine Produkte in Asien, vielfach durch Kinderarbeit, produziert werden. Der „Macher" wollte sich nicht festlegen! Hierzu passt ein Kommentar aus unserem schwäbischen ZAK (Zollern-Alb-Kurier):

„Während die Konzerngewinne zuletzt zweistellig wuchsen und die Mehreinnahmen des Staates von Rekord zu Rekord eilen, steht der Bürger nackt da." – Dieser Kommentar datiert vom 20.08.**2008!**

Nackter Bürger

Von Thomas Ducks 20. 8.08

Vielen Menschen steht das Wasser bis zur Nase. Ihr Einkommen reicht nicht, um die galoppierenden Lebenshaltungskosten abzudecken. Investitionen in die Bildung der Kinder und in die eigene Altersvorsorge fallen immer öfter aus. Während die Konzerngewinne zuletzt zweistellig wuchsen und die Mehreinnahmen des Staates von Rekord zu Rekord eilen, steht der Bürger nackt da. Er muss sich als Verlierer des neuen Wirtschaftswunders vorkommen. Auch 2007 hat die durchschnittliche Steigerung der Tariflöhne die Inflation nicht ausgleichen können. Vergessen wurde der Bürger auch von der Regierung, die nur noch auf die Konsolidierung der Staatsfinanzen starrt. Eine Steuertarifreform, die endlich Schluss macht mit der kalten Progression, gibt es bis heute nicht. So landet weiter jede Gehaltserhöhung nicht dort, wo sie hingehört: im Geldbeutel derer, die den Aufschwung erarbeitet haben.

Um wie viel mehr ist die Diskrepanz zwischen Arm und Reich allein in Deutschland seither gewachsen?

Zum besseren Verständnis bringe ich hier meinen Leserbrief aus dem Jahre 2005 ein, worin ich das Postulat „Das System muss geändert werden!" sogar von einem CDU-Politiker bestätigt finde:

B. Jonik an den Schwarzwälder Boten am 08.03.2005:

Betr.: Artikel „Rot-Grünes Armutszeugnis" auf Seite 3 vom 03.03.2005

Wenn der Artikelschreiber sich in der Überschrift einer solch irreführenden Plattitüde der CSU bedient, zeugt dies, unübersehbar, von Stimmungsmache. Fakt ist, dass unter 16 Jahren Kohl sich die Zahl der Sozialhilfeempfänger verdoppelt hat, wie auch die Zahl der **Millionäre**. *Demzufolge wäre ein Anstieg der Armutshaushalte von 12,1 auf 13,5 als ein Erfolg i. S. der Verlangsamung zu werten. Doch lassen wir die Fakten sprechen – die CDU hat es geschafft, trotz überwiegender Wirtschaftsboomzeiten die Staatsschulden auf ein unsagbares Niveau zu heben. Gleichzeitig stieg die Zahl der Erwerbslosen aufgrund fehlender Konzepte und trotz Begünstigung der Großunternehmen nach dem Gießkannenprinzip auf fast 3 Millionen – und das vor der Wiedervereinigung! Das Kohl'sche Aussitzen von Problemen ist zum geflügelten Wort geworden.*

Anders die jetzige Regierung – zwei Steuerreformen, die niedrigste Unternehmensbesteuerung seit Staatsgründung, die Lohnnebenkosten wurden dank Notopfer der Patienten bzw. Autofahrer auf geniale Weise gesenkt, den milliardenschweren Schwarzgeldinhabern wurde der Kampf angesagt! Wenn dies alles noch immer nicht umgesetzt werden konnte, dann nur aufgrund Sabotage seitens der Kapitalisten. Solange noch jeder zweite Deutsche zu den Wohlhabenderen gezählt werden darf, ist Schwarzmalern und Demagogen Tür und Tor geöffnet. Was ist zu tun?

Das System muss geändert werden! *Nein, dieser Spruch ist nicht von mir, nicht von den Jusos oder von der PDS. Kein Geringerer als Heiner Geißler von der CDU hat dies vor Kurzem in einem Radiointerview* *gesagt! Dieser These liegt die Erkenntnis zugrunde, dass die Interessen der Kapitaleigner nicht dieselben sind wie die Probleme der Firmeninhaber, und schon gar nicht die der Werktätigen …*

Jüngst beeindruckte mich dieser gleichgesinnte, aber im Vergleich zu mir aktivere Weltverbesserer (ohne Anführungszeichen) Moore mit seinem Film „Where to Invade Next" aus dem Jahr 2015. Filmbeschreibung TV direkt:

„Michael Moore soll in Europa und Nordafrika Ideen entwenden, welche in den USA fast unbekannt sind."
(Q8).

Seine Reise geht von Portugal über diverse Länder bis nach Island. Bleiben wir zunächst in Portugal, wo meine Frau und ich vor langer Zeit einen fantastischen, fast paradiesischen Urlaub als Individualreisende genießen durften. Hier gibt es neuerdings kein Strafgesetz mehr gegen den unerlaubten Gebrauch von Drogen (vgl. Internet: „Wer Drogen konsumiert, ist Patient und nicht Krimineller"). Was ist das Resultat?

Die Kriminalität hat sich drastisch verringert, die Polizei gibt sich wie in dem uns allen bekannten Klischee als defensiver Aufpasser und Berater und verteilt an Drogenkonsumenten einen „Strafzettel" wie bei uns beim Falschparken!

Man stelle sich vor – diese Idee ist zu aberwitzig, um Realität werden zu können – in den USA wären alle bis dato unerlaubten Drogen „legal" zu erwerben!

Rein fiktiv betrachtet – der Kapitalismus erlaubt solche realitätsnahen Lösungsansätze natürlich nicht – würde die Drogenkriminalität um über 50 % fallen, aber, wichtiger, die Zahl der verurteilten Konsumenten und Dealer, die eigentlich nichts Unmoralisches verbrochen haben, würde überproportional sinken, sodass die Zahl der Kriminellen mathematisch bedingt entsprechend fallen würde mit dem Effekt, dass die amerikanische Volkswirtschaft sprunghaft entlastet würde, aber – im Hinblick auf meine obsessive Neigung zur Gerechtigkeit – auch die Zahl der „unschuldig" Verurteilten würde gegen null tendieren.

Wenn ich so salopp vorsage, die Dealer und Konsumenten haben eigentlich nichts „Unmoralisches verbrochen", so will ich nicht den Drogenkonsum fördern – das Prinzip der kontrollierten, aufklärenden, kostenlosen Drogenausgabe mit begleitender bzw. aufgezwungener Therapie ist nicht neu, aber der einzig sinnvolle Ansatz überhaupt, ohne Rücksicht auf die vergleichsweise niedrigen Kosten hierfür – vielmehr will ich das Augenmerk auf die wirklich wichtigen Probleme richten, nicht nur in den USA:

Mittlerweile sterben dort an Übergewicht, aktuell aber auch an exzessivem Gebrauch von Arzneimitteln bzw. Nahrungsergänzungsmitteln wesentlich mehr, „juristisch, ethisch-moralisch" akzeptiert, Bürger als an Drogen oder der damit verbundenen, sich logisch ergebenden Kriminalität (in den letzten vier Jahren ca. 400.000)!

Meine geliebte, oft zitierte „TV direkt" bringt das Problem auch dieses Mal wieder auf den Punkt: Weil die Botschaft dieser Doku „30 Minuten Deutschland", entstanden 2017, von mir leider zu spät entdeckt wurde, trotzdem schockierend war und ist, habe ich diesen Beitrag leider nicht gesehen (Herbst 2018)!

Nach einer volksnahen Unterhaltungssendung von Birgit Schrowange davor lief die Doku um 23.30 Uhr – welch ein Zufall – vielleicht wollte die Sendeanstalt nicht den Eindruck erwecken, über der üblichen Norm, Stichwort „political correctness", sozialkritisch am Ball bleiben zu wollen. Egal.

Filmbeschreibung TV direkt:

„Reportage, D 2017. Unschuldig im Knast – Täglich werden 650 Deutsche zu Unrecht wegen einer Straftat verurteilt. Was bedeuten Justizirrtümer für die Betroffenen?"
(Q9).

Nun übertragen wir diese Botschaft, oder soll ich sagen, diese Fakten auf den fast 300 Millionen großen Staat USA. Wie viele unschuldig verurteilte, hauptsächlich schwarze Amerikaner könnten ein „normales" Leben führen? Wobei die Konsequenzen für die beteiligten Familien, mit fünf multipliziert, nur zu erahnen sind.

Wenn man die Zahl der Drogenkonsumenten, die zufällig beim Kauf oder Verkauf einer Droge erwischt worden sind, hinzuaddiert, liegen wir, was die Opfer **falscher** Politik und **konservativer** Justiz betrifft, im Multimillionensektor!

Es ist kein Geheimnis, dass ca. 30 % aller Verurteilten unschuldig im Knast sitzen, sogar im **Todestrakt** – amerikanische Jurastudenten haben dies in einem längerfristigen Projekt vor Jahren dokumentiert!

Was macht die amerikanische Politik stattdessen?

Sie genehmigt seit Jahrzehnten viele Hundert Millionen Dollar, um die Drogenanbauplätze in Kolumbien und anderswo zu zerstören – mit wenig Erfolg!

Ein Bruchteil dieser Ausgaben würde reichen, um die armen Bauern in Kolumbien, Pakistan oder Afghanistan aufzupäppeln – im direkten Vergleich zu den **Kriegskosten,** damals täglich über zwei Millionen Dollar in Afghanistan (sic!).

Tomaten statt Opium!

Was steht dem entgegen?

Der Kapitalismus!

Die Landbevölkerung des viel gebeutelten Mexiko ernährt sich hauptsächlich von Mais, Fladenbroten jedweder Art, Hähnchen und Kartoffeln. Was macht die USA, um ihrem Nachbarn auf die Beine zu helfen?

Sie liefert subventionierten, gentechnisch veränderten Mais sowie Hähnchen und Kartoffeln, natürlich auch subventioniert, nach Mexiko. Wenn diese Einwohner, über Generationen an ihrer Landwirtschaft orientiert, ihre Lebensgrundlagen zerstört sehen und nach Amerika flüchten wollen, wessen Schuld ist das?

Die vielen grenznahen US-Firmen in Mexiko agieren aus reiner Profitgier, bei lächerlichen Mindestlöhnen ohne irgendwelche arbeitsrechtlichen Standards, und haben nicht die Absicht, die Abwanderung zu stoppen oder den Lebensstandard in Mexiko anzuheben!

Ein Grenzzaun oder eine teure Mauer ist eine verlogene, primitive, die Tatsachen verschweigende Reaktion auf die seit Jahren praktizierte, die Nachbarländer ausbeutende Politik der USA. Wie kann dieser **Extremist** Trump über die Medien mit solchen Vorschlägen auftreten, ohne sich als **Betrüger** zu entlarven?

Die EU macht es aber auch nicht besser. Große Teile Afrikas leben von der heimischen landwirtschaftlichen Produktion, sprich Kartoffeln, Mais, Reis, Viehzucht, Hähnchenzucht, Fischfang. Seit Jahren liefert die EU subventionierte Hähnchenteile und Fische bzw. Fischteile nach Afrika und macht dadurch den heimischen Markt kaputt. Damit nicht genug – jetzt kommt der „Wahnsinn mit dem Weizen":

„Ein Viertel der deutschen Weizenexporte ging 2016 nach Afrika. Auf den ersten Blick ein Beitrag gegen Hunger und Not. Aber stimmt das?"
(Q 10)

Wenn wir wohlhabende Staaten unseren Profit steigern oder Verluste auch noch zum Vorteil umändern, indem wir Überschüsse in die dritte Welt exportieren und dadurch den dortigen heimischen Markt zerstören, anstatt ihn aufzubauen, wie im Konsens des Club of Rome 1972 vereinbart, verstoßen wir gegen alle objektiven, zukunftsweisenden Grundsätze des menschlichen Daseins!

Mit welcher Frechheit maßen wir es uns dann an, die dadurch manipulierten Einheimischen, die ihre Existenz verloren haben und nach USA oder EU streben, als „Wirtschaftsflüchtlinge" zu bezeichnen?

(Man beachte die Doppeldeutigkeit dieses Schimpfwortes!)

Der Kapitalismus hat es jahrzehntelang, sogar jahrhundertelang, vorgemacht:

Wenn ich, als erfolgreicher Unternehmer, große Gewinne einfahre, so wirklich nicht durch meine Klugheit, sondern durch Ausbeutung:

Manche beuten das Wasser aus, ein hinlänglich bekanntes, rares Gut, wie z. B. Israel gegenüber seinen Nachbarländern, andere den Sand – siehe die Exzesse in Dubai, wo neue Inseln künstlich, mit teurem Sand, entstanden sind – wiederum andere beuten die Bodenschätze aus, aber immer unter der Prämisse, dass ohne Ausbeutung keine nennenswerten Gewinne möglich sind. Das läuft parallel mit der Ausbeutung der heimischen Arbeitskräfte, wie z. B. in Kongo, wo die technischen Voraussetzungen von ausländischen Firmen gestellt werden, die Gewinne aber überwiegend ins Ausland fließen und zu einem kleineren Teil im Land verbleiben und durch die Korruption fast nichts mehr von den immensen Gewinnen (alle Smartphones brauchen edle Erden aus dem Kongo) bei der heimischen Bevölkerung ankommt!

Was bedeutet das für unsere globalisierte, durch Hightech und IT vorbelastete Gesellschaft?

Gewinne sind nur dann zu erzielen, wenn ein Mensch dem anderen irgendein kostenloses Produkt aus der Natur vorenthält (siehe Nestlé, diese Firma bohrt das Grundwasser an und verkauft es an die hiesige Bevölkerung) oder die Arbeitskraft, die in den hoch entwickelten Ländern sehr teuer, aber durch Niedriglohnpauschalen vor Ort lukrativ ist und damit im globalen Weltmarkt viele Euros bringt, ausbeutet, oder durch Zugang zu persönlichen Daten, zwecks Manipulation, **kostenlos** nutzt (Facebook, Twitter etc.).

Die viel zitierte These dieses verlogenen **Systems** vom sich selbst regulierenden Markt nach dem Grundsatz „Angebot und Nachfrage bestimmen den Preis" (Benzin?) ist reine Verdummung und kalkulierter, weltweit akzeptierter Betrug an der hilflosen Bevölkerung!

Habe ich das System dieses heuchlerischen, zerstörenden Kapitalismus einigermaßen deutlich dargestellt?

Es geht aber noch deutlicher:

Amerika ist eines der reichsten Länder der Erde und Stammland des Kapitalismus.

Aushängeschild seit Jahrzehnten sind die teuren Wolkenkratzer.

Mit Verzögerung haben Staaten wie China, Malaysia oder die Vereinigten Arabischen Emirate hierin den optischen Anschluss geschafft.

Während England von der Börse und den naheliegenden Kapitaltransfers lebt, Deutschland von den begehrten Exporten, Asien von kopierten, billig angebotenen Hightechwaren, brauchen die USA spätestens alle 15 Jahre einen **Krieg,** um die Volkswirtschaft zu sanieren bzw. am Laufen zu halten: Korea, Vietnam, Angola, El Salvador, Irak, Libyen, Afghanistan, Syrien und, **hoffentlich** nicht, demnächst Iran!

Wenn aus einem bürgerkriegsgebeutelten Land wie Syrien, wo die hilflose Bevölkerung die Bomben, Granaten, MG-Salven und die Scharfschützengefahr jahrelang, Tag und Nacht, nicht nur als Erwachsene, sondern auch als Kinder erdulden musste, diese Situation aber, die ja ein Stellvertreterkrieg der Supermächte ist, offensichtlich bei uns als solcher auch erkannt wird, verarbeiten musste, hat der Flüchtling bei uns eine allgemein akzeptierte Sympathie. Zumal diese Flüchtlinge überproportional gut gebildet sind!

Was machen aber die ewig gestrigen Pegida-Anhänger und deren Sprachrohre, Parteien wie die demagogische AfD daraus?

Hinlänglich bekannte Schlagworte aus der NS-Zeit und Stolpersteine für die den schwachen Wirtschaftsaufbau hemmende Entwicklung in den neuen deutschen Bundesländern. Hier wird bewusst aufgrund eigener Lügen, die kommerziellen Interessen dienen, speziell bei den benachteiligten Ostdeutschen, eine Mentalität aufgebaut, die, banal ausgedrückt, die fehlende

Bildung oder fehlende Informationen, unterstützt durch gezielt agierende Desinformationen, ein **Irrtum** gezüchtet. Dies funktioniert bis heute in Amerika – siehe Trump –, aber auch bei uns seit Hitler offensichtlich immer noch (vgl. Seehofer im Schulterschluss mit Orban etc.).

Diesen ewig Gestrigen kann ich in der auf Schlagworte reduzierten Philosophie der AfD bislang nur erwidern:

Geht der Weizen aus EU nach Afrika, dann kommen die Afrikaner zurück in die EU!

Nicht Merkel ist schuld am mageren Wohlstand in den neuen Bundesländern oder in wirtschaftlich schwach entwickelten Regionen – eher der Vorgänger Kohl mit seinem Holzhammerkapitalismus!

Wenig gebildete oder wenig informierte Bundesbürger neigen zu gewalttätigen Exzessen gegenüber andersgläubigen oder andersfarbigen Bürgern. Den Irrtum, der dem allem zugrunde liegt, habe ich schon angesprochen. Um diesen zu verdeutlichen, muss ich dem sensiblen Leser noch eine weitere, pietätlose Statistik zumuten:

Doku am 27.09.2018, öffentlich-rechtlich in einer mir damals nicht bekannten Sendeanstalt, wird der Beitrag um 20.15 Uhr ausgestrahlt:

„Wenn Eltern ausrasten. Laut Polizeistatistik sterben in Deutschland jede Woche drei Kinder an den Folgen von Misshandlungen!" (Q 11)

Krawallmacher wie die kriminellen Rechtspopulisten in Rostock oder Chemnitz gehen auf die Straße, wenn **ein** Deutscher, medienunterstützt, auf offener Straße, erstochen wird. Diese, dergestalt motivierten selbst ernannten Retter des deutschen Vaterlandes, sind i. d. R. selbst Raucher, Alkoholkonsumenten und überproportional Anhänger häuslicher Gewalt gegenüber der Ehefrau, aber auch gegenüber den eigenen Kindern. Wenn solche durch Massenpsychose angestachelten potenziellen Kriminellen ihre dumme, nicht begründete Wut an Ausländern oder an Kindern auslassen, hört sogar bei mir jegliche Toleranz, die ich mir, wie demonstriert, mühsam erarbeitet habe, auf!

Deshalb stimme ich den Rechtspopulisten in einem Punkt zu – wir brauchen mehr Polizeipräsenz. In den letzten Jahren haben die Länder diesbezüglich den falschen Schritt zur Sanierung des Haushaltes getan.

Tausende zusätzlicher Polizisten sind notwendig – nicht um uns Deutsche vor Ausländern zu schützen, sondern uns Deutsche vor solchen Kriminellen, wie sie uns von den Medien aus Rostock und Chemnitz her bekannt sind!

Insoweit hätte sich die Frage, ob man die Ängste und Sorgen der Bürger ernst nehmen sollte, selbst beantwortet, wären da nicht die konservativen Politiker, die immer noch glauben, die Hoheit über die Stammtische behalten zu müssen.

Kommt dann ein Politiker, wie Martin Schulz, SPD, ehemals Chef bei der EU, zum Wahlkampf nach Deutschland, ist der Wähler angesichts solcher vielen, kompetent abgesicherten Fakten mental überfordert und neigt subjektiv, seinem eigenen Wissensstand gemäß, eher zu einfacheren Formeln, wie sie die CDU, speziell auch Frau Merkel, volksnah demonstriert.

Andreas Rebers, ein überdurchschnittlich provokativer Kabarettist, hat es jüngst auf den Punkt gebracht (sinngemäß): „Frau Merkel weiß nicht, was sie tut, aber sie tut, was sie kann!"

Leider vermisse ich von Andreas Rebers solche Pointen bezogen auf die AfD und die CSU.

Ich hätte hier vielleicht eine:

§ 263 StGB lautet:

„1. Wer in der Absicht, sich oder einem Dritten einen rechtswidrigen Vermögensvorteil zu verschaffen, das Vermögen eines anderen dadurch beschädigt, dass er durch Vorspiegelung falscher oder durch Entstellung oder Unterdrückung wahrer Tatsachen einen Irrtum erregt oder unterhält, wird mit Freiheitsstrafe bis zu fünf Jahren oder mit Geldstrafe bestraft.

2. Der Versuch ist strafbar!"

Wollt ihr solche Politiker, die fatale Irrtümer in der Bevölkerung nicht nur stehen lassen, sondern wider besseres Wissen sogar noch **bestätigen,** immer noch wählen?

Durch diesen Exkurs bin ich leider von Michael Moore abgeglitten. Wir waren in Portugal, wo meine Frau und ich per Tretboot fast einen ganzen Tag lang Teile der Algarve mit ihren versteckten Höhlen und Buchten erkunden konnten.

Den Inhalt des Films von Michael Moore kann ich aufgrund der Vielzahl der Informationen nicht ausreichend wiedergeben. Wichtig scheint mir eine Station in Island. Wie allgemein bekannt ist diese kleine Insel, durch den Börsencrash arg gebeutelt, in den Ruin getrieben worden. Interessant werden hier aber die Details:

Nur eine Bank hat beim Crash fast nichts verloren, diese Bank wurde von **Frauen** geleitet. Die Frage nach dem sofortigen Abschaffen des Kapitalismus bleibt hier zunächst außen vor. Auch innerhalb dieses, die niedersten Instinkte des Menschen provozierenden Systems, kann man diese weltweit anerkannte „Gesellschaftsform" mit den eigenen Waffen, notfalls mit den „Waffen einer Frau", schlagen!

Nach dem Crash waren es über 30 % Frauen, die den Haushalt in Island aufgrund von Wahlen wieder, relativ schnell, saniert haben. Tenor der **täglichen** Demos: **Alle Bürger können jeden Tag Politik machen!!!**

Ich habe Mitteleuropa übersprungen. Am Beispiel Frankreich zeigt Moore, dass durch konsequente Aufklärung sogar in der Schulkantine die typischen Exzesse der kapitalistischen Konsumgesellschaft nicht greifen – in der Kantine will fast kein Kind Coca-Cola als Getränk für das Mittagessen!

Übersprungen habe ich das finnische Schulsystem – weil fast keine Hausaufgaben anfallen, widmet man sich den zusätzlichen, wichtigen Fächern wie Sport oder Gesprächsgruppen.

In der Nachbarschaft existiert Norwegen, interessant nicht nur wegen seiner Kriminalstatistik!

Gefängnisse, wie wir sie kennen, gibt es kaum, bevorzugt wird der offene Vollzug auf Bauernhöfen. Ideologisch aber werden alle Verbrecher, auch Mörder, zur Integration geschult!

115 Gefangene werden von nur vier Wachleuten betreut. Was ist das Ergebnis dieser revolutionären Strategie?

Die Rückfallquote in den USA beträgt über 70%, in Norwegen liegt sie bei lediglich 20%! Hierzu kann und darf ich als Laie nichts hinzufügen, es sei denn, dass jeder Gefangene seine Menschenwürde hat, wie z.B. eine eigene Dusche oder sogar das Wahlrecht!

Bei diesen schier paradiesisch anmutenden Verhältnissen in solch extremen Situationen nimmt es nicht wunder, dass solche bekannten Hymnen wie „Stars for Africa", nebenbei von Wachleuten gesungen, die Atmosphäre in den norwegischen Gefängnissen optimiert.

Woher ein solcher Weltverbesserer wie Moore seine Energie, und vor allem, sein Geld nimmt, um seine Ziele zu verwirklichen, bleibt mir schleierhaft. Sollte ich zu einem überdurchschnittlichen Kapital kommen, ich werde es, mit oder ohne Alkohol, mit oder ohne Michael Moore, sinngemäß investieren!

Es gibt aber noch andere Fortschrittsgläubige, die unsere Zukunft sinnvoll, der Zeit angemessen und praktikabel vorleben!

Am 18.11.2018 lief in einer öffentlich-rechtlichen Anstalt um 22.45 Uhr der Film:

„Tomorrow, die Welt ist voller Lösungen"
(Q 12)

Wenn man speziell als Alkoholiker zu dieser Sendezeit noch einigermaßen aufnahmefähig ist, kommt man aus dem Staunen nicht mehr heraus:

Basel z. B. hat eine Bank, die, neben den obligatorischen Standards gegenüber dem Weltmarkt, eine zusätzliche eigene Währung – den WIR-Franken, für Mitglieder im Umlauf hält! (vermutlich wegen fehlender Kursschwankungen, günstigerer Kredite, besserer Verzinsung etc.) Die privaten Nutzer fahren gegenüber dem offiziellen Franken damit wesentlich besser. Würde man ein solches System im gebeutelten Griechenland einführen, wenn auch nur auf zwei Jahre begrenzt, würde der Wohlstand in der Bevölkerung wieder Fuß fassen können und ein milliardenschweres Problem, das seit Langem nur die Sanierung der schwachen Banken im Fokus hat, wäre, auch zugunsten der EU und Deutschlands, positiv erledigt – **So der Bankdirektor!**

Die Macher des Films „Tomorrow" waren aber weltweit unterwegs. In Amerika gibt es bereits ein Netzwerk von ca. 35.000 Firmen, die sich einem ähnlichen System wie die Baseler angeschlossen haben – hier heißt es, soweit ich mich erinnere, BALLE!
Dann führen uns die Filmemacher nach Indien. Was hier gezeigt wird, verschlägt sogar einem lebenslang in den Slums arbeitenden Missionar die Sprache:

Am Beispiel eines Dorfes (Kuthambakkam) wird aufgezeigt, dass die traditionell zementierte Kasteneinteilung – wie man weiß zum Nachteil der niederen Kasten – aufgebrochen oder sogar in Wohlgefallen aufgelöst wird. **Wie?**
Zum Beispiel durch einen toleranten, humanistisch geprägten Bürgermeister, der die Probleme aller aufgreift und zum Wohle der Einwohner direkt umsetzt – das Müllproblem wurde schwuppdiwupp mithilfe aller Einwohner erledigt, wie auch

die sanitären Probleme (ein indischer Arzt hat schon vor Jahren in einer Großstadt Indiens die WCs mit wenig Aufwand und zur Entlastung der hierfür zuständigen Kasten effektiv, auf eigene Kosten, saniert).

Der Film legt noch eine Schippe drauf:

Durch viel Eigenleistung bzw. Gemeinschaftsarbeit und durch günstige Kredite konnten sich viele ein Eigenheim bauen. Und jetzt kommt der **Karton,** die Pointe, entstanden in einer intelligenten Sendung von Radio Bremen aus den 90er-Jahren.

So erwuchs eine neue Siedlung, wo Angehörige der unterschiedlichsten Kasten, Tür an Tür, friedlich miteinander leben!

Aufklärung ist wichtig – in Texas, das viel Erdöl fördert, konnten Individualisten die Bevölkerung dahin gehend informieren, dass es Alternativen zu fossilen Brennstoffen gibt: Windräder!

Seither gibt es in Texas mehr Windräder als in allen anderen Staaten der USA!

Diese französische Doku aus dem Jahr 2017 muss jeder gesehen haben, der, aufgrund der Allmacht des mittlerweile ungezügelten Kapitalismus, keine Zukunft mehr sehen kann für das sinnvolle Zusammenleben aller weltweit in unserer IT-bestimmten Gesellschaft:

www.tomorrow-derfilm.de

Was mich persönlich, als bislang erzogenen Einzelkämpfer, an diesem Film begeistert, ist die Tatsache, dass man, so wie in Kapitel 15 beschrieben, nicht unbedingt eine Revolution braucht, um den Kapitalismus und die ihm anhaftenden negativen Traditionen zu beseitigen!

Wenn angesichts einer Weltbevölkerung von ca. acht Milliarden lediglich 10% engagierter Durchschnittsbürger die Vorteile der genannten Alternativen aufzeigen und vorleben, so wird, wie in der weltweit bekannten 68er-Bewegung, eine Euphorie entstehen, die in wenigen Jahren zur Massenpsychose ausartet und den viel zitierten Kapitalismus automatisch ad absurdum führt. Deshalb brauchen wir logischerweise keine Revolution mit den bis dato hinlänglich bekannten negativen Begleiterscheinungen. Liebend gerne würde auch ich obigen Weg bevorzugen!

Während ich hier meine Visionen über eine bessere, der Zeit entsprechenden Welt zu Papier bringe, werde ich, gleich zweimal, dieses Mal **„von links"**, inhaltlich und medienwirksam überholt (Zufall?) – von Sahra Wagenknecht mit ihrer Bewegung „aufstehen" und von Greta Thunberg mit ihrer weltweiten Welle zu „Fridays for Future". Darüber bin ich nicht böse – ganz im Gegenteil:

An dieser Stelle verneige ich mich nochmals vor der Kraft und Kreativität der Frauen und werde solche Aktionen, soweit zeitlich und finanziell möglich, aktiv unterstützen!

Leider hat der Kapitalismus, über Jahrhunderte **gepflegt und optimiert**, unübersehbare Hürden aufgebaut, die natürlich per Gesetz abgesichert wurden und den Idealisten wenig Spielraum zur Abwendung der größten Ungereimtheiten boten und bis heute bieten:

Vielen ist das Experiment, in der Literatur als „Wunder von Wörgl" bezeichnet, bekannt. Nach dem Ersten Weltkrieg lag dieses österreichische Provinzstädtchen ökonomisch am Boden – die Infrastruktur war marode, die Arbeitslosigkeit lag bei über 40 %. Um einigermaßen menschenwürdig dieses Problem aufarbeiten zu können, las der Bürgermeister von Wörgl die Thesen des ökonomischen Außenseiters Silvio Gesell, welche davor schon im bayerischen Schwanenkirchen, als erstes Experiment, erfolgreich praktiziert worden waren. Grundlage war das Prinzip, dass Geld nicht gehortet wird, sondern schnell ausgegeben werden muss, um ökonomisch aktiv werden zu können. So ersetzte er kurzfristig, mit Einverständnis der Mehrheit der Bewohner, den Schilling durch eine Kunstwährung.

So kam es trotz Skepsis einiger weniger zum Paradebeispiel eines Aufschwungs in einer Provinz – ohne Subventionen, ohne Bürokratismus.

Dies blieb den Politikern in Wien natürlich nicht verborgen – das Räderwerk der einflussreichen, reichen Entscheidungsträger, die „ihre Felle davonschwimmen sahen", nahm seinen Lauf. Kaum nach einem Jahr wurde per Justiz das „Wunder" gestoppt. Es gilt immer noch, allgemein bekannt, das Monopol des Staates, dass nur **ER** die Währung festlegen darf. Eine Hilfswährung, auch nur begrenzt, zur Abwendung der größten Schäden, kann das etablierte, kapitalistische System nicht dulden, weil seine Betreiber Nachteile mutmaßen und dadurch nicht mehr, wie tausendfach praktiziert, Spekulationsgewinne erhaschen können bzw. ihre Pfründe schwinden sehen!

Ähnliches trug sich während der Finanzkrise 2010 in einem Stadtteil von Buenos Aires in Argentinien zu, als keiner der tausendfach installierten Geldautomaten mehr Geld ausgab! Ein Frisörbesuch kostete damals z.B. den Gegenwert von einem Napfkuchen. Zur besseren Handhabung wurde eine „Ersatzwährung" installiert.
    Der Aufschwung war evident, sprach sich natürlich bis zur Regierung durch, und die Ersatzwährung wurde abrupt, nach kaum einem Jahr, verboten!

Einige deutsche Finanzdienstleister, die das System mit eigenen Waffen schlagen wollten, sahen sich alsbald mit dem Bundesamt für Finanz-, Versicherungs- und Wirtschaftswesen konfrontiert:
    Während allgemein erlaubt Banken ihr Kapital auf seriöse Art und Weise über die Zentralbank verdoppeln können, versuchten solche Außenseiter, wie z.B. die Firma „Carpe Diem", dieses Prinzip dem einfachen Volke nutzbar zu machen – die Justiz konnte und musste diesen Idealismus kurzfristig stoppen.

Vielleicht hat es sich herumgesprochen, dass einige Kapitalisten ihr Vermögen, der Allgemeinheit dienend und nicht dem Finanzamt schuldend, ethisch-moralisch einbringen wollen. So gab es vor Kurzem in Deutschland eine Clique von ca. 10 bis 20 Vermögenden, die provokativ über die Medien forderten, die Steuer für Reiche müsste angehoben werden. Dieses sinnvolle Anliegen verlief, wie mir bekannt ist, im Sande. Nichtsdestotrotz „blieben solche Idealisten am Ball", d. h., sie gründeten z. B. sog. Schenkungskreise. Freilich war dieses Prinzip eine Art „Schneeballsystem", aber mit positiven Resultaten – so investierten einige Privilegierte einen Vorschuss von 60.000 Euro, welcher, in einem intimen Kreise von ca. 40 Leuten, nach logischem Schema, sichtbar auf einer Pinnwand, an die Ranghöchsten verschenkt wurde. Im Laufe der Zeit erhielten viele solch ein Geschenk, das sie, in Form ihres Zuschusses, z. B. in Höhe von 10.000 Euro, zurück in den Korb „warfen", sodass bei dem nächsten Treffen dieses intimen Kreises weitere zwei oder mehr Anwesende auch mit 60.000 Euro beschenkt werden konnten.

Leider bin ich wegen ausgeprägter Skepsis zu spät in einen solchen Kreis geraten.

Kurze Zeit später haben die Kapitalisten per Exekutive dieses vermeintliche Schneeballsystem deutschlandweit verboten!

Warum?

Nach meiner, wie man erkannt haben mag, aufschlussreichen Lebenserfahrung, basierend auf Beobachtungen über den Zeitraum von über 40 Jahren, haben sich im Laufe der Jahrhunderte Normen, Paradigmen, tabuisierte Grundsätze in diesem System etabliert, gegen die **niemand,** auch Wohlhabende nicht, verstoßen können bzw. dürfen:

„Paragraf 1":
Niemals wird ein Volljurist auf Augenhöhe mit einem „Amateur" kommunizieren wollen!

„Paragraf 2":
Diese Arroganz und die im Selbstverständnis dieses Systems tief verankerte unumstößliche Grundlage, als allgemein akzeptier-

te, kritiklose Interpretation des Systems fest verankerte Philosophie, kann es nicht zulassen, dass der sog. „kleine Mann" zu Geld kommt!!!

Diese Problematik ist mir seit Langem bekannt!
Deshalb habe ich schon vor vielen Jahren die These aufgestellt:

Justitia Saurus Rex!

Wie allgemein bekannt, sind die Dinosaurier vor Millionen von Jahren ausgestorben.

Der gefräßigste, gefährlichste Vertreter dieser Gattung war Tyrannosaurus.

Deshalb bekam er den Beinamen Rex = König!

Mehrmals habe ich aufgezeigt, dass die Justiz, nicht nur in Deutschland, Traditionen und Werte pflegt, die unserem IT-Zeitalter zuwiderlaufen!

Weil, aktuell persönlich erfahren, sich an dieser Grundhaltung seit Jahrzehnten nichts geändert hat – ein Mieter hat vor Gericht weniger Einfluss als ein Vermieter, ein Unternehmer wird positiver eingeschätzt als ein Hausbesitzer, ein Handwerksbetrieb mit ca.15 Arbeitern hat schlechtere Karten als ein Unternehmer mit 100 Beschäftigten etc. –, darf ich, ganz objektiv, lästern:

Die verkrustete **Justiz** hält seit Jahrzehnten, trotz EuGH, an ihren Dogmen fest und pflegt das längst ausgestorbene Image der Unfehlbarkeit wie auch das Selbstverständnis des „Wasserträgers für den Kapitalismus" welches seit Niedergang der Dinosaurier nicht mehr in unsere Zeit passt – deshalb ist sie **der König der Saurier!**

Wer diese Aussage, die vielen als naiv erscheinen mag, als zu theoretisch, an den Haaren herbeigezogen oder sogar als konstruiert, d.h. nicht objektiv, sondern einer extremen politischen

Weltanschauung dienend, deutet, für den habe ich ein kleines, aber entlarvendes Beispiel parat:

Vor ca. 15 Jahren wurde eine erfolgreiche amerikanische Unternehmerin zu einer beachtlichen Strafe wegen Steuerbetrugs verurteilt (symbolhaft, wie seinerzeit der Vater von Steffi Graf). Als alleiniges Argument zu ihrer Verteidigung gab sie dem Gericht gegenüber mit voller Überzeugung zu Protokoll, dass es Allgemeingut sei, dass nur der sog. „kleine Mann" Steuer zahlen müsse – Unternehmer, die die Wirtschaft ankurbeln und am Laufen halten, müssten keine Steuer zahlen!

KAPITEL 18

„Altersweisheiten"

Der Weg zur Spiritualität in unserem Kulturkreis ist mühsam und langwierig. Die Asiaten haben damit absolut keine Probleme – Tibet, Indien, China etc.

Trotz entsprechender Vorkenntnisse (H. Hesse u. a.) habe ich fast ein ganzes Menschenleben gebraucht, um beides zu erkennen. An dieser Stelle, nach vielen Exkursionen in diverse Teilbereiche gesellschaftspolitischer Konfliktfelder, erlaube ich mir die Freiheit, dem aufgeschlossenen Zeitgenossen diesen meinen Weg gekürzt aufzuzeigen – zur Nachahmung wärmstens empfohlen!

Vorherrschend ist das Yin-Yang-Prinzip – ohne Gegengewicht funktioniert alles nicht, das trifft sogar auf meinen geliebten, abendländischen „Faust" zu: „Was ist das für eine Kraft, die stets das Böse will, doch stets das Gute schafft?"

Die Asiaten kennen dieses Spielchen schon lange!

Sie haben es im Bewusstsein eines wichtigen Aspektes zur Vollkommenheit gebracht:

Der Geist beherrscht die Materie!

Mönche des Shaolin-Klosters touren mit ihrer Show um die Welt und zeigen, wie man nach jahrelangem, gezieltem Training eine (gusseiserne) Stange am eigenen Kopf zum Brechen bringt oder mit einer Nähnadel, geworfen von einem dieser Eingeweihten, eine dicke Glasscheibe durchdringen kann!

In unserer abendländischen Kultur kann man solche spektakulären Aktionen kaum nachvollziehen, was aber nicht heißt, dass meine obige These nicht auch hier ihre Gültigkeit hätte:

Mit dem entsprechenden Wunsch, dem Vorsatz und der Gutgläubigkeit (das Wort Gottvertrauen kommt später) gelingen auch hierzulande entsprechende Erfolge.

So darf ich dem Leser bzw. der Leserin das Beispiel von Didi Hallervorden nicht vorenthalten. 2013 drehte er einen tragikomischen Film mit dem Titel: „Sein letztes Rennen". Rezension TV direkt:

„Der frühere Olympiasieger Paul Averhoff (Didi) langweilt sich im Seniorenheim. Er beschließt, noch einmal für den Berlin-Marathon zu trainieren."
(Q 13).

Dies ist nicht nur für die im Film wohnenden Senioren eine Provokation – auch in Echtzeit musste ich mich, 18 Jahre lang als morgendlicher Jogger unterwegs, mit diesem Film ausführlicher beschäftigen.

Zu Drehbeginn war Didi älter als 70 Jahre. Aufgrund seiner, bis heute, mit über 80 Jahren demonstrierten Fitness darf ich davon ausgehen, dass er überwiegend irgendeine Ausdauersportart getätigt hat. Ansonsten wäre er ohne größere Gesundheitsbeschwerden nicht in der Lage gewesen, diesen Film ohne gesundheitliche Sensationen (Herzinfarkt, Kreislaufzusammenbruch etc.) durchzustehen. Er nahm ca. sechs Kilo ab und hatte angeblich keinerlei biologische Probleme!

Daraus ergibt sich die zwingende, nicht nur für mich als Rentner wichtige Frage: Wer könnte ihm dies gleichtun?

Aufgrund eigener Erfahrungen kann ich nur jedem untrainierten Zeitgenossen davon abraten, in diesem stolzen Alter Ähnliches zu versuchen. Als Ersatz gibt es tolle Geräte, wie in Kapitel 15 beschrieben, um den Körper auf Vordermann zu bringen!

Das nächste Beispiel hört sich vielleicht langweilig an, ist es aber nicht!

Die Schauspielerin Marianne Koch, bekannt als typische Darstellerin des hübschen, naiven Püppchens, drehte einen Film, in dem eine Provinzärztin bei einem Patienten Tollwut diagnostizierte, entgegen der Meinung ihres dort lange etablierten Kollegen und Veterinärs. Sie setzte sich durch – ein ganzes Dorf war zunächst gegen sie, als der Patient mit Polizeigewalt ins Krankenhaus gebracht wurde –, gewann aber durch ihre Zivilcourage letztlich das volle Vertrauen der dörflichen Gemeinschaft.

In Echtzeit war dieser Film (davor hatte sie schon die Hürden für das Medizinstudium genommen) wohl der Impuls für ihre eigenen, sinnvollen, privaten Ziele – sie studierte daraufhin Medizin und war bis jüngst als Internistin und Medizinjournalistin im Raum München tätig.

Das nächste Beispiel folgt auf den Fuß:
Die australische Popgruppe „Midnight Oil" beeindruckte mich mit dem Lied „How can you sleep while the beds are burning?"
Der Sänger dieser Band war damals, 1989, kahlköpfig, Umweltaktivist und mir irgendwie unsympathisch.
Dennoch – Jahre später war er **Umweltminister** von Australien!

Direkt vor der Haustür ereignen sich ähnliche Erfolgsgeschichten!
Wie geschildert, war ich von 1970 bis 1973 Lehrling bei der Firma Bizerba Balingen, damals war sie der weltweit beste Hersteller von Waagen!
Im Zuge meiner Ausbildung hatte ich, als Industriekaufmannslehrling büromäßig gekleidet, ständig Kontakt mit allen Abteilungen dieses großen Betriebes. Dabei fiel mir ein kräftig gebauter Arbeiter auf, der, natürlich mit dem grauen Einheitsmantel ausgestattet, die Rohware von einem Bearbeitungsplatz zum nächsten per „Ameise" transportieren musste. In einer solchen Firma, die im Stammwerk knapp 1.700 Mitarbeiter beschäftigte, kannte, nach ungefähr einem Jahr, fast jeder jeden, der irgendwie auffiel, zumal man in bestimmten Abteilungen öfter unterwegs war.
Dieser ungelernte „Hiwi", der bei uns in der Familie, wo ständig zwei oder mehr Mitglieder in diesem Betrieb arbeiteten, bekannt war und solcherart abwertend bezeichnet wurde, entwi-

ckelte sich aber weiter – während ich den zweiten Anlauf nahm, um das Abitur zu erlangen, mit Ausflügen in den Elfenbeinturm, unterzog sich dieser „Hiwi" der Schulung durch die IG Metall.

Weil ich jahrzehntelang auch Mitglied dieser Gewerkschaft war, erfuhr ich Jahre später über die Mitgliederzeitschrift, dass unser „Sorgenkind" eine steile Karriere absolvierte und im Kreis Schwäbisch Hall als Bezirksfunktionär die kreisnahen Betriebe betreute!

Was will ich damit sagen?

Jeder Mensch kann mehr erreichen, als er es sich spontan zutraut!
(Vgl. Film über Betty Anne Waters)

Um dies besser zu verdeutlichen, darf ich ein Beispiel anführen, das man in allen Lebenslagen und bei allen Situationen/Problemen/Ideen als Basis nehmen kann:

Laut (älteren) Berechnungen der NASA kann eine Hummel nicht fliegen – die Oberfläche der relativ kleinen Flügel im Verhältnis zum relativ hohen Gewicht lassen dies nicht zu. Was macht die Hummel?

Sie weiß nichts davon und fliegt munter drauflos!

Ist dieses Beispiel zu banal oder zu theoretisch?

Dann lege ich noch eine Schippe drauf -wir bewegen uns noch immer innerhalb des Grundsatzes: „Der Geist beherrscht die Materie!"

Anlässlich einer unserer Ausflüge nach Liechtenstein (Vaduz) in eine ca. 1.600 Meter hohe Waldhütte, die wir monatelang im Voraus buchen mussten, wo wir nicht nur tolle Wanderungen bei meist gutem Wetter erleben durften, sondern sogar Gämsen und Murmeltiere aus nächster Nähe beobachten konnten, frönten wir, eine bunt zusammengewürfelte Mannschaft von jungen Leuten verschiedener Bevölkerungsschichten (Winni war leider nicht dabei, weil mein Bruder mit seiner Großfamilie alles organisierte), an die 15 Personen, abends dem Alkohol! Niemals werde ich einen Partyscherz vergessen, der natürlich unter exzessivem Alkoholgenusses nicht immer klappen muss:

Ein Proband setzt sich in der Mitte eines Raumes auf einen Stuhl. Rechts und links neben ihm agieren die beiden anderen Mitspieler.

Die genauen Regeln habe ich nach fast 40 Jahren vergessen. Jedenfalls geht es darum, dass jeder Beteiligte, auch der Stuhlsitzer, sich innerhalb einer Minute eines, soll ich sagen, **deutschen Mantras** bedienen muss – alle Beteiligten holen tief Luft und sprechen gedanklich vor sich hin: „Du wirst leichter und leichter und leichter …"

Nach einer Minute fasst der linke Akteur wie auch der rechte den auf dem Stuhl sitzenden Probanden, lediglich mit Zeigefinger unter der Achselhöhle und in der Kniebeuge, an und versucht, diesen Stuhlsitzer auf über einen halben Meter emporzuheben.

Ziemlich alkoholisiert hoben wir (ich war der rechte Akteur) den Stuhlsitzer – dieser schwankte hin und her – mühelos auf ca. 30 Zentimeter an – ohne Anstrengung!

Dann verfloss dieses Experiment im allgemeinen Gelächter.

Diesen Partyscherz kann jeder, möglichst ohne Alkohol, jederzeit ausprobieren!

Ich denke, damit ist die auch für abendländische Zeitgenossen von mir aufgestellte These „Der Geist beherrscht die Materie" bewiesen. Sie wirkt auch in unseren Breitengraden. Wem solche Experimente suspekt oder zu aufwendig sind, ich habe für jedermann eindeutige, leicht nachvollziehbare Beispiele. Auch hier gilt –einfach mal ausprobieren!

Während meiner Außendiensttätigkeit für verschiedene Firmen besuchte ich Ärzte, Heilpraktiker, Apotheken, physiologisch arbeitende Therapeuten und auch hellsichtige Zeitgenossen.

Dabei musste ich zwangsläufig auch diverse Dörfer durchfahren. Beruflich bedingt habe ich ähnliche Spielchen jahrelang mit sichtbarem Erfolg praktiziert. Man stelle sich folgende Situation vor:

Ich fahre auf der Suche nach meinem vorgegebenen Gesprächspartner durch irgendeine Provinz in irgendein Dorf und sehe ca. 100 Meter vor mir eine weibliche Gestalt auf der Straße, die mir missfällt – der Rock ist zu kurz für diese Leibesfülle oder die Farbe der Haare ist zu exotisch, um damit zu Hause oder in der Öffentlichkeit ohne Kritik leben zu können!

Noch bevor ich diese Person auf gleicher Höhe erreiche, dreht sich dieses Zielobjekt ca. zehn Meter vor mir um, als ob ich obige Botschaft direkt, mental, ohne Worte, effektiv ausgesandt hätte.

Mit unserem Sohn, der Verfahrenstechnik studiert hat, oder mit meiner Frau, die sensitiv gesegnet ist, klappt diese Vorgehensweise zu 100%.

Wroclaw, früher Breslau, ist die zweitgrößte, aber vor allem intellektuell gesehen, die zweitwichtigste Stadt in Polen (Krakau lässt sich dies wohl so nicht gefallen!), mit entsprechend sichtbaren Zeichen:

Hier wird liberal gedacht und gewählt, gegen die kirchennahe Regierung wird demonstriert, politische und akademische Impulse entstehen hier, anstelle von Mercedes oder BMW fährt der gut situierte Intellektuelle Lexus, Jaguar, Infiniti oder Volvo. Anlässlich einer unserer häufigen Reisen nach Polen – der Schwiegervater ist 91 Jahre alt – hatten wir ein ähnliches Aha-Erlebnis. Dreispurig ging es Richtung Zentrum. Eine Autolänge vor uns stand schräg gegenüber an der Ampel ein Opel-Cabriolet. Aufgrund meiner jahrlangen Kenntnis der polnischen Verhältnisse sagte ich zu meinem Sohn, der unser Auto steuerte: „Warum haben sich diese polnischen Aufsteiger kein interessanteres Cabrio leisten können?" Flugs – eine Autolänge vor uns – drehten sich zwei Personen zu uns um, als ob sie unsere kritische Botschaft nonverbal, aber mental empfangen hätten!

Zeitgleich hatten mein Sohn und ich einen Lacher. Offensichtlich scheint diese meine These überall und zuverlässig zu wirken!

Das Thema des Materie beherrschenden Geistes ist insoweit hoffentlich ausreichend beschrieben. Widmen wir uns dem nächsten Thema –

Geben ist seliger denn nehmen!

Wie beschrieben, kümmere ich mich um diverse schlesische Bekannte, die wir schon jahrzehntelang kennen und die amtliche Schreiben kaum verstehen oder sonstige Handicaps aufweisen. Eines dieser Sorgenkinder ist Klausi-Mausi. Nach über 46 Jahren Berufsarbeit bekommt er eine lächerlich niedrige Rente – wäre da nicht die Witwen- und Betriebsrente der an Krebs verstorbenen Ehefrau, er hätte kaum was zum Knabbern. Früher hat er gerne und gut gekocht, seine krebskranke Frau versorgt und sogar für die Tochter, die in der Nähe wohnte, die Wäsche gemacht. Mit Überschreiten des 70. Lebensjahres war alles vorbei – er versorgte den Haushalt nur noch oberflächlich, anstelle von Kochen waren Fertiggerichte, wie Pizza (für zwei Tage) oder Heringe im Glas mit Kartoffeln, auch für zwei Tage, angesagt. Dabei verfiel er sichtbar dem Alkohol. Schon morgens, wenn er Besuch z. B von mir bekam, ging es los. Zeitgleich mit der nachlässigen Haushaltsführung wurde er immer fauler, sodass er trotz gutem Allgemeinzustand (er nimmt bis heute keine Medikamente für die typischen Alterskrankheiten) kaum noch spazieren ging und damit seine Beinmuskulatur bis zur Hilflosigkeit minimierte.

Weil er ohne Rollator, aufgrund der entschwundenen Muskulatur, einen unsicheren, schwankenden Gang hatte, verlor er, tatsächlich ohne Alkohol, seinen Führerschein.

Dadurch wurde er noch mehr der typische Stubenhocker, sodass er, trotz Vorliebe für Hochprozentiges, nur selten aus dem Haus kam. Zum Netto-Supermarkt waren es ca. 800 Meter. Dies war ihm zu weit. Denn gegenüber seiner Wohnung war Rossmann, der Drogeriespezialist, der anfangs Spirituosen nur in Form von Wein anbot. So wurde aus dem Wodkaliebhaber ein situationsbedingter Weinliebhaber.

Innerhalb eines Jahres sammelte er, trotz wiederholter Mahnungen meinerseits, ca. 120 bis 140 leere Weinflaschen an – die Flaschencontainer waren gerade mal 150 Meter weit entfernt!

Nachdem wir uns im Herbst 2018 wieder einen guten, gebrauchten Volvo-Kombi anschaffen konnten, war es meine spontane Entscheidung, die leeren Flaschen in einem Zug zu entsorgen. Diese blockierten nämlich die Küche, das Esszimmer und die Terrasse.

Gern wollte ich meinen jahrelangen Bekannten von dieser Last befreien.

Nachdem dies geschehen war ging ich, so wie öfter mal bei entsprechender Stimmungslage, in die Spielhalle und gewann ca. 150 Euro!

Was für ein Geschenk!

Ein anderes Beispiel:

Über 15 Jahre lang war ich sozialversicherungspflichtig beschäftigt in einem kleinen Betrieb für Naturheilmittel in der Nähe von Hannover. Diese Firma hatte gut wirkende Präparate bei schulmedizinisch nicht kontrollierbaren Krankheiten, wie z. B. Psoriasis oder Morbus Crohn.

Nachdem durch eine Gesetzesnovelle alle naturheilkundlichen Präparate, die seit Langem auf dem Markt waren, nachzugelassen werden mussten, was bedeutete, dass nicht nur jeder Inhaltsstoff hinsichtlich seiner Wirkung, sondern sogar nach der Unbedenklichkeit klinisch getestet werden musste, war vorhersehbar, dass Kosten in Höhe des Vielfachen eines Jahresumsatzes auf die vielen kleinen mittelständischen Unternehmen zukommen würden. Die Schonfrist betrug mehrere Jahre.

Um die zu erwartenden Kosten einigermaßen zu amortisieren, kam die Geschäftsleitung meines Betriebes auf die Idee, den seit Jahren bekannten und wohlschmeckenden, medizinisch wirksamen Magenlikör, bekannt als Hingucker bei Kongressen in kleinen Fläschchen mit 0,05 Litern, als Geschenk verteilt, nunmehr als 0,7-Liter-Flasche an die Heilpraktiker verkaufen zu müssen!

Nun weiß der aufmerksame Leser bzw. die aufmerksame Leserin schon lange, dass ich als Idealist und Vorkämpfer gegen den Kapitalismus stolz war auf die Alternativen im schulmedizinisch geprägten Angebot bei Wirkstoffen.

Aber Verkäufer oder „Bauchladenanbieter" wollte und musste ich, aufgrund meines Idealismus und meiner immer noch geforderten Pflicht, ethisch hochwertige Präparate anzubieten, nicht spielen.

So verschenkte ich oft einige Flachen des angeblich wichtigen Umsatzträgers an gut bekannte Heilpraktiker.

Seinerzeit waren wir schon arg gebeutelt durch die Pfändungen des beschriebenen Winkeladvokaten während unseres lang dauernden Erbschaftsstreites. Meine Frau herrschte damals noch über unsere Finanzen und gab mir öfter, trotz Übernachtungstour, lediglich 90 –, Euro – für zwei Tage. Meistens bekam ich am Zielort des letzten Besuchs eine günstige Übernachtungsmöglichkeit, aber weil ich oft nicht wusste, wo meine Besuchstätigkeit endete, konnte ich i. d. R. im Voraus nichts Günstiges buchen. Hier halfen mir meine Intuition und die mittlerweile erworbene Ortskenntnis. Waren doch für eine solche Übernachtungstour die Kosten für Verpflegung, Zigaretten und Hotel/ Gasthaus sowie fürs Tanken zu beachten.

Weil ich ungern, aber der Not gehorchend, unseren Magenlikör lustlos als Kaufobjekt anpries, geschah es öfter, dass ich hie und da eine Flasche dieses Magensanierers an einen guten Kunden verschenkte, beim nächsten Besuch aber der Therapeut spontan einen Kauf über zwei oder drei Flaschen tätigte und bar bezahlte.

So waren meine finanziellen Nöte, als ich kein günstiges Hotel bzw. Gasthaus fand, erledigt. Gleichzeitig stimmte auch der Umsatz.

Denn zu dieser Zeit – ich verweise nochmals auf die in den Anfangsjahren üblichen Exzesse der Pharmaindustrie, wo jeder Praxis Werbegeschenke in großer Höhe ausgehändigt wurden, später aber, nach ca. sechs Gesundheitsreformen, fast nichts mehr kostenlos rausgegeben wurde – war jeder Therapeut überrascht von solchen Geschenken. Am Monatsende musste ich für meine Firma eine Abrechnung tätigen.

Von den offiziell ca. 15 verkauften Flaschen hatte ich fast 10 verschenkt, die ich aus meinem Geldbeutel bezahlt hatte.

Unter Berücksichtigung des gebietsnahen Umsatzes gewann ich, buchhalterisch bestätigt, die Erkenntnis, dass trotz Investition aus meiner Schatulle dieses **Geben** sich umsatzbezogen auf jeden Fall gelohnt hatte. Und meine oft finanziell schwierige Tour war, mit Gottes Hilfe, stressfrei erledigt!

Zum Abschluss dieses Themas gewähre ich euch noch einen Exkurs in unsere **Privatsphäre.**

Meine Frau besitzt für alle Lebenslagen, auch für Glücksspiele wie Lotto oder Roulette, eine bis zu 80 % wirksame Gabe der Intuition. So erlauben wir es uns spontan mehrmals im Jahr, ins Kasino nach Stuttgart zu fahren. Selbst im Glücksspiel, was jeder esoterischen Grundregel widerspricht, besitzt sie Vorteile, die sie aber nicht zu nutzen versteht – sei es, dass bei größeren Gewinnen der Absprung, sprich das Beenden des Spieles nicht klappen will oder, nach meiner Erfahrung, „zu viele Leichen im Keller liegen" (selbst verursachte Schwierigkeiten). So endet jeder Kasinobesuch entweder im Plus oder im Minus, Letzteres überwiegt natürlich, aber bei größeren Gewinnen freut sich die ganze Familie wie zu Weihnachten!

Sei's drum, während ihrer Spielphasen genehmige ich mir nach einem größeren Gewinn immer einen Kaffee mit Kuchen, manchmal einen Cognac. Aber immer habe ich die Zeit, andere Mitspieler zu beobachten. Tatsächlich gibt es Kandidaten, die glauben, z. B. mit dem Geburtstag ihrer Frau einen größeren Geldgewinn erhaschen zu können – nach einer Stunde verlieren sie, wie gesehen, an die 1.000 Euro. Wem schadet's?

Was im Innersten der Seele eines Spielers, konkret einer Spielerin, abläuft, kann niemand besser beschreiben als mein Lehrmeister Hermann Hesse (dies deckt sich zu 80 % mit unseren eigenen Erfahrungen). Deshalb empfehle ich nochmals, die Erzählung „KLEIN UND WAGNER" zu lesen – der Kasinobesuch findet sich im letzten Drittel, die abschließende Selbstmordszene ist in keiner Weise deprimierend, für mich ist sie der absolute **Höhepunkt** literarischen Schaffens, eine Offenbarung, die mir immer wieder Kraft zum Überleben gibt (vgl. das Hörspiel, gesprochen von Gerd Westphal, vielleicht noch zu entdecken auf den allgemein bekannten Musikportalen).

Es gibt aber noch andere Kandidaten.

Schon vor Jahren beeindruckte mich ein „Wesen" in Schwarz. Heute sagt man wohl Transgender dazu. Mir fiel vor allem auf, dass dieses Wesen, eher zu 60 % als Frau einzustufen, in einer schwarzen Herrenlederjacke scheinbar unmotiviert an den vielen Spieltischen vorbeischlenderte und mir den Eindruck vermittelte, sie wäre hier wohl am falschen Platz – mit ihrer Freizeit könnte sie doch bestimmt Sinnvolleres anfangen.

Doch weit gefehlt – dieses Wesen um die 40, mit jugendlich schmalem Becken und fast fehlender Oberweite, schwarzem Haar und einem männlichen Gang, musste sich mir im Raucherzimmer offenbaren aufgrund meiner antrainierten Verkaufsstrategie, auf jeden Fremden offen zuzugehen.

Es war die sympathische Stimme einer Frau. Sie zählte, ohne zu rauchen, die gewonnenen Jetons, was mich beeindruckte.

„Heute lief es aber ziemlich gut!", so sprach ich sie aus Neugier und Provokation an. Sie bestätigte, dass der Gewinn doch zufriedenstellend gewesen sei. Sie mache dies alles aber nicht für sich selbst, sondern für Bekannte, die finanzielle Probleme hätten, wo sie hie und da mal die Autoversicherung oder andere Rechnungen bezahlte.

Ist das die Möglichkeit?

Gibt es in diesem unmenschlichen System noch Zeitgenossen, die ihr Geld uneigennützig an Bedürftige weitergeben? Dieses Erlebnis hat mich lange Zeit beschäftigt und ließ mich seither nicht mehr los.

Warum schildere ich diese Episode so ausführlich?

Laut Erkenntnissen der Psychologie entscheidet jeder Mensch innerhalb von Sekunden, wie er den Mitbürger einzuordnen hat. Meistens trifft es zu.

Dabei ist allerdings Folgendes zu beachten:

Erst wenn man sich über Mimik, Gestik **und** verbal nähergekommen ist, kann man eine wirklichkeitsnahe Bewertung abgeben.

Deshalb noch eine Botschaft von mir:

Nicht alles auf den ersten Blick Gesehene in sein Denkschema einordnen, ohne Scheu auf Fremde zugehen, das Gespräch suchen, dann erst hat man den richtigen Blick für sein Gegenüber!

Ohne es zu merken, habe ich den interessierten Leser bzw. die interessierte Leserin mit der Episode über den Magenlikör wie auch mit dem „Wesen in Schwarz" auf ein anderes Gleis dirigiert – es nennt sich, auch wenn ich es nach so vielen Jahren erst jetzt rückblickend erkenne, **Gottvertrauen!**

Wenn sich jemand keinerlei Verfehlungen hat zuschulden kommen lassen, d. h. „keine Leichen im Keller" liegen hat, kann er mit dieser Grundregel sogar sechs Jahre lang ohne Geld, nur mit Rucksack und Schlafsack ausgestattet, die Welt bereisen!

Aktuell bin ich dabei, diesen Globetrotter ausfindig zu machen. Gern würde ich über seine Erfahrungen ein Buch schreiben.

Schon jetzt ist aber klar, dass ich, aus welchen Gründen auch immer, trotz meiner Lebenserfahrung nicht so viel Gottvertrauen besitze bzw. nicht den Mut habe, es diesem Gleichgesinnten gleichzutun. Das muss ich noch trainieren!

Allen Zweiflern aber, die immer noch meinen, dieser Exkurs eines nach außen hin als alkoholgeschwängerten Losers einzustufenden Möchtegernliteraten in die Religion sei eine Ersatzbefriedigung oder Ausdruck von Hilflosigkeit, denen darf ich auch hier, wieder wissenschaftlich untermauert (Studien aus den USA), Paroli bieten:

Menschen, die sich an den Grundwerten ihrer Religion orientieren, leben statistisch gesehen ca. viereinhalb Jahre länger als Zeitgenossen mit eher atheistischer Grundeinstellung.
(Q 14)

Deshalb kann ich Euch allen nur empfehlen, diese von mir vorgeschlagenen Denkanstöße – wie auch immer abgewandelt – nachzuleben!

Insoweit reicht meine Altersweisheit, um diese einem größeren Publikum ans Herz zu legen!

Wenn ich sage, Gottvertrauen ist eine wichtige Grundvoraussetzung für die Entwicklung jedes Menschenlebens, bin **ich** überproportional gefordert.

Weil ich dies seit Jahren weiß, aber öfter durch Routine vergessen bzw. verdrängt habe, ergab sich während des Schreibens dieses Buches meine **Pflicht,** meine Erkenntnisse in die Tat umzusetzen.

Neu ist für euch, aber in besonderem Interesse auch für mich, die angesprochene Botschaft von Herbst 2018, dass täglich 650 Bundesbürger unschuldig zum Knast verurteilt werden. Diese Fakten muss ich noch konkret recherchieren! Würde sich bewahrheiten, dass nur ca. 20 % hiervon zuträfe, ergäbe sich daraus automatisch meine Pflicht, in dieser Richtung tätig werden zu müssen!

Wer jemals unschuldig im Gefängnis saß, weiß, welch psychische Belastung dies für den Betroffenen bedeutet, aber auch, welche Herausforderungen in diesem Fall auf **mich** persönlich zukommen!

Der Fall Wörz und der Fall Mollath haben mich schockiert, aber nicht nachhaltig beschäftigt, weil ich immer davon ausging, dies wären spektakuläre Ausnahmen, die jedoch letztlich positiv abgearbeitet worden waren!

Aber bis zuletzt hat die damalige Justizministerin von Bayern wie auch die verantwortliche Staatsanwältin in aller Öffentlichkeit behauptet, dass die Verurteilung von Mollath und seine Einweisung in die Psychiatrie **rechtens** war und ist!

Solche Ungereimtheiten treffen mich wie der anfangs beschriebene Impuls („Worauf sind Sie stolz im Leben?") ins Mark und entfachen meine mir verbliebene restliche Energie!

Gleichzeitig bestätigen solche Falschaussagen meine jahrealte These, dass Juristen fast nie einen Fehler zugeben. Die Arroganz und Rückständigkeit aufgrund des übrigens weltweit gezüchteten Standesdünkels haben, trotz 68er-Bewegung („unter den Talaren der Mief von hundert Jahren") und trotz der vielen Generationen neuer, engagierter Kandidaten und trotz Erziehung durch unsere IT-geprägte Gesellschaft keinen Sinneswandel bewirken können.

Änderungen an diesen wilhelminisch geprägten Grundsätzen werden nicht zugelassen, sodass der dumme kleine Bürger herhalten muss für falsch verstandene, überlebte Traditionen dieses Berufsstandes. Wenn Grundsätze wie „Rechtsfrieden" höher bewertet werden als Ethik und Moral, sprich **Gerechtigkeit** (diesen Widerspruch habe ich als Frage fast wörtlich während unseres Erbstreites an einen Richter gestellt), muss auch in dieser „lukrativen Branche" ein Paradigmenwechsel her, koste es, was es wolle!

Früher trugen „die Götter" (Ärzte!) Weiß, seit Langem zeigen sie sich in schwarzen Talaren (Richter!) – welch ein gelungenes Wortspiel zum Beweis meiner These von „Yin und Yang", das als kreisrundes Symbol, schwarz-weiß untermalt, in geschwungener Linie spiegelgenau, wie ein Saumagen gezeichnet farbenkonträr den Inhalt eines Kreises ausfüllt und jedem Heilpraktiker und Esoteriker bekannt ist!

Unverschuldet musste ich fast genau 20 Jahre lang dieses allzu oft unmenschliche System in diversen Details aktiv durchleben (was in abgeschwächter Form bis heute anhält!). So war ich schon lange Mitglied im „Verein gegen Justizmissbrauch e. V.".

Das brachte mir und vielen anderen Geschädigten aber nicht viel – der Vereinsvorsitzende, ein ehemaliger Richter oder Staatsanwalt, führt diese positive Idee eher als philosophisch-theoretischen Fernstammtisch. So konnte auch ein Anruf meiner Frau, als ich 2010 in der JVA Hechingen einsaß, zu keinem für mich konkreten Ergebnis führen (Hilfe in irgendeiner Form). Spätestens zu jenem Zeitpunkt war mir klar, dass man für solche Situationen wie der meinigen einen pragmatischen **Grundstock** schaffen muss.

Immerhin, der Vereinsvorsitzende bestätigte meine These: „Kenner unserer Rechtsprechung schätzen, dass 25 bis 30 %aller gerichtlichen Entscheidungen falsch sind!"

Frankfurter Rundschau vom 25.01.2016:

Deutschland ist nicht durchgängig ein Rechtsstaat

In diesem Interview vertritt die SPD-Generalsekretärin Barley die Ansicht, dass „Deutschland so stark geworden ist, weil wir ein Rechtsstaat sind. Sie ist von Beruf Rechtsanwältin und müsste es deshalb eigentlich besser wissen …
Kenner unserer Rechtsprechung schätzen, dass 25–30 Prozent aller gerichtlichen Entscheidungen falsch sind …
Dr. Adolf Arndt hat die Arbeit der Richterschaft ironisiert, als er meinte, dass unsere Richter das Grundgesetz so sehr achten, dass „sie es nur an hohen Feiertagen anwenden". Bestätigt wird seine Meinung durch die Tatsache, dass etwa drei Viertel der Verfassungsbeschwerden den Verstoß gegen den Anspruch auf das rechtliche Gehör (Grundgesetz, Artikel 103 Abs. 1) rügen!
Der Fall Gustl Mollath ist nur die Spitze des Eisberges!

Aber erst die schockierende Dokumentation, als Wiederholung auf RTL, im Herbst 2018 über viele täglich unschuldig Verurteilte ließ die Problematik für mich wieder brandaktuell werden. Hatte ich doch das Aktenstudium beim Sozialverband Deutschland von der Pike auf gelernt. Zusammen mit emeritierten Juristen müsste man doch in dieser Hinsicht einiges an Unheil korrigieren können?!

Dies ist der Plan!

Zur Umsetzung brauche ich aber Eure Hilfe – gebt meine Botschaften durch Empfehlungen für mein Buch an alle Interessierten weiter!

Dann gründe ich eine Stiftung für durch die Justiz geschädigte Mitbürger und arbeite an diesem nicht akzeptablen Problem euphorisch, aber realitätsnah weiter!

Als Erstes werde ich die Problematik „Harry Wörz" aufarbeiten müssen. Es kann nicht angehen, dass ein fälschlich Verurteilter, der für sechs Jahre Haft eine Entschädigung in Höhe von ca. 400.000 Euro (?) bekommt, diese auch noch, weiß Gott warum, versteuern muss – mit 43 %!

Zusätzlich wird ihm über 140.000 Euro für seine Lohntätigkeit im Gefängnis abgezogen.

Alle Prozesse haben Herrn Wörz viele Tausende Euro gekostet. Warum kann er nicht, wie im Steuerrecht üblich, trotz **falschen Ansatzes,** die „Nebenkosten", sprich Rechtsanwalts- und Gerichtskosten, von dem fälschlich unterstellten „Einkommen" abziehen?

Hier ist vieles schiefgelaufen. Vielleicht haben die Reporter der ausgestrahlten Sendung dieses Problem vereinfacht – vielleicht lag der Kürzung der Entschädigung eine von jedem Delinquenten, wenn er denn liquide ist, geforderte Unkostenpauschale in Höhe von ca. 50 Euro pro Tag Haft zugrunde: für Essen, Personal, Abschreibungen, Verwaltungskosten etc.

B. Jonik an die Polizeidirektion Balingen, am 10.05.2010:

Kassenzeichen 107 000 000 – Kostenbescheid vom 03.05.2010

Sehr geehrte Frau Müller,

gegen obigen Kostenbescheid in Höhe von 170,64 Euro lege ich hiermit **Widerspruch** *ein. Der Widerspruch richtet sich gegen die Forderung dem Grunde nach:*
Zunächst darf ich darauf hinweisen, dass ich nicht zur Verbüßung einer Freiheitsstrafe in die Justizvollzugsanstalt Hechingen gefahren worden bin. Es liegt nämlich kein Straftatbestand gegen mich vor, der eine Freiheitsstrafe begründen könnte. Bei dem vorliegenden Vollzugsakt handelt es sich um eine Ausnahmeregelung des deutschen Rechts, wonach die Abgabe der idesstattlichen Versicherung durch Freiheitsentzug erzwungen werden kann.
Abgesehen davon, dass der „Gläubiger" als Anwalt Forderungen gegen mich begründet, die der Höhe nach von mir nicht erfüllt werden können, hat der Bruder mithilfe seines Anwaltes mich lange vorher schon durch langjährige Zwangsvollstreckungen (Bausparvertrag, Lohnsteuererstattung, Weihnachtsgeld, vermögenswirksame Leistungen, Abfindungen etc.) in den finanziellen Ruin getrieben. Die Abgabe der **E V** *bringt ihm insoweit keine finanziellen Vorteile mehr, bewirkt aber, dass ich keine anderen Gläubiger mehr bedienen darf, ansonsten würde ich mich strafbar machen. Es bleibt somit festzustellen: Der sog. Gläubiger hat durch einen Erbschaftsbetrug meine Vergangenheit, meine Gegenwart wie auch meine Zukunft zerstört – und dies nicht nur in finanzieller Hinsicht. Tatsache ist, dass ich als sog. Hartz-IV-Aufstocker schon seit März 2009 finanziell am Existenzminimum lebe, durch die Abgabe der* **E V** *zusätzlich Regelinsolvenz anmelden musste und mich deshalb bei meinen Ausgabenentscheidungen an die Vorgaben des Insolvenzrechtes wie auch an die Existenzsicherungsrichtlinien halten muss. Ich bitte Sie deshalb, nochmals dem Grunde nach zu prüfen, ob dieser Kostenbescheid rechtens ist insoweit, als nicht der Auftraggeber als Kostenverursacher in die Pflicht zu nehmen wäre.*
… (Unterschrift)

So sieht es aus, wenn der Staat Ausflüge in die Niederungen der freien Marktwirtschaft macht, unter Berücksichtigung von Kosten-Nutzen-Rechnung.

Kann man einen unschuldig Verurteilten, dem bereits vor Gefängniseinweisung die Würde geraubt wurde, noch mehr bestrafen?

Vielleicht, indem man ihn zum Sachobjekt macht, zu einem Kostenfaktor, ihn auf eine Stufe unterhalb des Tieres stellt, um dadurch gezielt von dem Justizirrtum abzulenken!

Dieses Problem, das, wie aufgezeigt, Tausende betrifft, werde ich als erste „Amtshandlung" innerhalb der zu gründenden Stiftung massiv angehen:

Anwaltsvereine, Juristentag in Goslar, Musterklage beim Bundesverfassungsgericht oder beim Europäischen Gerichtshof etc.!

Warum hat, außer mir, noch nie jemand in irgendeiner Form diese Menschenverachtung seitens des Systems konkret aufgegriffen?

Die Wiederaufnahme eines Strafprozesses bedingt, dass neue Fakten, neue Beweise oder zumindest Verfahrensfehler bzw. Verstöße gegen allgemeingültige Rechtsgrundsätze oder gegen die Strafprozessordnung aufgezeigt werden können, um dem Delinquenten überhaupt eine Chance auf Gerechtigkeit anbieten zu können.

Brutal ausgedrückt: Wir liegen hier bei einer Erfolgsquote von unter 20%!

Sollte aber diese Quote, dank meiner Hilfe, in etwa erreicht werden können, hätte sich meine zuletzt alkoholgeschwängerte Existenz um das Vielfache gelohnt!

Albstadt, Juni 2019

Jeder kennt den Spruch: „Es gibt Dinge zwischen Himmel und Erde, die sich die Schulweisheit nicht erklären kann."

Auch ich habe unter Verweis auf die oben ausführlich beschriebenen spirituellen Grundsätze damit immer noch Schwierigkeiten.

Nehmen wir als Beispiel den Film „Next" aus dem Jahr 2007. (Q 15)

Hier verkörpert der Schauspieler und im Film Las-Vegas-Magier Nicolas Cage einen Hellseher, der für zwei Minuten in die Zukunft sehen kann. Als Terroristen eine Atombombe zünden wollen, bittet ihn FBI-Agentin Julianne Moore (wirklich eine Ausnahmeschauspielerin) um Hilfe. Zur Info heißt es: „Alles Schmarrn?" Moore jedenfalls meinte damals: „Ich habe einen engen Freund beim FBI. Die ziehen wirklich Hellseher zu Rate."

Dies ist für mich nichts Neues. Dokumentiert habe ich einen ähnlichen Vorfall von vor über 15 Jahren, wonach die Staatsanwaltschaft Hechingen einen Hellseher beauftragte, um eine verschwundene Leiche zu finden. Diese fand sich, zur juristischen Befriedigung aller, in einer Jauchegrube!

Dem Thema angemessen gebe ich hier Details aus meinen Kindheitstagen preis:

Bei unserer Übersiedlung in den goldenen Westen war ich gerade mal drei Jahre alt oder jünger. Später, bei entsprechender Laune, gab uns unsere Mutter spontan zu verstehen, dass ihr im Krieg vermisster erster Ehemann auch Anhänger der schwarzen und weißen Magie war. Diese Erlebnisse schilderte sie, wie ich mich erinnern kann, nur einmal. Demnach war ihr Verflossener aktives Mitglied eines der esoterischen Zirkel, die in den 20er- und 30er-Jahren nach dem Ersten Weltkrieg groß in Mode und salonfähig waren. Wenn es ihm denn jemals zu viel wurde, verkroch er sich, nachdem er sich klein gemacht hatte, in einer Schublade irgend eines Schrankes.

Was soll ein ca. sechsjähriger Übersiedler mit dieser Information anfangen?

Auf jeden Fall habe ich diese Episode niemals wirklich vergessen.

Es gibt ja, wie geschildert, keine Zufälle im Leben.

Als ich, ca. 20 Jahre später, die Biografie von Hermann Hesse las, war ich einigermaßen irritiert! Er als Deutscher, der für die damalige Philosophie der nationalsozialistischen Partei Angehöriger einer entarteten, durch Bücher belastenden Kultur war, musste dieser entarteten Kunst wegen öffentlich „liquidiert" werden. Die Bücherverbrennung solcher Literaten wurde medienwirksam inszeniert.

Der vorausschauende Regisseur **Truffaut** hat in seinem Film „Fahrenheit 451"aus dem Jahr 1967, angelehnt an die besagte, dunkelste Zeit unseres Jahrhunderts, tatsächlich auch aus dramaturgischen Gründen seine **Lieblingswerke** abfackeln lassen!!!

Hermann Hesse hatte sich rechtzeitig vor den Nazis in Sicherheit bringen können.

Dies geschah in der angeblich neutralen Schweiz.

Welche Prozedur er damals durchleben musste, als er als Flüchtlingsobmann bzw. als Lazarettbetreuer, auch für die Deutschen, aktiv war, kann ich einigermaßen nachvollziehen. Eine Episode aus seiner Biografie konnte ich allerdings nie vergessen (meine Erinnerung mag mich täuschen bzw. in die Irre führen):

Wenn er genervt und aufgrund der amtlich vorgeschriebenen, öden Abfragepraxis total resigniert war, entschied er sich manchmal, eine Auszeit zu nehmen:

An der Wand seiner Zelle im Internierungslager (?) war eine Lokomotive aufgemalt.

Diese stieß natürlich viel Rauch aus.

Deshalb entschloss er sich, bei Überforderung sich diesem System der bürokratischen Demütigung zu entziehen, indem er sich ganz klein machte und im Schornstein der aufgemalten Lokomotive verschwand!

Solcherlei Episoden vermag ich aufgrund fehlender Informationen (Kenntnis der damaligen, anerkannten Gesellschaftsspiele, die sowohl weiße wie auch schwarze Magie, allgemein anerkannt und gewünscht, durchlebte) nicht nachzuvollziehen.

Bei ausreichender Kenntnis der Werke von Hesse sehe ich diese kleine Schilderung eher so, wie er sie vermittelt haben wollte – schelmisch, augenzwinkernd, aber nicht existenziell wichtig, eher wie eine Rätselaufgabe fürs ganze Leben:

„Magie" steckt in uns allen!

Wir müssen sie nur suchen und finden!

Hierzu brauchen wir nicht das Hexen-Einmaleins wie ehedem Dr. Faust, sondern Gottvertrauen!

Nach Zigtausenden Informationen, gepaart mit Ausflügen in diverse gesellschaftliche Problemfelder, reduziert sich meine persönliche Philosophie, wie auch der Inhalt dieses Buches, auf ein typisches Beispiel, als Symbolik und Leitfaden für die Aktivitäten meines ganzen Lebens, auf den Film von Michelangelo Antonioni:

„Blow Up":

Ein engagierter, mit Hang zu extrovertierten Mitmenschen spezialisierter Fotograf übernachtet in einem Obdachlosenheim, um neue Motive zu finden. Am nächsten Morgen werfen ihm die wirklich armen Straßenkinder vor, er würde diese Episode nur zu seinen Gunsten ausnutzen. Tatsächlich fährt er mit seinem Rolls-Royce Cabriolet am nächsten Tag weiter, um einen wertvollen Propeller einer Cessna zu erwerben, um diesen zu Hause entsprechend zu positionieren.

Während seiner Aufnahmen für ein bekanntes Model glaubt er zu erkennen, dass ein Unbekannter sein Model bzw. dessen Liebhaber per Pistole ausschalten will.

Wieder und wieder lässt er seine Fotos in der Dunkelkammer vervielfältigen.

Tatsächlich sieht er auf einem seiner Fotos, im Gebüsch, eine Pistole, später sogar vor Ort eine Leiche!

Seine weiteren Recherchen führen ihn dennoch ins Leere.

Deshalb konzentriert er sich wieder routinemäßig auf die typischen, seinen Wohlstand mehrenden Shootings (welch ein gelungenes Wortspiel von Antonioni!) mit den aktuell angesagten Models.

Am Ende des Films, vermutlich in London gedreht (1966, sic!), sieht er einen bunt gewürfelten Haufen von Schauspielern, die sich eine Performance als Pantomimen gönnen. Sie spielen in den Straßen Londons ohne viel Requisiten Tennis. Unser Protagonist schaut, irritiert und nachdenklich, zu.

Als der imaginäre Tennisball sich in seine Richtung „verirrt", weiß er zunächst nicht, was er machen soll – nach entsprechenden, pantomimischen Aufforderungen der Laienschauspielschar greift er diesen unsichtbaren Ball auf und wirft ihn in Richtung der Schauspieler, die dies mit positiven Gesten quittieren und weiter „ihr Spiel treiben".

Ich weiß nicht, wie professionelle Filmkritiker diesen Film wie auch die letzte Szene interpretiert sehen wollen.

Aufgrund meiner Lebenserfahrung kann ich aber nur auf Kapitel 6 verweisen, worin deutlich gemacht wird, dass man, bei entsprechender Vorarbeit, mit 19, 20 oder 21 Jahren **alles** weiß!

Jetzt, mit über 65 Jahren, „schließt sich der Kreis", und ich werfe den imaginären Ball zurück zu den „Mitspielern"!

Egal was man macht oder unterlässt – erst später zeigen sich die Ergebnisse wirklichkeitsnah!

Dabei ist die Grenze zwischen Wirklichkeit und Fiktion **verschwommen**!

Nehmen wir das Beispiel Trump und Kim Jong-Un. Vielleicht ist dieses Zusammentreffen zweier, ich kann es nicht anders sagen, schizophrener Zeitgenossen der göttliche Plan, einen lang gehegten Wunsch zum Frieden dieses ewigen Konfliktherdes zu realisieren.

Andererseits, wenn man nichts macht, kann man auch keine irgendwie gearteten Ereignisse erwarten (vgl. Film „Forrest Gump" mit Tom Hanks).

Alles folgt dem Masterplan.

Wir **sollen,** können ihn aber selten verbessern oder abändern!

So kämpfen wir also weiter, bis ins Grab – edelmütig, besessen, chancenlos, belächelt, aber voller Gottvertrauen![5]

Das Leben ist vielfältig, kompliziert und voller Mysterien.

Fast unbemerkt von der Öffentlichkeit hat sich in China eine Metropole mit 32 Millionen Einwohnern entwickelt – Chongqing –, die so groß ist wie das Staatsgebiet von Österreich!
(Q 16)

Was machen wir mit dieser Information?

Wir greifen sie auf und schauen auf die wirklich wichtigen Themen für unsere Gesellschaft. Solange der Aufschwung hier oder in entfernten Gebieten unseres Globus auf der Basis eines denkwürdigen Systems geschieht, müssen sich nicht nur die Anders-

---

5 H. Hesse, gesammelte Werke II, Schriften zur Literatur I, werkausgabe edition suhrkamp 1975, Brief 1954, Seite 13!

denkenden (vgl. z. B. Demokratiebestreben in Hongkong oder Aktivitäten von Anhängern der Weltklimaziele weltweit) auf die wirklichen Probleme unserer Zeit konzentrieren.

Wie sagt mein jahrelanger Freund Thomas, bei Herausforderungen solcher Art, hierzu immer : „Viel Spaß dabei!"

Doch die Rahmenbedingungen sollten schon auch stimmen. Noch aus der Ära Kohl stammt ein bekannter, von mir optimierter Spruch:

„Gott beschütze uns vor Einser-Juristen (Herta Däubler-Gmelin, SPD), hoch bezahlten Pharmareferenten (vgl. Hochdrucktherapie) und der Übermacht von christlich-sozialdemokratischen Seilschaften (Strauß, Seehofer, Orban etc.)!"

Schlusssatz:

Der Weg aus der Alkoholsucht ist schwierig und zeitintensiv.
Es herrscht wohl ein Mangel an Dopaminrezeptoren, d. h., das Belohnungssystem spricht auf Alkohol an, egal wie willensstark man ist. Totale Abstinenz scheint laut Fachleuten nicht immer optimal zu sein (vgl.: Totalabstinenzler fallen sofort in die Sucht zurück, wenn sie eine alkoholgefüllte Praline essen)
Es gibt im Internet hilfreiche Ansätze, wie z. B. den Wirkstoff Baclofen. Zunächst als Mittel gegen Multiple Sklerose oder Muskelentgleisungen zugelassen, hat ein Forscher dieses Mittel als Hilfe beim Alkoholentzug propagiert. Anscheinend ist die Wirkung nicht zufriedenstellend. Den Betroffenen empfehle ich weitere Recherchen im Internet, wo diese auf Hinweise stoßen werden wie „Glutamin" von der Firma Verla wie auch auf europäische Errungenschaften wie „Nalmefen" einer schwedischen Firma, Vivitrol, Maltrexon, Garbapentin etc.
Meditation, autogenes Training und Sport sind auf jeden Fall hilfreich.

Nach meinem begrenzten Informationsstand gilt es, wichtige Prinzipien zu beachten:

Der Partner muss aufgeschlossen und kooperativ sein.

Wer keinen Partner hat, dem empfehle ich eine Entzugsklinik, womit ich bei einem Bekannten schon vor Jahren positive Ergebnisse feststellen konnte.

Ansonsten verweise ich auf die „Anonymen Alkoholiker", die vermutlich das Internet entsprechend durchgearbeitet und erfahrungsgemäß viel Grundsatzwissen haben.

Ausgehend von der alkoholbedingt oft nicht möglichen Berufsausübung empfehle ich die Angebote der Volkshochschule – was spricht dagegen, bei dem Versuch, die Alkoholsucht zu bekämpfen, einen der vielfältigen angebotenen Kurse zu realisieren?

Über Kochkurse, Sprachkurse, afrikanisches Trommeln bis hin zu psychologischem Grundwissen für Laien – es gibt wirklich für **jeden** einen Kurs, um sich therapiebegleitendend zum Ausstieg aus der Sucht zu motivieren!

Wie wäre es mit einer unentgeltlichen Mitarbeit in einem Seniorenheim, einem Heim für spastisch Gelähmte oder einfach in einer Einrichtung der Lebenshilfe e. V., die nicht nur in Baden-Württemberg, sondern deutschlandweit aktiv ist?

Überaus wichtig ist der Kontakt zu Mitmenschen, optimal mit Leidensgenossen, die man auf die Schnelle nur in den beschriebenen Einrichtungen findet!

Ich, in meinem besonderen Fall, probiere bei Bedarf alle Möglichkeiten aus.

Vermutlich wird es in Kürze eine Lösung geben – ursprünglich wollte ich erst nach der Zulassung meines Motorrades, das mir mein Sohn schon vor zwei Jahren geschenkt hat, dem Alkohol abschwören:

Anders als beim Autofahren, wo man mit 0,2 Promille einigermaßen zurechtkommt, muss man beim Motorrad engere Maßstäbe ansetzen – diese schiere Kraftentfaltung beim Beschleunigen bedingt, dass man unterhalb der gesetzlich akzeptierten Alkoholnutzung im Kopf ziemlich klar sein muss.

Aber in meinem Fall gelten neue Regeln. Mit dem Sohn habe ich vereinbart, dass ich ab März 2019 alkoholfrei durchs Leben marschiere!

Deshalb bin ich, der Not gehorchend, so Gott will, ab März 2019 „geheilt" – wenn denn mein Buch druckreif ist!

Man möge mir diesen Regelverstoß verzeihen.

Ihr könnt meine Fortschritte in einem nach Veröffentlichung meines Buches aufgebauten Portal nachlesen!

Dieses Portal nennt sich dann **Zettelkasten!**

Hier könnt ihr Kritik, Verbesserungsvorschläge, aber auch neue Ideen einbringen.

Während meiner Recherchen zu diesem Buch habe ich über 100 Seiten eines Notizblockes in Anspruch genommen. Davon sind in diesem Buch die wenigsten Blätter aufgearbeitet worden. Bis ich ein neues Buch schreibe bzw. meine Arbeitskraft den Verlierern des Systems (unschuldig Verurteilten) widme, lese ich die Kritik und die Anregungen der Leserschaft genau durch, um weitere Impulse – als Denkanstöße – an alle weiterzugeben.

Meine letzte Information besagt, dass die meisten Teilnehmer an den schäbigen Cum-Ex-Geschäften mangels kompetenter Steuerfahnder bzw. aufgrund lückenhafter Gesetzgebung straffrei ausgehen werden. Hier ist auch unser früherer Finanzminister und Rollstuhlfahrer Schäuble nicht ohne Schuld bzw. gefordert!

Andererseits kann man nicht nur den Politikern allein die „Schuld" geben. Die Natur hat ihre eigenen Gesetze – Millionen Katzenliebhaber weltweit wissen nicht, dass ihre Schmusetiere jährlich Milliarden von Singvögeln und Kleinsäugern vertilgen, auch wenn sie satt gefüttert sind – seit zwei Jahren kenne ich das Problem mit den monatlich mehr als zwei toten Vögeln in unseren Wohnbereichen. Was also rettet unsere Umwelt – Dieselfahrverbote oder Reduzierung des Katzenbestandes?

Euch allen wünsche ich Gesundheit und Wohlergehen!

Bogdan Jonik

Quellenverzeichnis

Q 1: „aufstehen", Internetportal der Sammelbewegung von Sahra Wagenknecht

Q 2: TV direkt, „Meister des Todes", 3SAT, 20.15 Uhr vom 18.03.2018

Q 3: TV direkt, „Superplants", ARTE, 22.00 Uhr vom 21.01.2017

Q 4: „Nüsse, Mandeln und Co.", Wochenblatt „Markt" des Zollern-Alb-Kuriers (ZAK) vom 30.11.2017

Q 5: TV direkt, „Zwischen Moral und Millionen", 3SAT, 20.15 Uhr vom 29.08.2018

Q 6: TV direkt, „Betty Anne Waters", ARD, 23.30 Uhr vom 07.04.2019

Q 7: TV direkt, „Kapitalismus – eine Liebesgeschichte", Tele 5, 0.25 Uhr vom 06.07.2018

Q 8: TV direkt, „Where to invade next?", ARD, 20.15 Uhr vom 11.11.2018

Q 9: TV direkt, „30 Minuten Deutschland – Unschuldig im Knast", RTL, 23.30 Uhr vom 15.01.2018

Q 10: TV direkt, „Der Wahnsinn mit dem Weizen", ZDF, 3.00 Uhr vom 28.02.2018

Q 11: TV direkt, „Wenn Eltern ausrasten", 3SAT, 20.15 Uhr vom 27.09.2018

Q 12: TV direkt, „Tomorrow – die Welt ist voller Lösungen", MDR, 22.45 Uhr vom 18.11.2018

Q 13: TV direkt, „Sein letztes Rennen", ARTE, 20,15 Uhr vom 25.09.2017

Q 14: „Atheisten leben kürzer", Wochenblatt des ZAK vom 22.01.2019

Q 15: TV direkt, „Next", KABEL 1, 22.50 Uhr vom 28.11.2018

Q 16: TV direkt, „Chongqing", 3SAT, 21.00 Uhr vom 01.07.2017

Bildquellennachweis

Seite 109: „Schülerbande geht auf Diebstahltour", Schwarzwälder Bote v.11.07.2007

Seite 110: „Mädchen bringt eigene Familie um", Schwabo v. 11.07.2007

Seite 117: Mist vor der Anwaltskanzlei, Ehefrau des Autors, 2001

Seite 119: „Nackter Protest gestern auf dem Marktplatz", Schwabo v. 17.07.2001

Seite 119: „Nackter Protest auf dem Marktplatz", ZAK v. 18.07.2001

Seite 120, 143: „Protest galt dem gegnerischen Anwalt", Schwabo v. 18.07.2001

Seite 128: Rechtsanwalt pflanzt einen Baum in Sri Lanka, ZAK v. 24.05.2006

Seite 171: „Tödliches Spiel",ZDF INFO, 17.15 Uhr v. 10.06.2016

Seite 172: „Mit dem Gewehr in die Kirche", Schwabo v. 03.03.2018

Seite 174: „Nackter Bürger", Schwabo v. 20.08.2008

Der Autor

Bogdan Jonik, geboren 1954 in Chorzow, Polen, hat Industriekaufmann gelernt und das Abitur erworben. Nach zwei Semestern Jura arbeitete er kurz in einem sozialen Verband als Rechtsschutzsekretär, danach über dreißig Jahre als Pharmareferent. Dabei halfen ihm seine sensitiven Anlagen – er ist nicht nur ein guter Zuhörer, sondern auch ein sensibler Berater. Sein gereiftes Empfinden für Gerechtigkeit führt bis heute zu ständigen Prozessen! Bogdan Jonik ist verheiratet und hat einen erwachsenen Sohn. Er begeistert sich für Autos, Kultur und Sprachen. Dabei liest er viel und reist gerne.